碧のかたみ

尾上与一

キャラ文庫

この作品はフィクションです。
実在の人物・団体・事件などにはいっさい関係ありません。
現代では不適切とされる表現がありますが、作品の時代設定を鑑み
発表当時のまま収録しています。

目次

口絵・本文イラスト／牧

碧のかたみ

空母『大鷹《たいよう》』に満載された七十機の零戦《れいせん》たちとともに、六郎《ろくろう》がラバウル基地に到着した日も、呆《あき》れるほどの青天だった。

濃度の高い青空、触れれば硬そうな雲が低い位置にぽつぽつと浮かぶ。湾はさざ波の輝きで満ちていて、その果てに目を向ければ際限のない瑠璃色が、水平線まで続いている。

その朝、指揮所に輸送品の目録を届けに行った六郎は、そのまま中佐の供を命じられた。供をした少尉が指揮所に残ると言い、代わりにこの中佐が士官詰め所にゆくというからその供だ。六郎は、自分たちが差し出した目録を、再び中佐から受け取って腕に抱いていた。

昨日、午後に到着し、今朝の朝礼を以《もっ》て着任だ。

指揮所はいかにも南国の造りで、屋根が跳ね上がった風通しのいいバンガロー風の平屋だ。白いペンキが塗られた柵《フエンス》、広々と広がる高床の板間も、優雅な籐《とう》の椅子も映画の中の避暑地のようだ。柱に赤いアサガオが巻きついている。涼しげな信楽《しがらき》焼のつくばいは、日本から持ち込まれたものだ。

目が痛くなるほど白く照り返す地面に、建物の影が黒々と焦げついている。

最前線基地とは思えない立派な木の階段を下り、よく手入れされた集合用の広場を建物沿いに右に進む。

整えられた小径《こみち》を伝って、ぐるりと指揮所のまわりを回った。緑の葉はどれも厚くて濃い。夾竹桃《フランジパニ》が白い小花で枝の隙間を埋めている。甘い香りがそこら中に漂っていた。

小高い場所にさしかかり、六郎は、沢口《さわぐち》中佐から半歩遅れて歩きながら辺りを見渡した。

六郎の部隊はラエからの転属だ。ラバウルはラエに比べるとかなり乾いたところのようだ。ラエは南国の甘い匂いの果物と緑と花と鳥に溢《あふ》れた極彩色の楽園だったが、ラバウルは火山灰に覆われて全体的に白っぽく、たわわな果実が少ない代わりに椰子《やし》の木が高く茂って、地には丈の短い草がまばらに広がっている。例えるなら南国の荒野という感じだ。

赤道の南、約四五〇キロメートル。

各戦場から、名だたる航空隊がぞくぞくとラバウルに集結している。

南の制空権の要として、日本軍はラバウルに一大基地を築いた。『航空隊の華』と呼ばれるラバウル基地だ。ニューブリテン島の北部、山を背にした入り江にある天然の要塞で、連合軍からは竜のあぎと《ドラゴンジョーズ》と呼ばれ、難攻不落の空軍基地として怖れられていた。

「ほう。花火屋の息子か」

ガジュマルの木陰の下に延びる小径を歩きながら、大柄な身体《からだ》をカーキ色の略装に包んだ沢口中佐は、興味深そうに六郎を見た。父親よりずいぶん若い年頃で、鼻の下に短い髭《ひげ》を蓄えている。厳《いか》めしい顔とは裏腹に中佐は非常に気さくな人のようだ。

「はい。商売あがったりです。花火を作るような暇と火薬があるなら、よく破裂する爆弾を作れと言われました」

　慣れた説明を加えると、中佐はおかしそうに笑った。

　足元に火山灰の白い土埃《つちぼこり》が立つのを珍しく眺めながら、六郎は続けた。

「オヤジは火薬工場と技術《ぎじゅつ》廠《しょう》を行ったり来たりしながら爆薬の指導をしています。現場指揮です。お偉いさんだけじゃ爆弾が作れないので」

「と、言うと？」

「新しい爆弾を作るときに、軍需工場の人たちだけでは爆薬の配合が分からない、科学者だけでは火薬の混ぜ方が分からない。それを繋《つな》ぐのが花火職人だそうです」

　軍から打診が来たときは、そんなことを軽率に引き受けて大丈夫かと心配したが、勢いよく破裂すればいいだけの爆弾など、花火の繊細さに比べれば居眠りしながらでも作れると父は笑っていた。

「なるほどな。それで貴様は、家を継がなくてよかったのか？」

「はい、今のところ。花火の基礎は学びましたが、どうせ戦中は作れませんし、修業なら帰ってからでも間に合います。自分は、爆弾を作るより航空機のほうが好きです」

　本当は花火の材料で人を殺したくないという理由が一番大きかったが、航空機が好きなのも本当だ。花火屋の家に生まれ、成り行きのまま修業をしてきたが、予科練に入れると聞いて、とっさに好機に飛びついた。逡《しゅん》巡《じゅん》しなかったと言えば嘘《うそ》になるが、結果的にそれでよかったと思っている。

「確かにな」と、中佐は頷《うなず》いて六郎を見た。

「厚谷《あつたに》は、操縦も偵察もできる変わり種だと聞いたが、ラエではどうだったんだ?」

「艦爆の偵察員でした。それに変わり種と言っても大したことではないんです」

偵察員というのは、操縦員と同じ航空機に乗って、航路を読んだり計器を見たりする仕事だ。写真も撮るし、電信も担当する。爆撃の照準も偵察員の仕事だ。一人乗りの航空機もあるから操縦員は偵察員の技術も持っているものだが、六郎のように専修を両方修めてきた人間となると少し珍しいかもしれない。だが勿体《もったい》ぶるほどの理由でもなかった。

「予科練を操縦専修で出る直前に盲腸になりまして」

「盲腸か」

「はい。卒業式の前の晩に、下腹に差し込みが」

もうすぐ戦場に出られると、意気も猛々《たけだけ》しく祝杯を挙げたその夜に脂汗を流して転げまわったものだから、食あたりか酒あたりと思われて病院に行くのが遅くなり、危うく手遅れになるところだった。

「そのまま入院しまして、退院後も傷が塞がるまで航空機に乗れませんから、座学でもやっておれと偵察専修に放り込まれました」

腹を切ったら、治ってもしばらく航空機には乗るなというのが常識だ。普通の生活には差し支えがないほど治っても、上空高高度は気圧が違う。空へ上がると気圧が下がり、傷や血管が膨れやすくなって、傷が破れて命を落とすということらしい。六郎の盲腸は、悪化させた分傷の治りが悪かった。だからといってこの非常時に長々と養生するわけにもいかず、腹に差し支えのない偵察専修の教室に押し込まれ、日夜無線を打つ練習に励んだというわけだ。

沢口中佐は、声を出して朗らかに笑った。

「面白いな、厚谷は。それで？　ここでも偵察か」

「別路で輸送されてくる航空機の数で、配備を決めるそうです」

と言って、ふと欲が湧いた。

「……できれば前がいいです。零戦でも」

六郎は元々操縦員だ。後部座席に乗る偵察員の仕事は嫌いではないが、叶《かな》うなら操縦席がいい。駄目で元々、中佐に希望を伝えておけば操縦席を得るチャンスがあるかもしれない。

中佐は「うむ」と気のない音を発したあと、励ますような笑顔で六郎を見た。手応えは、あるのかないのかよくわからない。

彼はまた前を向いてのんびりと歩く。

「まあ喰《く》いもんの補給はどこも少ないが、ラバウルは恵まれている。給糧艦《きゅうりょうかん》も寄りつくし、裏山で瓜が採れるから漬け物にできる。塩は目の前だしな」

のどかに塩田とまではいかないだろうが、煮詰めれば用を足すだろう。大豆が採れるなら豆腐も食える。

「戦闘がなけりゃ天国ですね」

「まあな、だが我が基地は、戦闘も向かうところ敵無しだ」

中佐は皮肉な笑みを浮かべた。

「最強の敵は、マラリアとアメーバ赤痢《せきり》か」

「南国ですからね」

内地を出る船の中で、厳重に言い聞かせられていた。スコールの雨水を溜《た》めて飲料とする南方では、コレラ菌やアメーバが発生しやすいから、けっして生水を飲んではならない。蚊が媒介するマラリアも警戒すべき風土病だ。『南方マラリア』は、日本のマラリアとは酷《ひど》さが違う。予防薬を飲んでも効果は半々、発症すれば半数以上が命を落とすということだ。最近ようやく蚊取り線香や蚊帳《かや》の有効性が論議されるようになったらしい。今度の上陸ではかなりの量の蚊帳がおろされると目録にも書いてあった。

ラバウルは火山地帯で、目の前に広がるシンプソン湾も、島端が火山の陥没で抉《えぐ》れてできたカルデラだ。口の狭い湾の中は常にベタ凪《なぎ》で、透明度が高いから青い鏡を張ったように空を映している。向こうに見えるのは花吹山《はなぶきやま》だ。ずっと花吹雪のような噴煙を上げているからそう呼ばれている。

緑滴る絶海の島。南国の濃い青空に噴き上がる白い噴煙。船上から眺めるには浮世絵もかくやの素晴らしい景色だ。人が住む施設は海辺に寄せていて、ハイビスカスや茉莉花《ジャスミン》、色鮮やかな南国の花が咲いている。航空機を隠すための灌木《かんぼく》も適度にあり、まさに前線基地を据えられるにふさわしい島だ。ただし、風が吹けば地面から地吹雪のように舞い上がる火山灰は、見るからに難敵そうだった。

　中佐と話しながら歩いていくと、蘇鉄《そてつ》の向こうに高い屋根が見えてきた。将校の宿舎は高台にある広い建物だ。

　椰子の葉を葺《ふ》いた床の高い木造で、洒脱《しゃだつ》な造りをしている。ここもやはり基地には見えない。背後の岩壁にはトンネルがあり、空襲があればそこに逃げ込めと説明を受けていた。

「それにしても、蚊に吸われたところが腫れるのが、マラリアの毒だったとは、いいことがないな」

　輸送品の目録を渡すとき、上官から言い渡されたとおり、『必ず蚊帳は使用すること』という伝言を六郎は伝えた。ラバウルではマラリアは、風邪のような空気感染と思われていたようで、中佐はしきりと感心していた。

「そうですね。吸われ損の上に置き土産です」

「まったくだ。しかし蚊帳は助かるが、吊《つ》ると暑いな……」

　紺のネクタイを結んだ襟に人差し指をかけ、椰子の葉の隙間から空を見上げて中佐は顔をしかめた。六郎も釣られて仰ぐ。物を投げたらはじき返されそうな、金属的な青一面の空だ。

「ですが『必ず吊るように』と念を押されました。部屋分けにもよりますが、だいたい行き渡るのではないかと……」

　広場を横切る道のあたりに差しかかったとき、少し離れた場所に、白い鳥が舞い降りた。長く黒い嘴《くちばし》を持った鳥で、脚が長い。鷺《さぎ》に似た鳥だ。嘴の付け根が黄色いのが見えた。続けてもう一羽、天女が舞い降りるようにするりと降りてくる。二羽はそのまま数歩歩いて、また羽を縺《もつ》れさせるように空に飛び立っていった。天から冷たい雫《しずく》が二滴、落ちてきたような清涼な一瞬だ。碧《あお》い空に白い羽を冴《さ》え冴《ざ》えと輝かせながら飛び去ってゆく。南方に来てから極彩色の鳥ばかり見てきたから妙に印象的だった。

「番《つがい》でしょうか」

「そうだろうな。鷺のような類は、一生同じ相手と生きると聞く」

　中佐も空を見上げている。

　鳥にも契りや情があるのだろうか。この青いばかりの空を、一世互いだけと決めて飛び続けるのだろうか。

　緩めていた歩調を戻して貯水タンクの脇を曲がる。同時に叫び声と数人の歓声が聞こえてきて六郎は声のほうに目をやった。雑木林の向こうからだ。道なりに歩くと左手に人だかりが見えた。人垣は手を振り上げて大騒ぎだ。

「やれ！　琴平《ことひら》！　ぶちのめせ！」

「四対一だぞ、情けない！　ほらいけいけ！　足を捕まえろ！」

どうやら喧嘩《けんか》らしい。もうもうと土煙が立つ中、四、五人で殴り合っている。まわりの人垣は野次馬だ。

「また琴平か」

中佐は面倒くさそうに舌打ちをして、持っていた水筒を六郎に押しつけた。

「おい、やめんか！」

声を張り上げながら土煙のほうに歩いていく。取り残された六郎は、戸惑いながら中佐のあとを追った。

「行け！　琴平！　あと二人！」

「やめんか！　喧嘩は禁止だ！　おい！」

声をかけても喧噪《けんそう》は止《や》まない。

飛行服の航空隊員たちだ。上着を脱ぎ捨ててシャツ姿の男もいる。四対一の喧嘩らしい。卑《ひ》怯《きょう》だが互角にやり合うのだから強いのだろう。

服の背中を二人に摑《つか》まれた小柄な男が、目の前の背の高い男を殴っている。しかも後ろの二人にケリを入れながらだ。なかなかに強い。でもさすがに四人は無理だ。

小柄な男が後ろから組みつかれ、地面に引き倒された。今だとばかりに三人から押し込まれている。

「やめろ！　御法度《ごはっと》だぞ！」

　中佐は怒鳴りながら、ゆるい坂を下りていった。中佐に気づいた野次馬たちが人垣を分ける。中佐はそこに割って入った。それでも我を失った喧嘩は終わりそうにない。小柄な男が飛ぶような勢いで一人を蹴り倒した。体勢を崩したところに、背の高い男が小柄な男の肩を摑んで押さえ込もうとしている。

「やめ！　やめんかッ！　斉藤《さいとう》！　琴平！」

　つかみ合った姿勢からまた殴り合おうとしている殺気立った三人の塊に、中佐は腰から鞘《さや》ごと外した軍刀を挿した。一人は気絶して隣に倒れている。

　中佐から止めろと顎で促され、六郎は書類と水筒を足元に置いて、小さいほうに背後から組みついた。男は反射的に振り払おうとする。体格は小さいが力が漲《みなぎ》っている。加減なしの力で捕まえていないと弾《はじ》き飛ばされてしまいそうだ。

「離、せッ……！」

　小柄な男は凶暴に唸《うな》った。野生動物のように、ものすごい力で暴れるが、六郎のほうが体格が上なので羽交締めは外れない。野次馬たちが、いかにも今止めるつもりだったというようにバラバラと介入してくる。すぐに喧嘩の塊はふたつに分けられた。彼らは引き剝がされながらなお、歯を剝《む》き、吼《ほ》えた。

「覚えてろ、琴平！　おまえの燃料タンクに海水混ぜてやる！」

「やるならやれよ、この馬鹿が！　寝言は寝て言え、このサル！」

小柄な身体から鳴り響く悪態を聞きながら、六郎はずるずると男を後ろに引っ張った。二人の間に、カーテンのように人が入る。コイツらを分けてしまえば喧嘩は終わりだ。

中佐は男を睨《にら》んだ。

「どういうことだ、琴平。何度目だ貴様！」

琴平と呼ばれた男は六郎に掴まれたまま、猫のように目じりがとんがった大きな目で中佐を睨みかえした。

「アイツらが、自分のヘルメットにらくがきをしました！　悪いのはアイツらです！」

「それは堪《こら》えろと言ったはずだ！」

「侮辱を黙って受け入れろと言われますか！」

「そうではない、寛《ひろ》い心で赦《ゆる》せと言ったはずだ、わからんのか！」

「わかりません！」

怒鳴り返して、琴平は地面に赤い唾を吐いた。

「琴平を離せ、厚谷」

命じられて、六郎は羽交締めにしていた琴平から力を緩めた。琴平は腕を激しく振り払った。ついでに、ギリッと睨まれる。殺気でらんらんと光る、いかにも敵機がよく見えそうな瞳だ。

「俺は悪くない！」

振り返るなり叫ぶ琴平の肩を、中佐は軍刀の鞘で激しく叩《たた》きつけた。琴平は地面に横向きに吹き飛んだ。踏ん張る力もない。喧嘩で力を使い果たしたようだ。

「わかれ、琴平。いいな⁉　貴様には厚谷の案内を申しつける」

「わかりません！」

「琴平！」

叫んだのは六郎だった。中佐が琴平に甘いのは十分わかった。喧嘩を見逃してもらい、同じ注意を重ねて受ける。上官の前で『俺』と口走り、あまつさえ口ごたえをする。これ以上は駄目だ。中佐の立場が悪くなる。そうなったとき中佐の責任は琴平の比ではないのだ。

我に返ったのか、琴平は少し呆然《ぼうぜん》とした目をして、あたりに視線を泳がせた。中佐はそれを見届けて軍刀を腰に戻す。

道のほうから騒ぎを目にした下士官が、真っ青になって駆け寄ってくる。中佐は彼に荷物を持つように命じた。本当にここに置いていかれるらしい。

道に戻ってゆく中佐の背中を見送って、六郎は肩でため息をついた。到着早々一息入れるいとまもない。

背後を振り向くと喧嘩相手と野次馬が引き揚げてゆくところだ。気絶した者は背負われたり引きずられたりして連れていかれている。

琴平は地面にすとんと腰を下ろした。胡座《あぐら》をかいて、肩で息をしている。見下ろすと小柄さ

が引き立つ。どちらかと言えば痩せている。こんな小さな身体で四人と渡り合ったのかと思うと感心するくらいだ。癖毛の黒髪、気の強そうなはっきりとした眉の下には、意地の強そうな黒い瞳。まるで近所の悪ガキが基地に紛れ込んだようだ。

琴平はじっと俯《うつむ》いたまま動かなかった。立てないのかと思う頃、ぼそりと言った。

「……お前が止めなきゃ俺は勝ってた」

噴き出しそうになるのを六郎は堪えた。想像以上の気の強さだ。確かにあの一瞬は勝勢だったが四対一だ。二度も押さえ込まれそうになっていたし、押さえ込まれれば一方的に殴られる。そろそろ体力切れなのも分かった。あそこで止めなかったら五分後はリンチだろう。いいタイミングだった。

だがそう言うと琴平は殴りかかってくるだろうなというのが、初対面なのに嫌なくらい分かった。電流のような性格なのだ。癇《かん》に障ると火花を上げる。

「そうか、残念だったな」

六郎は琴平に手を伸ばした。琴平は口をへの字に曲げ、大きな目でじろりと六郎を見上げたあと、差し出した六郎の手を取った。拳の上がすりむけて埃にまみれているが、普段航空手袋をしているせいか手の甲は滑らかで、指がするりと長い。

「俺は厚谷六郎、二十一歳。五〇一空から昨日転属してきた。階級は一飛曹《いっぴそう》だ」

「ああ……」

総員整列がかかったときはすでに夕刻だったし、輸送船で到着した六郎たちの一団は、日本軍の破竹の勢いを示すような大規模人数だった。整列して互いに頭は下げたはずだが、あの人数を一日で覚えられるはずもない。

六郎に手を引かれて立ち上がった琴平は、腹のあたりの土を払いながら言った。

「俺は琴平。琴平恒《わたる》。同じく一飛曹だ。歳《とし》は十九《じゅうく》」

「……琴平。……って」

南方に行った部隊は有名な熟練の戦闘機乗りを何人も輩出している。その中に琴平という名があった。

「『ラバウルの五連星』――――！」

無敵の戦闘機、零式艦上戦闘機を駆り、連合軍の戦闘機を撃《う》ち墜《お》とす。優秀者には渾名《あだな》がつけられ、内地にまでも鳴り響く大活躍だ。

『五連星・琴平』と言えば、錬成を終えるなり、かの第二航空戦隊の艦上機に抜擢《ばってき》され、その鬼の活躍ぶりで南太平洋に名を轟《とどろ》かせた有名搭乗員だ。それがラバウルに降りたのも知っていた。着任早々、面目躍如の撃墜数だと艦内新聞で見たからだ。

もっと頑健な大男かと思っていた。もっと軍人らしく年季の入った威風堂々とした様子かと思っていた。

立ってみると六郎よりふたまわり小さい。しかもまだ十九だ。この近所のガキのような、小柄な男があの琴平だというのだろうか。

　大きな目の下に赤紫色の痣《あざ》をつくった琴平は、血の汚れのついた唇をとがらせ、眉根を寄せながらぼそりと言った。

「墜ちたんだ、先週」

「何が」

「俺の零戦」

　殴り合ったダメージが残っているのか、ぼんやりとした口調で琴平は喋《しゃべ》る。

「……そうだったのか。よく生きていたな」

「脇腹撃たれて炎上した。主翼が折れて吹っ飛んだから、俺はなんとか生きてた。でもアイツが死んだ」

　単座の零戦には同乗者はいない。アイツというのは零戦のことだろう。ここラバウルでは搭乗員に専用機は割り振らないと聞いていたから、空母から持ち込んだ元艦上機かもしれない。

「それは気の毒だった。でも琴平が無事でよかった」

　琴平は大きな目をパチパチさせて六郎を見つめ、怪訝《けげん》そうに顔を歪《ゆが》めて笑った。

「今日会ったばかりなのに？」

「無事を喜んじゃいけないのか」

　六郎が答えると、彼はやっぱり奇妙な顔をしたあと、おかしそうに笑った。

「いけなくない。ありがとう」

笑いながら素直に礼を言われて、驚いたのは今度は六郎のほうだ。

火花のように凶暴かと思えば、こんな風にさらりと素直だ。

噂《うわさ》と現物がこれほどちぐはぐな人間は珍しいだろう。四人と喧嘩、五連星と呼ばれる腕。少年兵のような顔立ちの一飛曹。見下ろす位置にある肩は薄めだ。

なんだか狐《きつね》につままれた気分だった。だが人違いの余地などどこにもない。見るからに怖いバケモノは怖くないという。本物の魔物に会ったときとはこんなふうかと妙に感心した。

琴平は、ぶっきらぼうな声で六郎に訊《き》いた。

「貴様を案内しろと言われたが、見たいところはあるか」

「案内するのは琴平だろう?」

兵舎や格納庫やトンネルなどの最低限必要な施設は、昨日のうちにみんなで回った。その他に「ここにはこういうものがある」と案内するのが琴平の役目ではないのだろうか。

「じゃあ、ない」

きっぱり琴平は答えた。

「ないはずないだろう?　見晴らしのいい昼寝用の崖とか、敵機が見つけやすい丘とか」

「行きたいなら初めからそう言えよ」

「だからそれを教えるのが琴平の役目だろう」

「だったらないな」

六郎が指定しない限り行く気がないらしい。琴平は子どものように擦り傷が入った頬を手の甲で擦《こす》っている。

「案内するのが面倒なだけだろう?」

「うん。疲れた」

けろりと琴平は言う。なんだか脱力した。意地悪ではなく本当に疲れているらしい。あんな喧嘩をすれば当たり前か。

「……分かった。帰ろうか」

「助かる」

琴平の足元は、なるほどフラフラしている。立っているのもキツそうな風情だ。

小柄なせいか、つい「おぶってやろうか」と言いたくなるのを六郎はがまんした。琴平のそばに添って、ゆっくりと兵舎に向けて歩き出す。

目を伏せて歩く癖があるらしい琴平は、小づくりな横顔を見せながら言った。

「ここは海と空がきれいだ。星がよく見えて、航空機が飛びやすい」

「そうか」

どこの基地に行っても真っ先に耳打ちされるのが闇煙草《たばこ》を吸える場所と、メチルではないアルコールを手に入れられる場所、現地で女が抱ける場所だ。

「内地から来たんだっけ」

「いやラエから」

「じゃあ、あんまり星は変わらないか。南十字星が見えるんだ」

「琴平は、星が好きなのか」

「ああ。今度案内しようか？」

「夜間が飛べるのか」

日本軍にはまだ夜間戦闘部隊は配備されていない。レーダーを自在に操る連合軍の夜間攻撃を邀撃《ようげき》するため、急遽《きゅうきょ》編成中だという噂は知っていた。どこで乗ったのだろうと思っていると、琴平は小さく噴き出した。

「もちろん飛べるよ」

何がおかしかったのか分からないが、笑う琴平の横顔はかわいらしかった。

曲がるかな、と思った小径を琴平は曲がらず、緩い上り坂のほうへ歩いた。しばらくも上らないうちに、灌木の林の向こうにチラチラと光る何かが見えはじめる。海面が光っているのかと思ったが飛行場だ。

椰子が立ち並ぶ、整備されたアスファルトのポケット一面に、日の丸をつけた航空機が、糸を張って並べたような列線を画《か》いている。青い海空を背に、足下に灰嵐をまとわせながらたたずむ銀翼の群れは圧巻だ。

航空機が一番きれいに見える場所だ。

琴平は何も言わなかったが、琴平なりの案内のつもりだったのだなと何となく六郎には分かった。

ぽつぽつと喋りながら歩いた。自分も元空母付きだったというと、琴平は「艦上機生活が懐かしいな」と言った。無辺際《むへんざい》な洋上に浮かぶ木の葉の上で暮らすような生活だ。離着陸の難易度は言わずもがな、空母を見失うだけで一巻の終わりという途方もなく厳しい日々だった。思い出深くはあるけれど、琴平のようにのんきに懐かしいと口にできる余裕は六郎にはない。

琴平の出身は九州《きゆうしゆう》だとも言った。

六郎は埼玉《さいたま》の出だが、どこの基地でも『九州男児』というのは見えない勲章のようなものだった。気が強く粘り強く、喧嘩っ早くて人がいいというのだ。その勲章は評価も高いが期待も高い。情けないことをすれば二言目には『貴様は九州男児だろうが！』と罵られるのだから、六郎は羨ましいと思ったことがない。他の九州出身者を見ても特徴のある性格に感じたことはなかったけれど、琴平を見るとそうかもしれないと思う。

「へえ。琴平は『九州男児』か」

感心したように言うと、琴平は少しうんざりした声音で言った。

「九州男児ってのは、小倉《こくら》から西を呼べばいい。俺は大分《おおいた》だ。何でもかんでも九州で纏《まと》めるな」

しかし大分が九州なのは知っていても詳しい位置など覚えていない。

「大分ってどのあたりだっけ」

訊くとさすがに琴平はむっとした顔をした。そして「九州の上の方」と言ったあと、

「何にもなくて、田んぼと海があって、山もあって飯が旨《うま》くて、魚が釣れて、星がいっぱい見えるところ」

と小さめの声で言った。

「いいところだな」

ほんとうに何にもなさそうな言い方だが、何にもないものがあるというか、琴平の不思議なお国自慢はなぜか腑《ふ》に落ちた。

琴平は問い返した。

「埼玉は？」

「山ばっかりかな。花火工場が多い町だった。うちも花火屋でね」

「へえ。作るのか。打ち上げるあれ？」

「ああ。打ち上げ花火だ。三尺玉ってヤツ。花火師――花火職人だ。俺もたまごだった。二尺までなら作れるぞ？　一番大きい三尺はまだ無理だけどな」

「すげえ！」

琴平は目を輝かせる。案外子どもだ。

予科練に行くかこのまま職人の修業を続けるかを迷っているうちに、先に花火が製造禁止になった。大陸のほうがきな臭くなって間もなくの頃だ。爆弾や銃弾に使う火薬を、ただ空に打ち上げるなど許されないというのだ。諦めるしかなかった。

「今は火薬を打ち上げるなんて、勿体なくてできないけどな」

「うん。でも花火、観《み》てえな」

琴平の声がひどく素直に聞こえて、思わずそっちを見てしまう。

彼は打ち上げ花火を見たことがあるのだろうか。琴平は中空を見上げ、彼だけにしか見えていない花火の残像を見ているような瞳で言った。

「こう……花火が炸裂《さくれつ》するのは分かるけどさ、あのぱらぱら、って花びらみたいにきれいなのは、どんな火薬を使ってるんだ？　火薬だけだと、どかーん、ってなって、終わりだろ？」

「中に金属の粉が入ってるんだ。飛び散ったあとにそれが燃える。混ぜる金属の種類で炎の色が違うんだ。リチウムは赤、銅は青、カルシウムは橙《だいだい》」

「炎色反応だったのか。そういえば実験でやったな」

少し驚いた。家族が琴平の悪ガキっぷりに耐えかねて、海軍に放り込んだのかと想像していたが、思いがけず勉強の痕跡が窺《うかが》える。ただの喧嘩馬鹿ではないらしい。

どういう男だろう。意外性が詰まった、興味が湧きすぎる小さな身体を横目で窺ったときだ。

「……まずい」

琴平が呻《うめ》いて立ち止まった。兵舎の入り口前の地面に人が倒れているのが見える六郎も足を止めた。

さっきの喧嘩の相手と野次馬だ。中尉の階級章をつけた男が片手に竹刀《しない》、片手に精神注入棒と呼ばれる丸太を持って、地獄の門番のように立っている。兵舎の舎監を担当する士官だった。相撲部上がりだと自己紹介を受けた記憶も生々しく、日焼けした赤い顔も中尉というより、ただの鬼にしか見えない。

ここで琴平が得られる選択肢は、罰か、脱走かだ。脱走などできるわけはないのだが、ラバウルの密林中を日本軍に追い回されることになっても、今はあの舎監から逃げ出したい気持ちはよくわかる。

冷や汗を流していそうな琴平を横目に見て、気の毒に思いながら、付き添って舎監の側《そば》まで行った。

彼は覚悟したように、ぱっと敬礼の手を上げた。

「琴平恒一飛曹、喧嘩の罰は謹んで承ります。自分は喧嘩の規程罰を、厚谷一飛曹は傍観の規程罰を謹んで受けます！」

「は……、ああっ⁉」

気の毒に、と思いながら途中まで聞いたあと、六郎は驚いて琴平を見た。琴平は罰を覚悟しきって、余裕すら浮かべた表情で敬礼のましらん振りだ。

「喧嘩を観ていたのか、厚谷一飛曹」

舍監はドスの利いた声で六郎を問いただした。

「あ、いや、自分は止めました！　応援していたわけではありません！」

「敬礼はどうした！　五〇一空は敬礼を知らんのか！」

「失礼しました。しかし、自分は……！」

怒鳴られて敬礼をしたあと、言い募る言葉を怒鳴り声で叩き落とされる。

「見たのかと聞いておる！」

「いえたまたま通りかかっただけで、自分は」

さらに否定しようとした途端、竹刀で、ぱあん！　と右腕を叩かれた。指先まで電流のような痛みが走り、右腕を押さえて大きくよろめく。頭上から怒鳴り声が轟いた。

「見たか見てないのかどっちだ！　喧嘩をしていたのを知っているのか知らんかったのかと聞いておる！」

喧嘩を煽《あお》った野次馬も、ただ通りすがりに目にしただけのものもひとまとめだ。各個の言い分を聞いていては軍隊は動かない。

「……み、見ました」

答えると、隣で琴平がにやりと笑うのが見えた。

――コイツ……！

かわいい顔して、とんだ悪ガキだ。

航空隊には伝統の黙認罰がある。

『急降下爆撃』と呼ばれる腕立て伏せだ。一往復に二十秒から二十五秒かけさせられる腕立て伏せで、爆撃機が機首を下げる様子に似ていることからそう呼ばれる。伸ばした足はデッキの上だ。兵舎前にあるお手頃な高さの床デッキはこのためかと思ってももう遅い。デッキに足をかけ、腕を震わせながら、超鈍速の腕立て伏せをする。

「ちゃんと顎つけ！　厚谷ィ！」

怒鳴られて、地面に置いた仲間の手の甲に、震える顎で触れる。

刺さるような南国の陽《ひ》に照りつけられた自分の影が、地面に焦げつきそうなほど黒い。その中に汗が点々と黒点を打つ。

「なんで……っ、俺が……！」

隣の琴平も必死だ。だが、琴平は己のせいだから仕方がないとして、上官命令で喧嘩を止めただけの自分がなぜこんな目に遭わなければならないのだろう。

「無駄口叩くな、厚谷！　五〇一空は馬鹿揃《ぞろ》えか！」

今にも丸太で尻打ちをされそうな怒号が飛んでくる。

五日ぶりに共を命じた沢口中佐は、あのあとの顛末《てんまつ》を聞いて無責任に笑い飛ばした。

「それはしてやられたな」

六郎は彼の命令通りに喧嘩を止め、彼の指示で琴平の案内を受けて兵舎に帰っただけなのに、喧嘩の罰の巻き添えを食らったのだ。まったく濡《ぬ》れ衣《ぎぬ》だ。

頭上は今日も圧縮されたような青い空だ。

花吹山から立ち上る白い噴火の煙を遠く眺めながら、赤い花を咲かせたハイビスカスの木の横を通る。

「琴平はどうだ」

「あれは喧嘩の種も尽きないはずです」

六郎は肩で息をついた。

たった数日見ただけだが、とにかく負けん気が強い。ベッドが近くて琴平の生活がよく見えるが、まわりからの嫌がらせが酷かった。それにいちいち仕返しをするのだから肝の丈夫さは並大抵ではない。普通なら萎縮して折れてしまうか完全無視を貫くようになるかのどちらかで、後者が今熟練搭乗員として生き残っている人間だ。琴平はどちらとも違った。いちいちまっとうに文句を言って、嫌がらせを受ければそれは理不尽だと対抗する。仕返しをする性根の強さはもはや感動的だ。しんどいだろうと思うが、それが琴平という男のようだった。

「悪いのは琴平じゃないんだがな。あいつは上手《うま》くない」

沢口中佐は、そう言ってため息をつく。

琴平に悪戯《いたずら》をする集団があることに六郎はすぐに気づいた。様子を見ていると首謀は斉藤という、初日に琴平と喧嘩をしていた男で、彼が命じ、彼のとり巻きが徒党を組んで琴平に悪さを仕掛けているようだ。

「どうしてあんなに苛《いじ》められるんですか？」

見ていると、琴平が何かしているわけでもないようだ。身のまわりはきれいだし、作業があればサボることなく真面目にやる。卑怯なこともせず、特別贔屓《ひいき》されている様子もなく、上官にへつらうこともなく、だいたい一人で行動していて、他人には不干渉だ。ずるさも見当たらない。それなのに琴平にはいろいろな嫌がらせが仕掛けられるのだった。ヘルメットにらくがきをされたり水筒に穴を開けられたり、ベルトを切られたりする。それに困り、怒る琴平を遠巻きにしてクスクス笑う。喧嘩になれば囃《はや》し立ててわざと大騒ぎにする。そして騒ぎを聞きつけた上官に犯人として突き出すのだ。斉藤たちの矛先が自分に向くと面倒だから誰も琴平を庇《かば》わない。上官も事情は察しているだろうが、そこで琴平を庇えば規律が乱れる。琴平に重い罰を与えざるをえなかった。

なぜ頼りになる優秀な搭乗員である琴平に、あんな嫌がらせをするのか六郎には分からない。

「優秀だからだよ」

「いいじゃないですか」

もしも味方になるなら役立たずより断然腕の立つ搭乗員のほうがいい。

青空に軽く視線を遣《や》りながら中佐は言った。

「ラバウルは、飛行機乗りの憧れの地だ」

戦地に憧れも何もないのだが、航空隊といえばラバウルだ。戦功高く、皇国が誇る神鷲と内地の賞賛を受け、連合国を抑えて南の最前線の制空権を一手に握る。

「そのラバウルで、十九の若造が零戦を乗り回して、撃墜マークを付けるのが気にくわない人間がいるんだ。腐っても男の集まりだからな」

「なるほど……」

内地では『ラバウル航空隊』として名高いこの基地だが実は『ラバウル航空隊』を名乗る隊は存在しない。ラバウル航空隊というのは、ラバウル飛行場を基地とする多くの航空隊の総称である。そんなラバウル基地には、内地から腕に覚えのある航空隊が威信を懸けて次々と投入されているから、各自の矜持《きょうじ》が強かった。出身基地や同期の派閥があるし、戦功により与えられる表彰や褒美を競う。誰でも憧れの上官や搭乗員がいるものだが、そのどれにも属さない、一匹狼《いっぴきおおかみ》でまだ十九の琴平が優秀な成績を上げるのが面白くない人間がいるのだ。嫌がらせの理由には十分だった。

「元零戦乗りだ。昔から喧嘩っ早い上に、まわりのちょっかいが酷い。琴平には、嫌がらせで失った品は全部支給するから、しらんふりでやり過ごせと言ってあるが、あいつはいちいち応戦する」

目に見えるようだった。それにこんなふうに上官に庇われるのも多分まわりは気にくわないのだ。琴平自身もそれを由としない。そしてきっと言うのだ。

『俺は悪くない』

もっともだがここでは通じない理屈だ。悪くないのも悪いのだ。

「先週、琴平は零戦を失って、余計にイライラしている」

「琴平に聞きました」

六郎が答えると、ほう？　と中佐は、六郎を見た。そのあと顔を歪めてため息をつく。

「……毎日喧嘩だ。儂《わし》がたまらん。空に放り出そうにも、あいにく空いている零戦がない。今のところ九七艦攻に乗せているが、琴平を九七に乗せておくのも勿体なくてな」

「そうですね」

九七式艦上攻撃機も立派な主要爆撃機だ。魚雷を腹に抱き、水平飛行から敵艦の横っ腹に魚雷を投下してゆく。

ただ海上の水平爆撃もそうとうな熟練を要するものだが、身軽でアクロバティックな零戦とは性格が違う。九七艦攻は職人的に正確な水平飛行の技術と一瞬の隙を待つ忍耐力が必要で、零戦はそれよりとっさの判断や反射神経、身軽で白兵的な斬り合いを得意とする。琴平が水平爆撃が上手いかどうかは知らないが、優秀な零戦乗りを艦攻に乗せておくのは確かに勿体ない話だ。

「ラバウルに夜間戦闘機『月光《げっこう》』の配備が決まったと聞きましたが」

六郎たちがラバウルに来る直前耳にした噂だ。『改造夜戦』が内地と同時にラバウルにも試作機として極秘投入される予定ということだ。名を『月光』と言うらしい。陸上偵察機を改造したもので、敵の夜間空襲に苦しむラバウルにはまだ夜戦隊がないため、急遽実験投入ということになったらしい。成功すれば内地で編成されている月光隊が来る。重要な役目だ。

名高い零戦を失ってすぐに琴平に最新戦闘機を与えるとやっかみは増すかもしれないが、与える零戦がないというなら月光に搭乗させるのもいい選択ではないだろうか。

「儂も、琴平なら月光を任せられると思っておる。このタイミングでアイツが零戦を失ったのも、何かの巡り合わせだろう」

「琴平を月光に乗せるのに何か問題がありますか?」

噂が本当なら腕前はかなりのものだろう。身長が低くて踏み棒に足が届かないとでも言うなら、下駄でも履かせておけばいい。

「月光は複座だ」

「揉《も》めましたか」

月光には座席が二つある。操縦員席と、後ろで計器や地図を読んで指示を出し機銃を操る偵察員席だ。どちらが欠けても航空機は飛ばないが、直接命を握るのは操縦員のほうだった。

生意気で有名な琴平に操縦桿《そうじゅうかん》を握らせる心の広い男がいるか、確かに悩ましい案件かもしれない。

中佐は気鬱な声を漏らした。

「琴平と同じ航空機に乗りたがるものがおらん」

「操縦桿以前の問題ですか」

なるほど喧嘩っ早さはそこに繋《つな》がるのか。六郎は頭を抱えそうになった。前後ろで揉める前に、琴平とペアになりたがる男がいないということだ。

「そこでだ」

中佐は六郎を見た。

今日は初めからそれを言うつもりで、自分を供に付けたのだと今思い当たった。

「貴様に琴平と、ペアを組んでほしい」

上官命令だ。逆らえないいし、いいとか嫌とか言う前に、琴平を嫌うほど六郎は彼を知らない。

今琴平が臨時で乗っている艦上攻撃機も複座で、これも搭乗割が決まるたび喧嘩騒ぎになるのだそうだ。

　どうしても息が合わなければ交替させられるだろうと思って、六郎は了承した。六郎も操縦席がよかったが、相手はかの五連星・琴平だ。飛ぶ鳥ならぬ敵機を墜とす優秀な戦闘機乗りを後部座席に乗せておくわけにはいかない。それに機銃の腕には少々覚えがあった。機銃と偵察に専念できるなら、それはそれで興味の湧くところだ。

　灌木の間を抜けて飛行場のほうへ向かう。ガソリン入りのドラム缶や、偽装網で覆われた爆弾が隠されている椰子林を抜けると、灌木の林の中に整備場があった。

　朝の整列が済んだあとそれぞれの持ち場へ向かう。今日の搭乗割で即時待機要員になっていない琴平は、整備場へ行ったそうだ。

　夾竹桃の枝を掻《か》き分《わ》け、藪《やぶ》に押し込まれている航空機の間を覗《のぞ》くと琴平はすぐに見つかった。本当にいる、と、六郎は驚いた。彼は白い事業服姿で略帽を腰に押し込んでいる。

　自機を失った琴平は、整備員の手伝いをしていた。他人の航空機の清掃だ。部品の継ぎ目から染み出る黒い油を丁寧に布で拭っている。搭乗割のない日の搭乗員は原則自由が許される。休んでいる者、仲間とゲームに興じる者。市街にはレストラン《レス》もあるのでそこでくつろぐ者、出撃すれば最前線で敵と実際剣を交える者として、地上にいる間は最大の敬意が払われるはずなのに、渾名持ちの彼は整備員に紛れて他機の清掃をしている。

「琴平」

彼に近づいて声をかけた。琴平は、一瞬凝視するくせのある瞳で六郎を見て「何だ」と用心深そうに言った。

芯から航空機が好きなんだな、と嬉《うれ》しくなりながら、六郎は中佐の命令を琴平に告げた。彼は『月光』の搭乗員として選ばれる予定のことは知っていたようで驚かなかった。だとすれば断る理由はないだろう。六郎は初めから操縦席を譲るつもりでいたし、通信技術の成績も甲だ。それに太平洋のど真ん中では、はっきり言ってよほど土地勘の差でもない限り、ある程度技量のある偵察員なら誰が乗っても大差がない。だが、

「身体の大きい男は嫌だ」

琴平は即答した。

「どんな馬鹿より、でかい男が嫌だ」

「そんなに極端にでかくない。何が悪いんだ？」

拒否されて、さすがの六郎もむっとした。どちらかといえば背は高いが、琴平にそんな憎々しげにデカイと言われるほど、むちむち太っていない。徴兵検査は甲種合格、身体自慢だ。何の不満があるというのか。

「機体が重くなるだろう⁉　ただでさえ重たい機体に爆弾抱えてんだぞ？　そこにおまえみたいなのまで乗ってたら、飛行機飛ぶわきゃねえだろうが！」

六郎は唖然《あぜん》とした。だが我に返ってもなぜか、あまり怒りは湧かなかった。どこから説得す

ればいいのかと、考えては諦めることを心の中で数回繰り返す。

航空戦に勝つためには少しでも高い高度を保つことと、少しでも長く飛距離を稼ぐことが必要だ。燃料の消費を抑えるためにも紙一枚重くなりたくない気持ちはよくわかる。頭ごなしに否定され、面罵されたが琴平の嫌がり具合は真剣すぎて、むしろかわいそうになった。

「おまえ、俺を何トン爆弾だと思ってるんだ……?」

わずか六分で六〇〇〇メートル上空まで駆け上がる栄《さかえ》二一型発動機を二機搭載した月光に、たかだか六十キロ前後の自分を乗せたところで何も変わらないと言ってやりたかったが、何を言っても琴平はまったく納得してくれそうにない瞳をして、六郎を睨み続けていた。


眉間にくっきり刻まれた皺《しわ》、地面を睨んだままの目。息を止めそうにきつく結んだ唇をときおり開き、「はあ……」とこれ見よがしのため息をつく。防暑服で隣に立つ琴平は、これ以上はない不満な態度を全身から漏らしていた。

六郎は一昨日《おととい》から琴平と行動を共にしている。

今のところ、搭乗する機体が届いていないから陸上勤務だ。だが辞令が下りたからにはペアとして過ごさなければならない。

琴平は、初めに六郎に対して鉄火のような罵倒をしたあと、今度は何も言わなくなった。その代わりものすごく気にくわない顔をして、六郎が身動きするたび氷の刺《とげ》のような鋭い視線で睨んでくる。存在自体が許せないというような憎々しい目だ。それが過ぎると今度は嘆かわしいとでも言いたげな顔で六郎を見ては嘆息している。とにかく自分が気にくわないようだ。わかりやすい。それが終わるとこんな風に、六郎を横目で見ては、頭を抱えてうなだれている。

あのあと自分の何が気にくわないのかと訊いてみた。飛行時間と成績を打ち明け、他でもない、お前とうまくやるつもりだと訴えた。琴平は「それは上等で何の文句もない」と言ったあと、

——俺の後ろに乗るなら話は別だ！

と言い放った。同僚ならば問題ないが、ペアになるなら大きすぎるということらしい。

多少のことは譲るつもりでいたが、体格ばかりはどうにもならない。ただ、六郎は月光に固執するつもりはなかった。自分は今、最も自由に機体を選べる身分だ。席があるなら何にでも乗る。零戦でもまた艦攻の偵察員席でも選《え》り好《この》みはしない。

——文句があるなら、琴平が自分で上に言えよ。俺が志願したわけじゃない。

すると琴平は水風船を針でつついたように不満を破裂させたのだった。

——命令に逆らうとかカッコ悪いだろう？　デカイ上に馬鹿か貴様！

一喝して六郎を睨んだ。

六郎が驚いたのは剣幕にではなかった。海軍らしい気質がちゃんとあることにだ。上官に逆

らえないといっても、上官だって人の子だ。六郎が沢口中佐と小径を歩きながら雑談を交わしたように、琴平だって密談くらいすればいい。他ならぬ五連星・琴平の訴えなのだから、ペアになる偵察員の指名くらい上層部は一考すると思う。

それなのに「不満を訴えるのは格好が悪い」と琴平は言うのだ。どんな無茶も二つ返事で引き受けるのが軍人の中の軍人、男の中の男だということは六郎にもわかるが、琴平が馬鹿正直な意地を通すのは意外だった。

男気で無理やり不服をねじ伏せている。どうやらそれが、琴平の態度の正体らしかった。是とも非とも答えず、ギリギリと六郎を睨んではため息をつく。一日中この調子だ。しかし打ち合わせとなれば、ものすごく不機嫌な顔をしながらも、六郎が隣に座るのも拒まず、殴りかかってくるようなこともない。生活も一緒にすることになって飯も並んで食うが、視線以外、琴平はおとなしかった。

気がつくと睨まれていたり、感心するほど長いため息をつかれるが、琴平の中の葛藤が、何となく六郎にも理解ができたから大して不快ではなかった。六郎の身体が大きいから気に入らない。ほんとうにただそれだけのようだ。

朝の整列のとき、指揮台の横に立っている沢口中佐がこちらに視線を寄越した。やはり琴平を気にかけているようだ。うまくいっていないのも沢口には分かっているだろう。困ったなと思っていると不意に遠くから大声で呼ばれた。

「おおい！　厚谷一飛曹、琴平一飛曹！」

振り向くと整備の男がこちらに向けて手を振っている。彼はこちらに駆け寄ってきて、興奮したような声で告げた。

「明日、例の改造夜戦が届くそうです！」


小さな子どもに何を見せたらこんなに喜ぶだろうと思うような、琴平の嬉しがり方だ。

あのあとすぐに『月光』がラバウルに到着した。琴平は波打ち際で待ちきれないように出迎えた。

午前中に機体の正式な引き渡しが済み、そのまま微調整に入る。斜め銃の換装は運ばれてくる前にすでに終わっており、機銃のスイッチなどの説明を受けた。

日のあるうちに慌ただしく試験飛行をして、本格的な飛行は日が暮れてからになった。月光は夜間戦闘機だ。暗闇の中でしか確認できない装備も多い。

航空隊員正装とも言える飛行服を整えて隊長訓示を受ける。耳垂れ帽子に航空眼鏡。マフラーは昨日、琴平と一緒に水色に染めた。前線では色のあるのが歴戦の証《あかし》だ。

号令がかかって、整備員と搭乗員、各飛行隊長たちが持ち場に散った。飛行前打ち合わせは終了していた。計画書が挟まった板を手に、搭乗口の前で整備科と最後の打ち合わせをする。

「――了解しました。曳光弾《えいこうだん》試射、自動スラットの秒数と電探の確認。気をつけます」

手元を照らす電灯の光の中、六郎は整備長に頷き返した。主に他の機体にはない装置のテストと、月光の大きな特徴とも言うべき斜め銃の軌道の確認だ。

月光は機首にも機銃を備えているが、何と言っても最大の特徴は胴体背部についている二挺《ちょう》の斜め銃だろう。二五一空の小園《こぞの》司令の発案で搭載された極秘実験中の数機の一機ということだ。六郎の乗る偵察員席の後ろから、斜め上に向かって二挺、二十ミリ機銃の長い銃口が突き出している。敵機の腹にもぐって斜め下から敵機の脇腹に打ち込む必殺兵器だ。

それにしても近すぎる、と、六郎は月光の後部座席から斜め上に生えている二本の機銃《つつ》を見つめた。三人目の同乗者のように六郎のすぐ後ろから突き出す機銃に、耳栓が必要だろうかと六郎が心配していたとき、エナーシャが回り、機体の両脇につけられた発動機が唸りを上げた。

整備員に「行け」と背中を叩かれて、六郎は頷いて機体の側に近寄った。琴平はすでに月光の横腹でかかとを上げ下げしながら、メーター類を確認している整備員が操縦席から降りるのを待っている。

琴平の目は月光に釘付《くぎづ》けだ。上官が言っていることも耳に入っていない様子だった。

この美しい機体が自分たちの愛機となるのだろうか。

そうなってほしいと願いながら、六郎も琴平の隣で、リベットも真新しい航空機の雄姿を眺める。

中島《なかじま》・夜間戦闘機『月光』一一型。

栄二一型双発動機、空冷複列星型一四気筒一一三〇馬力、全幅約十七メートル。最大速度五〇七m／h、二五番爆弾二発搭載可、昼間も夜間も飛べ、戦闘機であり爆撃機でもある万能航空機を願って送り出された極秘の改造航空機だ。

二式陸上偵察機を基にした機体で、零戦よりはずいぶん大柄だが、暗緑の胴体はほっそりとして美しく、複座にしてはコンパクトに収められた風防はまるで単座機のような引き締まりかただ。両翼についた暗褐色のプロペラの付け根には、それぞれ発動機が埋まっている。

翼端識別灯の赤いランプが暗がりに浮かび上がっている。右主翼から水兵安定板に張られた空中線が、上がったばかりの月に煌《きら》めき、一条の光を見せる。

一目でよく飛ぶと分かった。これなら戦える。

数秒もたっぷり見とれたあと、琴平の感想を聞こうと隣を見下ろして六郎は何も言えなくなった。

琴平の大きな目は見開かれたままだった。魂を抜かれるとはきっとこうなのだろうという様子で、彼は立ち尽くしたまま月光を見ていた。

六郎に気づいた琴平が、非常に驚いた顔で六郎を振り仰いだ。激しく六郎の腕を掴み、エンジンの爆音の中で「見ろ」と叫ぶ。

「すごい。双発だ！」

ものすごく嬉しそうな琴平を見て、おまえのほうがすごい、と思わず六郎は笑いそうになった。目がキラッキラだ。夜空みたいに琴平の瞳の中で小さな光がまたたくのが見える。

星の瞳とはこういうものを言うのだろう。琴平はもともと瞳の色が濃いから、興奮に目が光るさまは、ほんとうに目に星空を嵌《は》め込んだようだ。

「どうだ！　なあ！」

エンジン音の中、大声で激しく感想を求められてあまりにも嬉しそうな様子に噴き出しそうになったが、六郎は辛うじて堪えた。こんなに嬉しそうな琴平に水を差すほど自分だって野暮ではない。

「すごいな」とだけ答えると、琴平はまた月光を見て、うん、と大きく頷いた。探照灯が点《とも》ると瞳はさらに輝いた。

これほど光る星空を見たことがなくて、六郎は苦笑いをした。星空名物と名高いラバウルで、こんなに間近に、今までで一番激しい満天の星がある。


実戦では、月光の機銃に曳光弾は装塡《そうてん》しない予定だ。曳光弾とは燐《りん》が入った機銃の弾のひとつで、数発に一発、曳光弾を混ぜておくと青く光って、昼間でも弾の軌道がよく見える。弾は重力に従って落下する。その曲がり具合を目で確かめ、敵機が行く先の「見越し角」を計り、撃つ角度やタイミングを修正する。実際の夜間戦闘では自分の居場所を知らせることになるから曳光弾は使わず、識別灯も消すようにと豊橋《とよはし》基地から指示が来ているが今日は試験だ。月光の様子が分かるものはすべて使った。

「速度誤差、直ったか？」

前の座席の琴平から伝声機ごしに声がかかる。

離陸のときに、体感速度がおかしいと琴平が言ったがそんなはずはないと六郎は答えていた。だが飛んでみると確かにメーターと実速度に誤差がある。

「誤差のままだ。ピトー管かもな。着陸気をつけろ」

速度を感知するピトー管というアンテナのようなものが、月光は独特の位置にある。主翼についている航空機が多い中、月光は機首の真下だ。下向きに垂らした赤いフックのようにも釣り竿《ざお》のようにも見える。どう影響しているかは分からないが、速度誤差の原因というならそこだろう。

「了解。だがこれは取らない。このピトー管はいい」

いきなり強い愛着を寄せるようなことを琴平は言う。しゃれっ気のあるアンテナは確かに赤いリボンのようで、特徴があって愛らしい。

「分かった。希望を出しておく。その代わり着陸でつんのめるなよ？　いきなりへし折っておいて『このままがいい』とは言えないからな？」

「任せろ。着陸は得意だ」

速度誤差があると、着陸の難易度が急激に上がる。しかも琴平が気に入ったらしいピトー管は前のめりになれば真っ先に折れるような位置についていた。斜め銃の射線を避けるために、空中線や細々したものをいじり回したせいでこんな位置にあるのだろうが、難しいところに装備してくれたものだ。

折れるときはどう気をつけても折れるものなのだから、ここは琴平の腕を信用するしかない。

六郎は板に挟んだ紙に誤差速度を書きこみ、琴平に告げた。

「以上、試験終わり。試したいことはあるか」

「機自体にはない」

潔い返事だった。六郎が乗って感じる限り、実直な挙動の艦爆や、研究が重ねられた零戦に比べればかなり癖のありそうな機体だが、不具合がないなら乗りこなすつもりらしい。与えられた武器に文句を言うなというのは海軍の教えでもある。速度誤差に気づく神経質さも、こういう気の太さも琴平はなかなか好ましかった。彼が嫌われる原因はもしかしたら「操縦桿を握ったら人が変わるヤツ」だからなのかもしれないと心配していたが、意外なほどおとなしい飛行だ。六郎の指示にも素直だった。無防備なくらい信用されているのがわかる。

「それでは時間まで自由飛行だ。飛び具合を存分に試してくれ、操縦員殿。残り八分しかないが」

整備員から与えられた試験飛行の項目は多かったが、淡々とこなす琴平のお陰で自由飛行をする時間が余った。六郎は護衛機に無線電話を送り、自由飛行に入ると告げる。

操縦席の前に、九八式射爆照準器《OPL》の薄緑色のスクリーンがぼんやり光っている。慣れた手つきでスクリーンを上に畳みながら琴平が返事のついでに自分を呼んだ。

「ああ。厚谷」

「なんだ」

「こないだ、星空を案内するって言ったよな」

琴平はそう言うなり操縦桿を引いた。ぐっと肩の上から重力《G》がかかる。斜め前からの見えない重みが自分を座席に押しつけるのに六郎は目を細めた。

すぐ上は雲だったが、月明かりの漏れる隙間を探すようにして、琴平が操る『月光』は雲間に滑りこむ。

「琴平?」

不審に思って六郎は操縦席に呼びかけた。目的もなく雲に入るのはよくないことだ。

ガタガタと雲の中を飛ぶ振動を感じながら六郎は計器ごしに、琴平が座る操縦席の背当てを眺めた。

雲が、跳ね上げ型の風防ガラスを撫《な》でながら流れてゆく。泡の中をゆくような視界ゼロの闇の中、三十秒ほどが経過した頃だろうか。

ふっと機体が軽くなる感触がして、『月光』を覆っていた圧力が消えた。雲を抜けたのだ。

「……」

六郎は風防の外を見てあっと息を呑《の》んだ。

夜空がそこにあった。だが、六郎が知る夜空とはまったく別の世界だ。

何処《どこ》までも澄んだ藍色。

凍りつくような白い月が雲の海を照らしている。足元に広がる雲は輝くほどに白く、魚影のような航空機の影が泳いでいる。

一面白銀の地だ。見上げれば空だ。

本当の空だと、六郎は思った。

左の窓に、皓々《こうこう》と白い月。月の周りの空は青く、月から離れるほど闇で、右の窓には銀砂をぶちまいたような星空が広がっている。

闇は濃密に黒く、刺が鋭く光る星々が零《こぼ》れ落ちてきそうなほどにひしめき合っている。

近い、と、思わず六郎は呟《つぶや》いた。

遮るもののない空と星だけが目の前にある。

手が届きそうに星は近く、だが天は澄んでどこまでも黒く透きとおっている。

その本当の夜空の中を、『月光』の銀翼が、薄衣のように雲を細く纏《まと》わりつかせて飛んでいた。白い粉のような霜に覆われた主翼が月齢十四の月を浴びてきらきらと光る。力強く唸るエ

ああ 厚谷《あつたに》
なんだ
こないだ 星空《ほしぞら》を案内《あんない》するって 言《い》ったよな
!

琴平《ことひら》？
ガタ
ガタ
ガタ
ガタ
フワッ
！

……ッ

本当《ほんとう》の空《そら》だ
近《ちか》い
どうだ

今《いま》までで一番《いちばん》きれいなものを見《み》た
あんなものを見《み》ては
この星空《ほしぞら》さえ霞《かす》む
♪
すごいな

ンジンは歌声のようだ。翼端識別灯の左は赤、右は青。自分たちも星の一つだと言うように、夜の中に小さな輝きを放ちながら進んでいる。

星の夜空にただ浮かんでいるようだ。月だけがゆっくりと動く。

「どうだ」

得意そうな声音で琴平は言った。

ほんとうに素晴らしい星空だった。

星を見慣れた南方で、搭乗員にしか見られない、いちばん星に近い空にちがいない。

今までで一番きれいなものを見た、と答えようとしたが六郎はやめた。さっき『月光』を見ていた琴平の瞳を思い出した。確かに目の前に広がる星空は美しかったが、あんなものを見てはこの星空さえ霞《かす》む。

「すごいな」と六郎は答えた。琴平は何も言わなかった。しかし操縦から感じる限り機嫌はいいようだ。伝声管の雑音の間から鼻歌のようなものが聞こえたが、何の歌かは分からなかった。

八分の間、星空を飛び、上昇と降下、旋回を繰り返して無事に『月光』の試験飛行は終了した。

着陸直前の速度誤差は、六郎でも故障ではないかと思うくらいはっきりしていたが、琴平は機体を地面に置くように静かな三点着陸をこなしてみせた。地上一寸《いっすん》で失速。見事なものだ。元艦上機乗りとはいえ腕がいい。
——ピトー管ニ誤差認ム　但《ただ》シ　勝手良シ
六郎は報告書の最後の一行に書き加えた。

試験飛行が終わってから慌ただしく整備科と上官を交えた会議が行われた。主に月光の運用方法についてだ。現在反撃手段がない敵の夜間攻撃の邀撃を引き受けることになった。他にも偵察、護衛など、投入されるなり引っ張りだこだ。

興奮冷めやらぬまま朝を迎えた。指揮所前の広場に作業中の者以外が集められ、朝の整列が行われている。今日も朝から炎天下だ。

琴平は相変わらず常にぶすくれていて、ため息で呼吸をしているようだった。彼の視線は基本的にはあからさまに自分から逸《そ》らされているか自分を睨んでいるかのどちらかだ。

試験飛行をしたときの親しさが嘘のようだった。航空機の側でだけ機嫌がいいのだな、とぬか喜びした自分を哀《あわ》れみながら、休めの姿勢で六郎は少佐の長い訓示を聞いていた。

今日の予定を告げられたあと、新しく着任してきた隊長の短い挨拶が続く。

「解散」

号令がかかってバラバラと人が散り始める。

鬢《びん》に汗を流した琴平は、姿勢のいい気をつけをほどいたあと尖《とが》った目の端で六郎を睨み、いつものように黙って背を向けた。

一通り不満を発散させれば落ち着くだろうと思っていたが、この様子では難航するかもしれない。機嫌がいいからといって出撃以外のときも常に操縦席に乗せて置くわけにはいかないし――。

六郎が憂鬱に考えを巡らせていると、向こうを向いたままの琴平が一言投げてきた。

「行くぞ」

琴平の癖毛の中に見えるつむじを見下ろして、六郎は小さく破顔した。

「ああ」

琴平と仲良くやってゆけるかもしれない。

† † †

今日も濃淡のない青が空一面を塗りつぶしている。雲を作り忘れたような、がらんとした青空だ。

六郎《ろくろう》は小径《こみち》を外れて灌木《かんぼく》の林に入り、目の前に差しかかる低い緑の枝を手で避《よ》けながら辺りを見回した。

「恒《わたる》。――恒？」

片腕に六個抱えたパイン缶を落とさないように気をつけながら蘇鉄《そてつ》の葉を退《ど》けてみる。ここにもいない。

「恒？」

念のため、奥の茂みにも声をかけてみるが返答はない。ということは多分、いつもの場所だ。

恒とペアを組んで半月、名前を呼び始めるまで時間はかからなかった。

これほど愛される機体はないだろうと思うくらい、新しい月光《げっこう》は恒にへばりつかれている。

生きものならば飯も分け与えかねないくらいの溺愛ぶりだ。

恒はだいたい月光の側にいる。整備を見守り、自ら磨き、暇になれば隣で寝ている。機体が陰になる日は操縦席に丸くなって眠っていることもある。整備員がこれ以上施すことはないと言っても、恒自身は病気の赤子を抱えた母親のように、どこか悪いところがないか診てくれと、彼らを医者のようにしつこく摑《つか》まえている。

月光の母親が恒というなら、父親は自分だと言いたいところだが、長く単座の零戦《れいせん》に乗っていたせいか、恒は自分の縄張りのように六郎に月光を触らせようとしない。かといって六郎が磨かなければ怒るのだった。ほんとうに恒の月光に『乗せてもらっている』感じだ。

恒の航空機の腕は噂《うわさ》以上で、月光を得てなお生き生きとしている。エンジンを切るような背面の急降下を平気でやる。まるで後ろに目があるかのように、けっして敵機に背後を追い回されることもなかった。

六郎も飛行兵として大概過酷な訓練に耐え、ラバウルに来るまで九七艦攻の操縦員や偵察員として、合計八〇〇時間を超える飛行時間を積んでいたにもかかわらず、恒の偵察員席に乗って初めて吐いた。木の葉のように機体がふっと落ちる。空から墜落するのと同じだった。頭上近くに海面が見えて六郎は悲鳴を上げながら何度も死ぬと思ったが、恒は鼻歌を歌う余裕があるからたまらない。

吐いた日は、怒った恒に棒で追い回され、機内が磨り減《す》りそうになるまで掃除をさせられた。ああ見えても恒は神経質で、不用意な整備をすれば途端に機嫌を損ねる戦闘機のような男だった。

「恒？」

六郎はパイン缶を手に、椰子《やし》に埋もれるようにして建っている整備場を覗《のぞ》いた。整備場といっても数本の柱の上から、椰子の葉で組んだひさしが出ているくらいの粗末な代物だが、トタンも入っているから雨《スコール》が凌《しの》げ、ささやかなりとも陰ができ、机や椅子が置かれている。

恒はよそよそしさは残っていたもののずいぶん大人しくなった。急に愛想が良くなったりもしなかったが、何となく偵察員としての腕を認めてもらえたような気がしている。

月光に乗って、撃墜数が三になった。

初めはこの月光の搭乗権を巡って熾烈《しれつ》な争奪戦と嫌がらせがあったのだが、最近は皆、この月光を『琴平機《ことひら》』と呼ぶようになっていた。誰もが認める愛機だ。通常、操縦員と偵察員の階級が同じ場合は、偵察員の六郎が機長となり『厚谷機《あつたに》』と呼ばれるのが慣例だ。六郎の前ではみんな『厚谷機』と呼んでくれるが、どう考えてもこれは恒の月光だ。まわりの気遣いはありがたいが、六郎自身はもうどうでもいいと思っていた。

探してみると、案の定、恒は月光の翼の陰で昼寝をしていた。細身の恒は重力がこたえるらしく、出撃が続くとぐったりしている。そういうときは今度は月光が親鳥のように、たいてい恒は翼の下にいる。平穏時に身体《からだ》を休めて戦闘に備えるのも搭乗員の重要な仕事だ。

「恒。起きろ、恒。特別配給が来たぞ」

基本的にパイン缶は一人一缶だ。士官は二缶、特別功労者は功労の量により加算だ。六郎たちは二缶上乗せの三缶ずつだった。

「ん……」

「パイン缶。ご褒美に三缶だ。功労だぞ」

差し出すと、「ほんとうに？」と眠たそうに目を擦《こす》りながら嬉《うれ》しそうな顔をした。昨夜は一晩中哨戒《しょうかい》任務に就いていたからだいぶん疲れているようだ。夜間の出撃があると睡眠時間が乱れてそれも疲労に繋《つな》がっている。普段大きな目が半分しか開いていない。

「ほら」

起き上がる恒の前にしゃがんで、缶を三つ手渡してやると、寝起きの子どものように曖昧に笑っている。いつもこうならかわいいのだが、と恒の切れた唇の端を見ながら六郎はため息をつく。相変わらず喧嘩《けんか》は減らない。

地面に胡座《あぐら》を組む恒をあやすように六郎は囁《ささや》いた。

「今一緒に食う？　水で冷やしてから食うか？」

「ぬるいままでいい。半分にしよう」

恒は六郎から缶切りを受け取った。

彼に打ち解けられるのは、なかなか懐かない細身の獣をてなずける気分だった。恒は天真爛《てんしんらん》漫《まん》で物怖《ものお》じしない性格だが警戒心が強い。ペアになったのでベッドが隣に変わったのだが、当初は六郎より先に眠らないという徹底した警戒振りだった。もう眠っただろうかと恒を見ると、ベッドの中から夜闇にらんらんと輝く目が自分を睨んでいた。

最近は寝顔を見られるようになったし、こうして缶詰を半分にしようとも言ってくれる。六郎が恒に卑怯《ひきょう》なことをしたり嫌がらせをしないと信じてくれたのだろう。元は素直なようだった。

軍隊は競争させられる男の集団だ。しかも厳しい平等の中の競争で、何かにつけ嫉妬が激しい。特に他人の恨みを買った覚えのない六郎ですら、予科練にいる間は仲間を疑って身を守るしかない生活だった。実戦配備されて視野が広がり、そんな生活から解放されるはずだったのに、戦地に送られても嫌がらせを受けつづけている恒が人を疑うようになっても仕方がないだろう。

恒がすぐ食べると言うだろうと思って、六郎は箸も持ってきていた。整備場なら、普段整備員が使っているアルミの器があるはずだ。探そうと立ち上がったときだ。

「……」

恒が顔を上げた。空を見る無心な横顔に、何だろうと六郎も空を仰ぐ。雲一つない青空だ。

恒が立ち上がると同時に、遠い唸音《ねんおん》が聞こえてきた。

「空襲だ！」

六郎は息を呑む。警戒警報も鳴らず、いきなり空襲だ。恒が苛立《いらだ》たしそうに言う。

「哨戒機はどうした」

「墜《お》とされたんだろう。急げ！」

恒を連れて防空壕《ぼうくうごう》に逃げなければならない。敵機が来るとなれば迎え撃ちたいのは山々だが、ここには飛行服も何もない。搭乗割からも外れている。月光は目の前だがこのまま乗り込むのは無理だ。当番の誰かが避難させてくれるはずだ。

「いい、このまま。来い、六郎」

恒が月光に近づこうとする。六郎は缶詰を放り出して恒の腕を引いた。

「無理だ。整備員もまだ出ていない！　発進はできないぞ！」

「発動機《エンジン》なら俺が回す！　相手は二機だ」

恒には早くに敵機の唸音が聞こえていたのかもしれない。数まで聞き分けるのかと、恒の耳の良さに感心している場合ではない。

「恒！」

燃料はまだ入れる前だ。二人で準備しても間に合わないし、落下傘を体につなぐためのハーネスもない。

「間に合わない、恒！」

ごうごうと迫る唸音は瞬く間に島を包んだ。ヘルメットを手に取る暇もなく、嫌がる恒の腕を摑んで強引に整備場を出る。やっと空襲のサイレンが鳴りはじめ、待機の班が灌木の林の間から飛び出してゆくのが見えた。一旦洞窟に逃げ込むしかなかった。

「低く！」

叫んで腰をかがめながら、灌木の間を走りぬける。整備場を何度も振り返る恒を引っ張りながらなので、なかなか前に進まない。

「急げ、恒！」

「行かなきゃ」

「恒！」

「俺がやんなきゃ、ユキが……、姉ちゃんたちが！」

六郎の腕を振り切ろうとする恒に、そうはさせるかとさらに腕を強く摑んだ。そのときだった。

機銃弾がすぐ近くの地面を二列の直線で砂浜に向かって走っていった。直後に、海のほうで爆音がする。

「この野郎……っ！」

「恒ッ！」

届くはずのない敵機に反撃しようと、立ち止まろうとする恒を六郎は必死で引き止めた。ポケットに出していた航空機の何機かは駄目かもしれない。月光のある整備場も被弾したかもしれないが、戻れば爆撃に遭う。爆撃機も来ているのか、次々と爆弾が爆発する音がする。連続して雷が落ちるような轟音《ごうおん》の中を走り続けると、茂みの中に崖の切れ目が見えてきた。

「無事だったか、厚谷！」

洞窟《トンネル》の縁に転がり込むと、仲間が腕を引いて迎えてくれた。六郎に予備の双眼鏡を貸してくれる。

機体に積んだ機銃弾がバチバチと爆《は》ぜる音が聞こえた。椰子林の陰で見えないが、あの燃え方では少なくとも五機は炎上しているに違いない。

恒も諦めたらしい。まばたきもせず椰子の向こう——海の手前で赤黒く燃え上がっている炎をじっと見ている。

奇襲の爆撃機は、地上でほぞをかむ自分たちを嘲笑《あざわら》うように空中で大きく旋回して、西南の方角へと飛び去っていった。偵察の駄賃のような短い空襲だ。

洞窟の中では兵士たちが大声をかけ合いながら慌ただしく行き交っている。

「哨戒機を呼べ。誰が出てるんだ？」

「三城《みしろ》たちが出てるはずだが応答がない！」

擦れ違ったか撃ち落とされたか分からないが、未《いま》だ哨戒機と連絡がとれていないらしい。

敵機の音が遠ざかるのを待ちかねながらバケツと移動ポンプで消火の準備をした。全焼なら海水を使う。見込みがあるならタンクに溜《た》めた真水を使う。

「いこう、恒」

呆然《ぼうぜん》としている恒の背を六郎はそっと押した。炎は上がっていないが、自分たちの月光がある整備場に近い。整備場が燃えているなら急いで消火をして、月光を移動させなければならない。

「……うん」

気落ちした様子で恒が頷《うなず》いた。

――俺がやんなきゃ、ユキが……、姉ちゃんたちが！

戦闘機を乗り回したがる悪ガキのようにしか見えなかったが、恒をここで戦わせているのは、内地を守るという強い決心だ。気の強さの裏には家族を守ろうとする捨て身の思いやりがある。

上着を着て、ヘルメットを被《かぶ》って浜辺に向かった。

九七艦攻が二機大破、九九艦爆、零戦八機が爆発し炎上していた。整備場の一部が機銃で破壊され、周りの椰子が数本燃えたが、奥にいた月光は無事だった。屋根を貫いた機銃が一発、月光の尾翼を掠《かす》っていた。地面に散らばったパイン缶のうち、ひとつが機銃に撃ち抜かれて破裂していた。

日が暮れるまで、全員で炎上した航空機の消火と片付けに当たった。被害は大きく、隊の編成にも影響を及ぼすだろう。

「大丈夫か、恒」

　無事でよかったなとは言えないくらい恒は落ち込んでいた。

　身体に負う傷は平気でも、機体に傷を付けられると痛むらしい。整備員に、パッチを当てるまでもないと宥《なだ》められ、子どもをあやすように目の前で塗料を塗り直してもらっても、恒の消沈は治らない。

　喧嘩で頬を腫らしたり、転がり込んだ枝の先でざっくり腕を切っても平気な恒だ。月光を心配する半分でも自分の身体を心配しろと言ってもたぶん無駄だから、恒のことは六郎が心配してやることにした。

　あれは偵察機で、てっきり続けて大きな空襲が来るのだと身構えていたが、空襲はそれきりで様子見となった。反撃をしようにも、洋上の空母からだろうと想像するくらいで、どこから飛んできた航空機か分からない。

　基地上層部は、もっと高性能な索敵機が欲しいと航空本部に再度上奏する構えだった。米軍の電波探知機《レーダー》は優秀で、こちらからの奇襲はことごとく察知されてしまうのに、こちらがわは今日のような有様だ。警戒警報もなしにいきなり空襲ではどうすることもできない。哨戒機の無事を無線で確かめることすら容易ではなかった。前線で戦う兵士たちは、電波技術の後れをただ悔しがるしかない。

　日が暮れるまでバタバタし通しで、夕飯も缶詰などの戦闘配食だった。

放っておけば、鞴《ふいご》のようにふうふうとため息をつき続ける恒を誘って外に出た。

兵舎を出て、一段高くなっている場所から浜に下りると百八十度の夜の海が広がっている。

「月がきれいだな、恒」

「うん……」

海に行けば、燃料と焼け焦げた木の臭いから逃れられるのがいい。

そのまま二人で整備場まで行った。

恒は、地面に散乱したままになっていたパイン缶を三つ拾い上げ、六郎に寄越してきた。六郎はその上に残り二個を拾って積んで、全部を恒に渡した。

「六郎……」

大きな瞳が六郎を見る。

「半分ずつにして食うんだろ？　五回食べよう」

月に照らされた頬を歪《ゆが》めながら笑う恒の笑顔を一生忘れないだろうと、六郎は思った。

さっそく一缶開ける。中心がくりぬかれた丸く黄色い輪を月と見比べて二人で笑った。

「多分、これから月を見たら、俺はパイン缶を思い出す」

恒は、輪切りのパインの穴に箸を通して缶から釣り上げながら苦笑いを浮かべた。

「まん中に穴が空いた月なんてねえよ」

言い返していたらなんだかおかしくなって、二人で笑った。

パイン缶はさっぱりと甘酸っぱかった。ときどき支給される羊羹《ようかん》は腐敗防止のためにこれでもかというほど甘かったし、果物の砂糖漬けも六郎にとっては喉が痛くなるほど甘すぎた。今や砂糖は海軍だけに許される贅沢品《ぜいたくひん》だ。甘すぎると文句を言えば重罰ものだが、パイン缶のほどよい甘さと比べるとやはり甘すぎると思う。

月明かりの中、それぞれ短い枕木に腰かけて、アルミの器と缶に分けたパインを食べた。食べ終わって、半分に分けた汁も飲み干したあと、恒が言った。

「俺はだいたい一番になれないんだ」

「一番って、何のだ？」

「いろんなこと。今まで一番になれた例《ため》しがない」

「そうか？　意外だな。恒は勉強も運動もよくできそうなのに」

士官候補生を養成する海軍兵学校ほどではないが、予科練だって選《え》り抜きの若者ばかりが集められるところだ。着任早々五連星と渾名《あだな》をつけられるほどの恒が予科練の頃から優秀だったことも想像に難くない。それがこれまで一番と無縁だったとは考えられなかった。

うん、と恒は頷いたあと、ぼやくような声で言った。

「頭の良さは兄ちゃんたちだし、かわいがられるのは弟だったし、走るのは素子《もとこ》姉ちゃんが、町で一番速かったしな」

「おまえも大概速いじゃないか」

暇を見つけては訓練がてら行われる徒競走で、恒は一番か、喧嘩の翌日でも三番くらいだ。

恒は真面目な顔をして首を横に振った。

「いや、もう段トツで。素子姉ちゃん、足の裏にバネが入ってるんじゃねえかってくらい、年上の男を抜いて一番速いんだぜ？　おかしいよ」

「韋駄天《いだてん》並みってヤツか」

「そう。『韋駄天の生まれ変わりなのになんで女に生まれたのか』って、近所のじいちゃんが嘆いてた。陸軍にやればどんだけ働いたかって。うちの姉ちゃんを陸軍にやる気かよ」

「それは酷《ひど》い。女性だろ？」

「姉ちゃんだから当たり前だ、馬鹿。顔はかわいいよ。足がバケモノみたいに速いだけで」

「そうなのか」

足はさておき、恒の姉なら顔はかわいいだろうなと思う。恒は女顔とは違うが、全体的に小づくりで、目だけが小動物じみて大きい。いかにも癇《かん》の強そうなくっきりした眉をきゅっと寄せる癖があるので、なおさら意志が強そうに見える。恒はため息をついて膝に頬杖《ほおづえ》をついた。

「他にも何か、近所で完全無欠のスゲエのがいて、嫌になった」

「へえ」

恒でも劣等感を感じることがあるかと思うとなんだか意外だ。身長は気にしているようで、横に整列するときは半歩前に出るのを知っていたが、喧嘩を徹底的に受けて立つくらいだ、絶対的な自信があるのだろうと思っていた。

恒は月明かりを受けて、潤んだように見える黒い目を伏せながら言う。

「俺も、勉強とか努力とか、がんばったけど、勉強から……いや自分からかな……逃げたんだ。なんだか敵《かな》いそうになかったから」

「おまえがそんなふうに思うなんて珍しいな。そんなに凄《すご》いヤツだったのか」

「うん。もう悪口の言いようがなかった。すごい坊ちゃんでな。神童とか言われるやつ」

「ふうん」

そんな人物なら今頃どこかの尉官か、軍政の末端にでも滑りこんでいるだろうか。名前は聞かないでおいてやった。名のある将校なら無線でホクロの位置まで伝わってくる。

恒は、ふう、とため息をついた。そして少し考えるように目を伏せたまま首を傾《かし》げる。

「やっぱり何かで一番になりたいだろ？　俺には航空機が合ってるような気がして」

そう言って、恒は月の浮かんだ空を仰ぐ。

「でも、上手《うま》い奴は上手いよな。一番になれるかな」

「俺が見てきた中で、恒は一番操縦が上手いよ」

月に問うような恒に六郎は答えた。月ではなく六郎が答えてやりたかった。

「そうか？」

「ああ。隅元《すみもと》大尉の後ろに乗ったこともあるけど、おまえのほうが上手いと思う」

お世辞ではない。まだまだ技術は足りないが、それは経験と熟練によるものだ。ラエにいた頃に航空隊でも屈指と言われる搭乗員の偵察員席に乗ったことがある。彼らは航空機を操るのにはさすがに長《た》けていたが、彼らが航空機を「操縦する」と言うなら、恒は航空機そのものだ。航空機と完全に溶け合っている。彼自身が航空機になったかのようだった。二人で乗っていても、六郎だけが月光の中の異物のようだ。

「ほんとに？」

恒が目を輝かせて自分を見る。

「ああ。おまえのほうが上手い」

「ほんとうか！　一番の操縦員になれると思うか？」

誓えるか？　とでも問うように肩を乗り出した恒の額がすぐそばだったから、ああ、と頷き、六郎は自分から額を軽く当てた。

「……ついでに俺の一番にならないか」

唇が触れそうな位置で、目を伏せて六郎は囁いた。

恒が内地で誰と競おうとしたか知らないが、自分の一番はとっくに恒だ。航空機に対する真摯さも、六郎が読んだ数値をまるっと信じてくる掛け値なしの信頼も、帰還して先に地面に降りる自分に、翼の上から投げかけてくる屈託のない笑顔も、他の誰とも比べものにならない。

正直、恒以外の人間の後ろに乗っていたら、自分が操縦するという夢を捨てきれずにいたかもしれない。だが恒ならいい。他の誰かの後ろに乗れと言われても、今はもう考えられない。いつの間に、と自分の囁きを鼓膜の内側で繰り返して、六郎は恒と過ごしたほんの半月ばかりを振り返る。

月光を目の前にした恒を見たときには、すでに恒を月光に乗せてやりたいと思っていた。文句を溜め込んだような瞳で睨まれ続けたせいだろうか。それとも初めて恒と出会った日に嚙《か》みつかれそうに睨まれた瞬間からだろうか。思い出すどの一瞬もあまりに鮮烈すぎて目がくらみそうだ。

この男は初めから鮮やかだ。これ以上の男は見つからない。

輪郭のくっきりした恒の唇が間近に見えた。驚いたように軽く開いたあと引き締められた。

「デカイヤツは嫌いだ」と言われるか、不満そうな了承の言葉をくれるか。苦笑いの準備をして恒の言葉を待っていたら、急に肩を激しく突かれた。

「恒……？」

恒は怒った顔をして六郎に唸《うな》った。

「ペアだから当たり前だろう」

今さら何を言うんだと言いたげに恒は六郎を睨んでいる。

「おまえは一番じゃない相手に、命を預けるのか？　それで空を飛んで平気なのか？　そうだったら今すぐ降りろ、俺が迷惑だ！」

「わ、……恒！」

唾でも吐きそうな表情で立ち上がろうとする恒の腕を、六郎は慌てて摑んだ。火花のように振り払われる。

「離せ、軽薄野郎！」

「違うって！」

六郎は急いで恒の腕に縋《すが》りなおした。

意外すぎる。予想の上をゆく男気だ。

組んだからには、気に入らなくても六郎は唯一無二のペアだと、初めから腹をくくっていたのだ。自分のように相手の様子を窺《うかが》いなどしなかったのだろう。六郎に命を丸ごと預ける覚悟でいてくれた。

惚《ほ》れ直す思いだった。これまでも誠実に恒の後ろで偵察員を務めてきたつもりだが、恒の心に比べると恥ずかしくなった。本当の信頼とはこういうものかもしれない。恒に詰《なじ》られて嬉しく思うのはどうかしていると思うが、抱きしめたくなるくらいの感動がわき起こるのだから、どうしようもない。

見定めるような視線に、六郎は慌てて言い訳をする。

「俺もそう思っている。確認しただけだ、恒」

恒が唯一だと思う気持ちは本当だった。彼はまだ怒りを込めたままの目で、じろりと六郎を睨んだ。

「……だったらいい」

恒は立ち上がって、整備場の外に向かった。

兵舎に戻る小径を二人で歩く。

椰子の葉が月に照らされてガラスのように白く光っている。扶桑花《ハイビスカス》は夜、なお艶やかさを増して赤かった。白い花はすべて、月の光を纏《まと》ったような乳白色だ。

そういえば、初めて会った日もこんなふうに二人で歩いたなと思いながら、砂が光る坂道を歩いていると恒がボヤいた。

「確認とか女々しいことをするな。面倒くせえ」

「悪かった」

声にはもう怒りは含まれておらず、不機嫌さだけが滲《にじ》んでいた。気持ちを言葉で打ち明け合うのが苦手なのだろう。

隣をだらだら歩きながら、恒はやわらかい声で言った。

「六郎は計測が上手いな。はじめは後ろからいろいろ言われてうるせえと思ってたけど、今は零戦に乗ってた頃より飛びやすい」

「そうか?」

「うん」

頷いて、恒は夜空を仰いだ。

「貴様がいるから飛行時間がずいぶん愉快だ。単座機は自分で地図を見たり高度を読んだり、忙しくて空を眺める暇がなかった」

空を見る余裕があるのか、と、六郎は驚いた。離陸すれば一面の空だ。雲を越えるといよいよ空しかなく、色は違えど方向も距離感も失うような碧《あお》が延々と続く。陸地のように見える雲は絶え間なく動いてあてどなく、晴れ渡った日は何時間も同じところに天から糸で吊《つ》るされているようだ。もしそのまま陸が見えなかったら燃料が切れたところで墜落して死ぬのだから、海で遭難する以上に怖ろしい。六郎だって偵察任務をしなくていい時間はなるべく手元や計器を見て、まわりを見ないことにしていた。

配属されたばかりの新人ならまだしも、敵機と死闘を交えた経験があり、飛行時間一〇〇〇時間を超えてもまだ空を飛ぶのが楽しいと言う人間を六郎は知らない。

恒は、ときどき半長靴《はんちょうか》のつま先で小さな石を蹴りながらぽちぽちと口を開いた。

「俺は飛ぶことだけを考えていればいいから、今は複座も悪くないなと思っている」

「そう言ってもらえて嬉しいよ」

相変わらず愛想の良くない恒の横顔だ。だが警戒心のない素の表情に見えた。何の感情も含んでいないと子どものようにあどけない。恒と自分がペアになると告げたときの、蛾《が》を見るような嫌そうな顔を思い出した。この顔でよくあんな嫌そうな表情ができたなと思うと今頃妙におかしい。恒は思案げな顔で首を傾げる。

「まあ、今でもおまえの背が縮んでもっと痩せればいいとは思っているが、最近六郎でもいいかと思うようになってきた。ペアだからな」

「そうか」

恒の隣にいると、微苦笑が癖になりそうだ。なぜか恒の悪口には腹が立たないのだから不思議で仕方がない。拳を軽く口許《くちもと》に当てて笑みを隠しながら歩いていると、不意に恒が呟いた。

「……パイン缶、旨《うま》かったな」

「ああ」

今度こそ六郎も同意した。

恒は照れ屋かもしれない。


夕食後、恒と二人で隊長に呼び出され、夜間の偵察任務を申しつけられた。作戦自体は明け方だがそれでも時間がないのには違いなく、整備場は慌ただしい緊張に包まれた。

昨日の今日だ。反撃できると知ってのぼせ上がりはしないかと心配していたが、恒は冷静な様子で出撃準備を淡々とこなした。表情もしっかりしている。

「……おっし！」

自分の手のひらを拳で叩《たた》いている。気合も十分のようだ。

午前二時、地上要員に見送られながら、月光は単機で離陸した。払暁を狙っての偵察任務だ。

「高度一〇〇〇。このあと高度は徐々に低めにとって相手の索敵機《レーダー》から逃れるぞ。七〇〇まで落として水平飛行に入る。燃料は十分だ。行けるか恒」

昨日空襲で傷つけられた月光の尾翼を心配しているに違いないから、日ごろより多めに計器類の報告をしてやった。

「ああ」

月光は快調で、六郎が指示する高度にぴたりと機体を乗せてくる。切れ味のいい飛行だった。風防の中に抑えた闘志が漲《みなぎ》る。月光の中はいつも以上に冷たく冴《さ》えていた。

夜を飛び、闇が明け切る寸前に敵地の上空に差し掛かる計算だ。

月光が偵察任務に出るときは、単独飛行がほとんどだ。対空砲火が待ち受ける敵の陣地に飛び込み、上空から見える情報を摑んで逃げる。独自の戦闘能力を持ち、超長距離を飛ぶ月光にしかできないことで、航空戦以上に危険な任務だ。

夜の中で明け方の闇が一番深い。目視はされない。レーダーにかかる範囲の外から目的地の側《そば》まで、海面すれすれの超低空飛行で飛ぶ。燃料と機体に負担がかかるが、恒の腕と月光なら不安はなかった。六郎は慎重にメーターの数字を読み上げた。恒は暗闇の中、六番爆弾を抱えているとは思えない安定したバランスで、海面に機影が映りそうな低い高度を、息を殺したように密《ひそ》やかに飛ぶ。

敵地が見えはじめると同時に、南の海は朝を迎えた。世界が透き通った藍色に染まる。明るくなったと思えば幕を落としたように朝が来る。夜明けは一瞬だ。

「今だ、機首上げ。失速するなよ！　恒！」

指示を出すと恒が一気に操縦桿《そうじゅうかん》を引いた。ぐんと水平線が押し下がる。上昇のGに機体が軋《きし》み、空の重みが身体にのし掛かってくる。

「来るぞ、六郎」

「おう」

――ワレ　偵察開始　交戦ス
ガタガタ揺れる偵察員席の中で打電し、横滑りしながら傾斜《バンク》を上げて島上を旋回する、月光の風防ガラスから島を見た。

ジャングルの隙間から、月光の唸音を聞きつけた高射砲が火を噴く。航空機から見ると、網のように広がって飛んでくる砲弾は地面から噴出する無数の火花にも見える。立火仕《三国》掛の花火の中に突っ込んでゆくようだ。

「見えるか、六郎！」

避けつつ機体を垂直近くまで傾けながら、恒が叫ぶ。

「砲台、三……いや、四だ！　地上に航空機、――約三十！」

右横からの重力に押しつぶされそうになるのに負けないよう、六郎は足を踏ん張り、双眼鏡を眼窩《がんか》にめり込むくらい強く押しつけた。

「けっこう屋根が見えるな。いつから来てやがんだ」

「煙はジャングルで上がってるみたいだな。崖の壁を掘る暇がないってことは、この二、三日ってところか。まだ飛行場は伐採中だ。ここができたらまずいぞ」

「アイツら、早《は》ええからな」

米軍はやたらに基地の建設が早い。土木工事専用の車両があるせいだ。重機で木をなぎ倒し、そこに鉄の筵《むしろ》を敷く。対して日本は完全な人力で、ラバウルも木を斧《おの》で切り倒し木ソリで開拓したという。ここに飛行場を造られたら大事だ。

南方の戦略は、飛び石かおはじきのようなものだ。無数にある小さな島を占領し、それを足がかりに一番近い敵地を攻め合う。敵の陣地を北進させない。それが南方前線の目的だ。上陸の気配があれば、戦力がまとまる前に叩《たた》き潰す。

「浜辺に艦船ナシ。邀撃《ようげき》来るぞ、恒！」

月光に情報を持ち帰らせまいと、椰子の葉の下から追撃の航空機が、土が剝《む》き出しの滑走路に出てくるのが見える。夜明けを狙ってきたがさすがに最前線だ、邀撃準備が早い。

「望むところだ。――ところで六郎」

離陸してくる連合軍の航空機に焦る六郎に、恒が冷静な声で言った。

「お前、数はいくつまで数えられる？」

「は？」

「右奥見てみろ。あれは何だ」

言われて目を凝らしてみると、ジャングルの中から細く差し出された二本の黒い影が見える。見つけそこねた砲台だ。

「——すまん！」

慌てて腿《もも》に固定した記録板の地図に、砲台の印をつける。飛行中は気圧や酸素が薄い影響で、判断力が半分以下になる『四割頭』と言われるが、それにしたって双眼鏡を使っていない恒に負けるのは見落としすぎだ。

「サイダーの瓶底切り取って眼鏡にしろよ、分厚いヤツ！」

「大丈夫だ！」

視力には問題がない。恒の動体視力が飛び抜けているだけだ。

月光は旋回しながら島に近づいた。集中砲火が追ってくる。月光は優雅にも思える動きで高射砲射撃を避け続けた。気のせいなのは分かっているが当たる気がしない。

六郎が見落とした砲台の前を見せつけるように過《よ》ぎりながら、恒は大きく機体を捻《ひね》り込んだ。

「こないだの仕返しだ。おみやげくれて帰るか。投下用意！」

「近づきすぎるな恒。偵察任務だぞ！」

　せっかく来たのだから爆弾を落とせと恒は言うが、自分たちの任務は情報を持ち帰ることだ、撃墜されては意味がない。それにさっきから何だか嫌な予感がする。敵飛行隊は空輪で移動してきたのだろうが、それにしては密林の間に見える屋根が多すぎる。

「腰抜けだな、六郎。でも六郎は図体がでっかいから、腰を抜かしたら大変だろうな！　俺は背負わねえからな！」

　六郎の慎重さをからかう恒の声を無視して、島の隅々まで目を凝らす。機材があるにしても開拓が早すぎる。開墾兵がいるとしたら輸送船がいるはずだ。輸送船がいるということは――。

　六郎は双眼鏡で島の輪郭を丹念に見回した。朝日の逆光で見えにくい。うっそうたる密林の影の形に違和感を覚える。不自然な突起は倒木ではない。

　双眼鏡に目を凝らし、それが何か分かったと同時に六郎は叫んだ。

「駆逐艦がいる！」

　入り江の影は、木の枝で擬装した船影だ。後ろから敵機に追われ、前から駆逐艦に砲撃されたら挟み撃ちになる。

「ダイブだ、恒！」

「！」

　わざと急激に機首を押し込み、アオリ風を受けて上向きに反転する。機首が上がった状態でぐんと加速した。

「――ッ……！」

後ろにひっくり返りそうなくらい引っ張られる感触がある。血が沸騰するように頭に上り、そのまま失神してしまいそうなのを堪《こら》えながら、吹っ飛びそうに空を仰ぐ。その間も恒は絶え間なく続く対空射撃の糸もすり抜ける。水平線がぐるぐる回る。容赦なく上下する偵察員席の中で、六郎は敵の配備を記録し続けた。

射程から外れる十秒足らずが悪夢のように長い。

砲撃が消えたら今度は敵機だ。いつの間にか肩で息をしていた。休む間もないとうんざりする前に機銃の音がしはじめる。だが恒の声は明るいものだ。

「遠くから撃ってくる。新米だ」

ベテランほどなかなか機銃を撃たない。当たりもしない距離から機銃を撃ってくるのは『カモ』と呼ばれる新人で、恒の格好の的だ。

「だけど、恒。うわ――――！」

今日は単独任務でここは敵地だと言おうと思ったとき、恒は撃たずに急に上昇しながら進路を反転させた。

「分かってるって。偵察だろ？」

「ああ」

「太陽はどっちだ」

斜め上に旋回中に、恒が訊《き》いてくる。

「左上だ。六十度」

「了解」

恒から見て左上の場所で、ぴたりと角度を止めてから、恒は機首から機銃を放った。太陽を背負った敵機が射撃を始めたら、新米搭乗員は逃げるしかない。

それで任務完了とし、全速力で帰還の途についた。数機から追われたが距離があった。何度か雲の隙間に紛れ込むと背後の敵機の影は見えなくなった。

「——追撃ナシ。振り切ったぞ」

しばらく一目散に飛んでから、六郎はそんな判断を下した。

眼下、雲の切れ間に見覚えのある島の形が見える。ここまでくれば追ってこないだろう。

恒は操縦席で、肩が上がるほど大きな深呼吸をした。

「助かった。よく気づいたな」

「いや、当然だ」

悪口も容赦ないが、褒めるときは本当に素直に褒めてくれる。

砕いた瑠璃《るり》を敷き詰めたような絶海の碧の中に、緑滴る小島が浮かぶ。自分たちの庭、麗しき南太平洋だ。

伝声管から何か声が聞こえてくると思ったら、恒が鼻歌を歌っているようだった。

早朝の青空に唸音を響かせる月光は、星空に浮かぶ月のように、悠然としていた。

最近、恒はおとなしくなった。『おとなしくなった』と言うと、語弊があるだろうか。元々周りを誘って騒がしくするほうではないのだが、この頃は、意識がまっすぐ月光に向いているのがわかる。あの機体をいかにうまく飛ばせるかに集中して、脇目を振る暇がないようだ。

彼と一緒に六郎は飛行場へ向かっていた。

土煙を上げて、トラックが何台も飛行場のほうに走ってゆく。出撃が掛かっている部隊がある。自分たちは今日の搭乗割に含まれていなかったが、出撃時は手伝いや見送りに出るのが好ましいとされていた。

事業服に身を包み、恒と日光を遮るものがない小径を歩く。地上の気温は三十五度、上空はマイナス十度だ。南方に来てからしばらくはこの気温差による体調不良に悩まされる。

こめかみから汗が流れてくる。今日も暑い日だった。日本では初雪を見る頃だが、ここは時間が止まったような常夏《とこなつ》だ。

地面に落ちる椰子の葉影が、嫌になるくらいくっきりと黒い。太陽が強く輝けば輝くほど、影は濃くなる。

たしか、初めに沢口《さわぐち》中佐から聞いた話では、恒への嫌がらせの原因は、成績がいい彼への嫉妬だということだった。恒がよく一人で過ごしていることと体格の小ささで、暴力や数で押さえ込めるとつけ込まれたのだろう。しかし彼らの想像以上に恒は喧嘩が強く、負けたからといって追従する性格ではなかった。結果、意地の張り合いだ。反抗するものだから嫌がらせに拍車がかかっている。

沢口中佐がこの基地にいて気を配ってくれている間はいいが、彼が転属になって誰も恒を理解してやる人間がいなくなってしまったら、嫌がらせは更に悪化するかもしれない。

なんとかしなければ——。

六郎が思案していると、椰子林から人が揉《も》める声が聞こえてきた。

「整備は終わったんだろ⁉　搭乗許可は取ってるんだ！」

「書類は届いていません！　班長もおりません、できません！」

整備員と誰かが揉めているようだ。

恒と眉を顰《ひそ》めて顔を見合わせた。搭乗員になったら、けっして整備員と揉めるなというのが、予科練時代からの教訓だ。整備員は航空機の命を握っているといっても過言ではない。互いに尊重し合えと教えられているから整備員を恫喝《どうかつ》するようなことは考えられない。

「いいからエンジン回せ！　整備終了の紙貼ってんじゃねえか！」

「だめです！　先に書類を持ってきてください！」

「……斉藤《さいとう》？」

声を聞き分けた恒が怪訝《けげん》な顔をする。斉藤の隊は搭乗がかかって飛行場にいるはずだ。それがなぜこんなところにいるのか。

「行こう。揉めてるみたいだ」

恒と頷き合って整備場に向かう。怒鳴り声は酷くなっている。二人ではないようだ。

「乗せろって言ってんだよ！　許可は取ったと言っただろうが！」

別の男の怒鳴り声が聞こえる。

「……整備不良か」

恒が深刻な声で呟いた。椰子の間に響く怒鳴り声は整備済みの機体を貸せと言っているようだ。

出撃直前になって不調を訴える機体がある。出撃できない悔しさで整備員に八つ当たりをする搭乗員も珍しくない。だが緊急事態でなければ搭乗割は崩せない。整備員にしたって努力の結果の不具合だ。機体の不良は不運と割り切るしかない。

「殴られてえのか！　もう出撃がかかってるんだぞ！」

「自分には無理です、できません！」

悲鳴のような声があがる。椰子の間に整備中の機体が見えはじめたのと、整備員の叫びは同時だった。

「自分では、月光は動かせませんっ！」

整備員はみな、出撃前の機体に付き添っている。ここにいるのは見張りの新人だけだ。四、五人の人影が見えた。飛行服の搭乗員数名が整備員を取り囲んでいる。おかしい。

「テメエが動かす必要はねえんだよ、発動機を回せって言ってんだろうが！」

揉めているのは斉藤と新人の整備員だ。斉藤の取り巻きが整備員の襟を摑んでいる。一人は月光によじ登って風防を開けようとしていた。

「何やってんだ、貴様ら！」

恒が怒鳴ると、斉藤たちが一斉に振り返った。斉藤が歯を見せて笑う。

「……よお。エース様か」

内地向けの新聞などでは『エースパイロット』と呼ばれてもてはやされているようだが、基地では舞い上がった搭乗員をからかう言葉だ。日本の航空隊にはそんな地位はない。

「何をしている！」

斉藤たちが何をしようとしているのか悟って、六郎も叫んだ。斉藤は月光に乗ろうとしているのだ。

「大事なエース様は大人しく防空壕に隠れてろよ。馬鹿でもチビでも成績を上げられる月光とやらに、俺様が乗ってみてやろうと思ってな！」

斉藤の罵倒を受けた恒が殴りかかるのではないかと、六郎は反射的に恒を見た。恒は怒った表情をしていたが、意外なほど冷静な声で言った。

「おまえの零戦は飛べないのか」

恒の問いかけを、斉藤は鼻で笑う。

「いいや？　貴様でも敵機を墜とせる月光だ。俺が乗ったらもっと活躍するに決まってい
る！」

「零戦はどうした」

「知らん」

「ほったらかして来たのか！」

呆《あき》れたような大声で恒が怒鳴る。出撃がかかった機体を置いてここに来たというのだ。斉藤
の零戦が機体不良かどうかは知らないが、こんなことをしては斉藤もただではすまない。

「だったらどうする」

斉藤は挑むような目で恒に向かって唸った。

「俺は知らん！　月光から離れろ！」

恒は斉藤を無視して、自分の月光に貼りついた男の航空衣袴《ばかま》を引っ張った。

「蹴り落とせ、竹本《たけもと》！　テメエが前に乗れ！」

「させるか！」

恒の背中に斉藤が手を伸ばす。その腕を六郎は摑んだ。恒が身軽に足かけに乗って竹本の背
を摑む。

恒を摑まえるのを諦めた斉藤は、六郎の手を激しく振り払った。そして足元に落ちている木ぎれを素早く拾い上げる。何をしようとしているか悟って六郎は叫んだ。

「やめろ斉藤！　血迷ったか！」

木刀よりもずいぶん太く重そうな角材だ。

彼に飛びつこうとしたとき、斉藤は六郎を振り返って木刀を振り回した。息を呑んで身を引いた瞬間に、斉藤は角材を持ったまま月光の前方に向かって走った。

「斉藤！」

斉藤はプロペラを叩く気だ。

何が斉藤をそこまでさせるのか六郎には理解できない。零戦が嫌なのか、月光が羨ましいのか、そんなに恒が嫌いなのか、どちらにしても自分が乗れないなら壊してしまおうという衝動が分からない。だが斉藤の感情はすべて、月光にではなく恒に向けられているのはわかる。だから恒を傷つけたいなら月光を傷つけるのは正しい。

「斉藤！」

追いついた六郎は斉藤の腕を摑んだが、角材を振り回されてまた手を離した。角材の端が六郎の頰を掠める。

「自分が何をしてるかわかっているのか、斉藤！」

どんな理由があろうと航空機を傷つけるのは許されない。これは恒の物ではなく、軍の、国の物だ。憎しみが自分の身を滅ぼす危機感にも勝るのか、斉藤には当たり前の判断すらできていない。

「やめろ斉藤！」

斉藤は六郎の制止も聞かずに角材で激しく月光の左の翼のプロペラを叩きつけた。ごん！と鈍い音がしたが曲がるほどではない。

「斉藤ッ！」

大した打撃を与えられないと分かったらしい斉藤は、血走った目で機首のほうを振り返った。

電探がある。その下に、赤いピトー管が――。

「――ッ！」

六郎は、角材を振りかぶった斉藤と、ピトー管の間に割り入った。激しく左腕を殴りつけられる。火花のような痛みが走り、右肘から砂地の地面に勢いよく倒れ込んだ。

「く……！」

血が湧き出てくるような熱さと痛みが腕の奥から溢《あふ》れ、思わず六郎は地面に生えた短い草を握りしめる。無意識のうちに右手で左腕を触っていた。血は出ていない。ただ肘から先が水に浸《つ》けたように冷たくて、殴られたあたりは猛烈に熱かった。

「六郎ッ！」

恒の叫びが聞こえる。

「う……」

返事ができず、呻《うめ》くのがやっとだ。骨が折れたかもしれない。痛くて指先すら動かせなかった。立ち上がろうにもうずくまったまま身体に力が入らない。

「六郎！　――六郎ッ！」

月光の主翼の下で倒れている自分を覗き込んで叫んでいる恒が見えた。

「斉藤、テメエ……ッ……！」

「やめ、ろ……。恒」

地面に這《は》ったまま、六郎はようやく声を絞り出した。こんなことに巻き込まれたら、恒も咎《とが》められる。恒の横顔が怒りで青ざめるのが見えた。六郎は身体中の力を掻《か》き集めて叫んだ。

「やめろ、恒！　堪えろ！　月光は無事だ！」

遠くからピリピリと笛の音が聞こえてくる。さっきの新米整備員が知らせに行ったのだろう。

「駄目だ、恒！」

「黙れッ！」

恒は月光を見もせず六郎を睨み、鋭く斉藤を振り返った。

「恒！」

これまで何度も恒の喧嘩を見てきたが、いつもと違う。意地の喧嘩や勝負ではない。本気だ。殺意めいたものが恒から立ち上っているのが分かる。

「やめろ恒！」

六郎は叫んで必死で膝をつき身体を起こした。恒の背中に手を伸ばし、指先がシャツを摑んだときには、すでに恒が斉藤を殴ったあとだ。

「琴……平ぁッ！」

「誰を殴ったと思ってんだ⁉　ああ⁉」

これほど怒っている恒を六郎は初めて見た。

「斉藤貴様、六郎に何をしたか、言ってみろッ！」

理不尽な嫌がらせをされても、月光によじ登った取り巻きを見てもここまでではなかった。恒は、斉藤が月光に何かしたのを怒っているのではなくて、六郎を傷つけたことに激怒しているのだ。斉藤は歪んだ笑いを浮かべて地面に唾を吐いた。

「ああ、言ってやるよ！　ざまあみろだ！」

斉藤が恒の襟を摑んだ。恒も斉藤の胸ぐらを摑もうと手を伸ばす。

「やめろ二人とも！」

六郎は腕の痛みもかまわず、肩を押し込むようにして二人の間に割り込んだ。

二人を押しわけた瞬間、しくじったことに気づいた。自分が引き離したせいで、手が長い斉藤のほうが有利になってしまった。

「しゃがめ、恒！」

叫んだが、恒は無視した。六郎を押し退《の》け、そのまま斉藤のほうに突っ込む。拳を避けるのかと思ったが、避けるのが目的ではない、前のめりに斉藤の懐につっこみ、勢いを乗せてそのまま肘で殴りつけた。

「ぐあ！」

恒の肘が、もろに斉藤の左頬に入る。仰《の》け反《ぞ》ったところに頭突きだ。……強い。

後ろによろめいた斉藤を恒は蹴り倒した。一連の動きのような鮮やかさに呆然とする六郎の目の前で、恒は起き上がれない斉藤の胸をさらに足で踏みつけて馬乗りになろうとする。

「おい、斉藤を助けろ！　琴平を引き剝がせ！」

取り巻きたちが慌てて介入してきた。六郎も恒に縋りつく。

「恒！　やめろ、いいから！」

「うるせえッ！　俺がゆるさねえ！」

腋《わき》を取られ、斉藤の上から下ろされた恒が、足をバタつかせながら叫ぶ。千切れそうな痛みを放つ腕を庇《かば》いながら、六郎は無事な右手で必死で恒の腕を引っ張った。

「誰が許さないだと⁉　何様だ貴様ぁ！」

殺し合いになりかねない剣幕だ。斉藤の取り巻きと一緒になってもなかなか二人を引き剝がせない。

「やめろ、恒、誰か来た！」

こんなに腕が痛いのにと泣きたくなりながら、六郎は恒を引っ張った。

「何をしている、琴平！　厚谷！　斉藤、貴様は搭乗ではないのかッ！」

上官の怒鳴り声で、手のつけようがなかった乱闘が止《や》む。

もうもうと土煙が立っている。

呆然と座り込む恒も、六郎を囲んでいる人間たちも、呼吸以外の何もかもを忘れ去ったかのように、竹刀《しない》を振りかざしながら歩いてくる上官の姿をただ眺めるばかりだった。


恒と斉藤は、真っ先に竹刀で叩かれた。海軍の体罰は決まっているが、喧嘩の主犯はこの限りではない。

恒がヨロヨロと地面から立ち上がる。斉藤は倒れたままだ。取り巻きたちも精神注入棒で何十回と尻を叩かれて座り込み、六郎も腕を抱えて座り込んだまま動けない。

「出撃前に喧嘩だと？　貴様ら戦争を何と心得るッ！」

雷のように怒鳴られても、みんなさんざん打ち据えられて返事もろくにできない。

竹刀を握った上官も、地面にぽたぽた汗を落としている。怒鳴りすぎて割れた声でとどめのように叫んだ。

「貴様ら全員、急降下爆撃五十回だ！　それが済むまで飯はなし！　樹田一飛曹《きだいっぴそう》、見張っておれ！」

六郎は肩で息をしながら、人ごとのように呆然と命令を聞いた。

斉藤に殴りつけられた左腕が、焼けた鉛を抱えたように熱く疼《うず》いていた。鼓動のたびに、鎖骨のあたりまでビンビンと痛みが響く。この状態であの腕立て伏せ五十回は無理だ。見ると手のひらが赤紫色になっている。右手と左手が別人のもののように腫れていた。

今晩は飯抜き確定だなと朦朧《もうろう》とした頭で考えた。罰が明日まで続くことはあっても温情でなくなることはない。搭乗をすっぽかした斉藤と喧嘩をしていた罪はそれほど大きい。

六郎が徹夜を覚悟したとき、フラフラしながら立っていた恒が言った。

「厚谷一飛曹は怪我《けが》をしております」

嗄《しゃが》れた声でそう言って、鼻血で汚れた口許を袖で拭っている。恒の訴えを上官は非情に撥《は》ねつけた。

「喧嘩の結果だろうが！　自業自得だ馬鹿者！　喧嘩の責任は自分で負え！」

「厚谷の分は自分がやります！　厚谷の責任は、自分の責任です！」

怒鳴り返すような大声で、恒は上官に叫んだ。上官は怪訝な顔で六郎を眺め、恒を睨んだ。

「……ほう。貴様らはペアだったたな」

恒だって喧嘩で怪我をしている。それに自分より激しく打ち据えられていた。自分の分までなど到底無理だ。

「いい、恒、自分で……」

「――貴様は黙れ！」

地面を睨んで、恒は一喝した。

今にも倒れそうな様子で肩で息をしながら恒は上官に敬礼をする。

「罰を……、承ります」

「恒」

恒は上官を睨んだままこちらを向かない。

「……よかろう。並べ」

上官は恒から目を逸らさずに顎で命じた。

竹刀の先で突かれ、転がされるようにして、喧嘩に加わった人間が横一列に並ばされる。

恒はああ言ったが、やらないわけにはいかない。六郎も並ぼうとした。五十回など不可能で、百回などもっと無理だ。左手は肘から先が痺《しび》れきって、右腕で抱えていないと腕全体が疼いてたまらない。到底身体を支えられそうにはない。それでも右腕だけで急降下爆撃ができるかどうか、とにかくやってみるしかない。

喧嘩にかかわった人間が間隔を開けて横一列に並ぶ。六郎が地面に膝をつこうとすると、上官に竹刀の先で払うように胸を押された。

「貴様は向こうだ」

上官は離れた場所の地面を竹刀で指し示した。

「しかし」

恒の申し出を真に受けないで欲しいと言おうとしたとき、腕を竹刀で押されて、六郎は激痛でよろめいた。

顔を歪めて上官を見上げると上官は冷ややかに言った。

「貴様が何回こなそうが、琴平から回数は減らさん」

そう吐き捨てて、上官は腕立て伏せの列に怒鳴った。

「遅れてみろ。一からだ。この馬鹿どもが！　――はじめ！」

「あの――！」

なんとか恒を助けてやりたい。引き止める言葉を探しながら言い縋ろうとしていた六郎は、誰かに腕を後ろから包むように触れられて振り向いた。

立っていたのは上官の供についてきた若い少尉だ。

「来い、厚谷。手当てをしてやる」

六郎の腫れた腕を見かねたのだろう。

六郎は、急降下爆撃が始まった腕立て伏せの列を見た。斉藤の隣に恒の姿が見える。もう止めることはできない。

さあ、と促してくれる一飛曹に六郎は首を振った。

「大丈夫です。琴平を待ちます」

「しかし」

心配そうな表情の彼に、六郎は疼く腕を抱えながらもう一度首を振った。

「ペアですから」


地面にメザシを並べたように、喧嘩に参加した六人が横一列に倒れていた。夕飯の時間はとっくに過ぎている。

結局恒は八十までこなして動けなくなった。体力が十分なときでも無茶な数だ。そこで終わりの命令が下りた。

腕立て伏せのあと、斉藤は引きずられるようにどこかに連れていかれた。

野次馬に来ていた人間の話によると、彼はすでに発動機が回って出撃準備ができた零戦を放り出して来たということだ。大事になるだろう。厳罰は免れず、ことによっては最も過酷と言われる密林の開墾に飛ばされるかもしれない。

それぞれの班から迎えが来て、罰を受けて倒れた男を支えたりおぶったりして兵舎に連れてゆく。自分たちに迎えはなかったが寂しい気持ちは少しもなかった。

恒と支え合えるのが何より心強かった。理不尽な状況なのに胸が一杯になるような満足感がある。

「おぶってやろうか?」

問いかけると恒は首を振った。

足を引きずり、何度もしゃがみ込みながら、二人で支え合って兵舎の方向に歩いた。恒は途中で道の端に吐いた。

布で吊った左腕が疼くが骨は折れていないようだ。喧嘩の傷は軍医の診察を受けられないから、布と腕の間に濡《ぬ》れた手ぬぐいを入れて冷やすのがせいぜいだった。腕の熱が身体中に広がって、目の前がゆらゆらと揺れている。このまま二人で行き倒れそうだ。

あともう少しで兵舎につく。なるべく腕に振動が伝わらないように、靴裏を擦るようにしながらそろそろ歩いていると、隣で恒が立ち止まった。

兵舎の前のわずかな坂を仰いでぼんやりと佇《たたず》んでいる。力尽きたように恒はヨロヨロと地面にしゃがみ込んだ。

「恒。がんばれ。もう少しだ」

そう言って恒の視線を追って坂を見上げ、六郎も絶句した。一寸ずつつま先を前に出すのもつらい身体では、短い坂が永遠に続く傾斜に見える。ややしばらくも立ち尽くしたあと、六郎は恒を見下ろした。しゃがんでいると恒の身体がよけい小さく見える。

うつむく拍子に言葉が漏れた。

「俺の分まで被るからだ」

なりゆきすべてが悔しく、そして自分のためにぼろぼろになった恒がいとおしい。恒は迷惑そうな顔で地面を見ている。

「……勘違いすんな。こないだの分だ」

「こないだの分？」

「初めて会った日。しなくていい腕立て伏せに、お前を付き合わせた」

「ああ」

強烈な初対面だった。一応悪かったと思っていたのだろうか。

「気が晴れた」

恒は恒らしい道理を打ち明けた。それにしたって利息が付きすぎではないか。

手が掛かってしかたがない相棒だが、彼が預けてくる信頼はこんなに真摯で温かい。やわらかい心を守ってやりたい。本当に彼の一番になりたい。離れたくない。どうしたらもっと彼にふさわしくなれるだろう。改めて恒を見ると、ちょうど恒も顔を上げたところだった。見つめ合うと、どちらからともなく苦笑いが零れた。

少し笑い合って、恒の腕を引き起こしてやろうと六郎が腕に力を込めると、恒の体重を支えるどころか、小枝が折れるように簡単に、自分の膝が崩れてしまった。

驚いたように恒が自分を見てそのあと表情を歪ませた。六郎は心から笑った。恒は腹が痛むようで、腹を押さえながら痛そうに笑いはじめた。

おかしさと痛さで涙ぐみつつひとしきり笑ったあと、小さな声で恒が呻いた。

「月光のために怪我すんな、馬鹿」

月光が怪我をしたら恒が痛いだろうと思ったからだが、言えずに六郎は曖昧に頷いた。まぶたを伏せた一瞬に、なお苦く恒は囁く。

「……俺のために、怪我すんな」

歯がゆそうな顔をして自分を見ている彼に、六郎は微笑《ほほえ》みかけた。

「ペアだろ」

囁くと、今度は恒がびっくりした顔をして六郎を見た。そのあと不機嫌そうに顔を歪めたが、堪えきれなくなったように苦々しく笑う。

二人して絶え絶えの息で笑ったあと、揃《そろ》えたように大きなため息をついて空を仰いだ。

「………………参ったな」

「そうだな」

地面に手をつこうにも腕が痛いし、火傷《やけど》のように痛む尻は動く気力を起こさせない。

「飯は、どっちにしろ間に合わねえ」

たった今吐いていたのに飯を喰《く》う気があったのかと驚いた。しょんぼりしている恒を励ますように六郎は囁く。

「牛《ぎゅう》の缶詰を持ってる」

「ほんとかよ」

彼がぱっと嬉しそうに自分を見る。六郎は「ああ」と答えて、坂の上に建つ兵舎の影を憂鬱に見上げた。

「問題はどうやって帰るかだな」


やっと兵舎に帰ってきたが、尻が痛くてどこにも座れない。痛すぎて風呂は諦めた。盥《たらい》に水を貰《もら》って二人で身体を拭き合った。全身痣《あざ》だらけで二人とも世界地図を刺青《いれずみ》したようになっていた。六郎の左腕は、肘あたりから赤黒く腫れて、指先までパンパンだ。喧嘩の傷には医療品は与えない決まりだが、なりゆきを知っている衛生部員から「長袖を着て隠せ」という伝言つきで、六郎には湿布が与えられた。身体の始末を終えたあと、暗闇の中で牛の缶詰と乾パンを食べた。口を利く気力もなかったが一言だけ、恒が「旨いな」と呟いた。自分は腹を空《す》かしてはならないからなんとか咀嚼《そしゃく》しただけで、味はよく分からなかった。

六郎はベッドに横たわろうとした。床についた右手を折りたたみながら、左手を庇って身体を倒す。

「あ……痛《っ》……」

気をつけたつもりだったが、肘が床に触れるだけで驚くほど痛む。

腰を曲げたり肩をひねったり、変な体勢を取りながら身体を倒してなんとか横になる。ベッドに身体を預けると、疲労と安堵《あんど》でおがくずのようにぼろぼろと崩れ落ちそうだ。

すでに就寝時間は過ぎて部屋は暗い。

隣で恒がごそごそしている。恒も動きが鈍い。ベッドと言っても板で作った高床の上に、キャンバス布と現地の住民から買った織物を敷き、その上に一畳の茣蓙《ござ》を並べて敷いている程度なので真っ赤に腫れて疼く尻には鋼鉄のような硬さだった。尻打ちを喰らった人間は大体うつぶせに寝る。数日は痛みが取れない。幸い今のところ明日も搭乗の予定はなかったが、こればかりは敵次第だ。空襲がないことをただ祈るしかない。

毛布を身体を隠すために使う。布一枚でも私的な空間は貴重だった。

ズキズキと腕と尻が疼く。六郎が無意識に左腕をさすっていると、真正面から声がした。恒だ。

「腕の他に怪我はねえのか、六郎」

暗闇に光る目でこちらを見ている。六郎はできるだけ穏やかな声で答えた。

「ない。心配性だな」

「そんなことはない」

不機嫌そうな呻きが返ってきたが、恒はそのあと何も言わなかった。

「……ありがとう、恒」

恒は何かごにょごにょ呟いて、向こうを向いた。

つっけんどんな態度は照れ屋の裏返しだ。六郎は笑いを含んで恒の背中を眺める。小さめの、だが頼もしい背中だった。

——ペアだから当たり前だろう。

恒は相変わらず優しいことは言わないが、言葉はなくても彼の心根の温かさがひしひしと伝わってくる。上っ面だけで仲良くしたり、いい言葉を並べられるよりも胸の奥まで彼の信頼が不思議なくらい届く。

闇の中に浮かぶ白い背中をしばらく眺めていると、疲労と憔悴《しょうすい》が大きな波になって襲ってきた。六郎は圧倒的な眠気に身を任せた。

閉じた瞼《まぶた》の裏に、沢口中佐と一緒に眺めたあの白い鳥が映った。

自分たちはあの番のようになるのだろう。眠たいのか気が遠くなるのか分からないような速さで、六郎に闇が迫ってきた。

先日、空襲を受けた航空機はすでに椰子林の中に押し込まれていて、ポケットは月面のような大穴をボコボコと開けている。

まだあそこを埋めるには数日かかるだろうな、と思いながら、恒と波打ち際まで歩いた。

六郎の怪我は大事にならずにすんだようで、翌日の朝になったら指が動かせるようになっていた。ただ、骨にひびが入ったのは間違いなさそうだ。肘をあげると腕全体にびりびりした痛みが走ったが、三角巾で吊るほどひどくはなく、利き手ではないので飛行の打ち合わせはもちろん飛行の仕事は普通に行えた。六郎は偵察員だ。右手は無事だから無線は打てる。打撲くらいで搭乗割が消えるはずもなく、出撃すれば恒は容赦なく計測を要求したが、おかげで痛みが紛れた。怪我から五日がたち腫れもほとんど引いた。

怪我をした夜、腕の他に怪我がないことを確認されたきり、一度もいたわる言葉を寄越してくれなかった恒だが、気遣いは徹底していた。作業となれば六郎から道具を奪い取る。芋が詰まったカゴを勝手に持つ。出撃の際は要具袋すら六郎からもぎ取る始末だ。変に遠慮を見せれば「ペアを何だと思っている」と唸るから、六郎は健気にも見える恒の気遣いを受けるたび「ありがとう」と必ず返した。そのたび恒は一瞬困ったような顔をしたが、そのあと満足そうな知らん顔を見せた。

損をしている、と隣を歩く恒を目の端で見て六郎は思う。生意気、喧嘩馬鹿、無愛想。そんな言葉で恒をはかるとかわいそうだ。

夕食後はときどき浜辺を散歩する。六郎は隣を黙って歩いている恒に視線をやった。この怪我をきっかけにけっこう会話が増えてきた。無口かと思った恒はわりと喋《しゃべ》り好きで、話させてみると案外面白い。思わず笑わされることもあったし、六郎が面白い話をすれば、解《ほど》けるように笑う笑顔がかわいかった。落ち着いてよく会話をすればかなり頭もよく、内容も理知的だ。

シンプソン湾は外海の波がほとんど入らないのでいつも凪《な》いでいて、夜になれば微《かす》かな星明かりをさざ波がきらきらと弾《はじ》くのが美しい。

ここに宿舎を建てればいいのにと思うほど、浜辺には潮風が、独特のひやりとした涼気をうち上げていた。

優しい海面だった。夜光虫が、薄い波頭を青白く光らせている様は、反物が無数に転がっているようにも見える。

航空機に乗っている間は、海はあの世とこの世との境だ。墜落すれば、アスファルトと変わらない硬い平面で自分たちを粉々に砕く。沈めば骨も拾えない。だがこうして波打ち際に寄せてくる波は、手を差し込めば薄氷のようにしゃらしゃらと壊れてしまうほど儚《はかな》い。

海は軟らかいのか硬いのか。そんなことを恒と話しながら歩いた。『沖は鉛色をしているから鉄板のように硬くて、陸に近づくほど寒天みたいに溶けてくる』という新たな説を恒が打ち出した。そんな馬鹿な、と思ったが、なかなかいいなと賛同した。

泡雪が食べたいと波打ち際の泡を見て恒が言った。六郎が思い出したのはビールやどぶろくだったから、恒はずいぶん子どもだと思ったけれど、恒の懐かしそうな声を聞くと六郎も泡雪が食べたくなった。緑色の寒天の上にのった白いふわふわの泡雪。正月に食べたことがある。

もう何年前になるだろう。

星が映ってきらきらと輝く海面を見たあと、六郎は夜空を仰いだ。

今夜もすごい星空だった。天の川とはよく言ったものだ。天にばら撒《ま》かれた星に密度の高い光の帯がある。その横でひときわ目立つ図形に六郎は目を細めた。

「南十字星だっけ」

空を見上げて六郎が問うと、隣を歩いていた恒が六郎の視線を追って「どれ？」と聞き返す。南の空に、十字を象《かたど》る輝く四つの星が光っている。「あれ」と六郎はその星のあたりを指さしてみたが空は広すぎる。自分が思っている星が恒に伝わる気がしない。

恒は空を見上げながら言葉で説明した。

「十字の形をした星の繋がりは二つあるだろう？　左の小さいほうが南十字星。大きくてよく目立つほうが偽十字星だ」

「……そうなのか？」

六郎には十字星は一つしか見えない。六郎が指さしたのがどちらだったのか、六郎自身にも分からなくなった。夜空を見上げて他の十字らしきものを探していると、「ああ」と恒は気づいたような声を漏らした。

「偽モノのほうが大きくて見つけやすいんだ。でも偽モノを目指すと、永遠に目的地に辿《たど》り着けない」

なのだろう。

「へえ」

目を眇《すが》めてよく探してみると、隣に小さな十字の点がある。そちらが多分、本物の南十字星
詳しいな、と感心しながら、思い出したことを六郎は口にした。

「南十字星か……。そういえば宮沢賢治《みやざわけんじ》の小説に出ていたな」

南方は毎晩ひしめくような満天の星だ。

ラバウル名物と名高い十字星だが、改めて見上げたのは初めてだった。航空航法の授業で習ったはずだが、内地にいる頃に読んだ童話のほうが心に残っていた。

恒はあまり興味がなさそうに肩を竦《すく》める。

「俺は小説など読まん」

たしかに恒は家でおとなしく本を読んでいるタイプではなさそうだ。

「『銀河鉄道の夜』という本だ」

「——ああ、それは知ってる」

一番縁遠そうな題名だったが、思い当たったように恒も少し驚いた顔をして六郎を見た。人差し指で夜空を指す。

「北十字星から、南十字星まで行くんだ。天の川を走る汽車で」

大きく指先を右に動かす。

「夜十一時に、はくちょう座について、ベガとアルタイルのまん中を横切って、左手に蠍座《さそりざ》の赤いアンタレスを見ながら、南十字星まで。……あそこから、あそこまで」

「ちょっとまて、おかしくないか？　恒」

意外にも詳しい。というより妙に専門的だ。星座くらいなら出てくるが、星の名前までは普通はなかなか出てこない。

「何が？」

恒はすました顔で問い返した。

理由を聞きたいと思ったが、これ以上恒に何かを預けてしまったら、もう戻れなくなる気がした。

「……そういう話だったかな」

六郎は言葉を濁した。「さあ」と言って恒も首を傾げる。銀河鉄道が通った道は知っているようだが、物語にはあまり興味がなさそうだ。今は小さな声で何か鼻歌を歌っている。

やばいな、と六郎は心の中で呟いた。

心が傾くというのはこういう感じだろうか。

どう気を逸らそうとしても恒に心が行って仕方がない。胸の中の傾きだとか重力だとかいうものが、どうにも恒に注ごうとしていて、自分で逆らえない。

これ以上、一緒にいてはまずいような気がした。満ちる潮のように、何かさざめくもので胸がいっぱいになってゆく。

——そろそろ帰ろう。

そんな言葉すら、六郎は出しかねる。どちらにせよもう遅い時刻だ。戻らなければ舎監が見逃してくれる時間を超えてしまう。

「恒」

波打ち際の前のほうを歩いている恒を見ると、星空を背負った恒は、黒目がちの瞳を細めて得意そうに笑った。

「恒っていう字は、恒星の恒なんだ」

戻れない。心が恒という重力に引きずられて満ちる錯覚を覚えて、六郎は思わず口許を手のひらで覆った。

「——『もう駄目です。落ちてから四十五分たちましたから』」

かの小説の一節が不意に胸に蘇《よみがえ》って、六郎は溢れるように暗誦《あんしょう》をした。恒が奇妙な顔をして笑う。

「ばあか。海軍兵だろ。天の川くらい泳ぎ渡れよ」

自分が恋をした人は、やたらめったら逞《たくま》しいのだった。

† † †

喧嘩《けんか》の減らない恒《わたる》に、不本意ながら六郎《ろくろう》は協力することにした。

月光《げっこう》乗っ取り未遂事件のあと、主犯の斉藤《さいとう》は搭乗を禁じられ、別の班に転入させられたらしい。だが今度は斉藤の取り巻きが仇《かたき》とばかりに嫌がらせを仕掛けてきた。斉藤ほど悪質ではないが、数が多いから始末が悪い。

何かをされたらカッとして、衆目の中でもかまわず問い詰め殴りにゆく。そんな恒は『上手《うま》くないんだ』と教えてやった。

当然恒は『陰口も悪戯《いたずら》も卑怯《ひきょう》だ。俺は悪くない、間違ってない』と反抗をしたが『そのたびに痛い目にあってはおまえの身がもたない、損だろう?』と諭すと、不承不承頷《うなず》いた。

――いいか、恒。魚雷には魚雷だ。

らくがきされたららくがきをし返す、靴に水を入れられたら相手の褌《ふんどし》を重油滓《かす》に浸してマフラーと一緒に干してやる。『死ね』とか『落ちろ』とか書かれた紙はそのまま上官の書類に紛れさせた。隊全員が整列させられての大騒動になったが、恒はあとで転げまわって笑っていた。

それでも十回中六回はまだ手を出した。原因はこっちに聞こえるように言う陰口だ。

今朝も、食堂に入っていくとあからさまな視線とひそひそ声に満ちていた。どうやら今度は恒の女に関する陰口のようだ。

恒を見ながら、向こうの机のひとかたまりが、こそこそ言ってはみんなで笑う。恒を指さしひそひそ喋《しゃべ》っているのは斉藤と仲がいい古株の艦爆乗りだ。

椰子《やし》の林を抜けて山の奥に行けば、現地の女がいる。金を取っている女もいると聞いていた。しかし恒に限ってはそれはない。恒はどちらかと言えば性的に単純で淡泊なようで、ときどき回ってくるエロ本《ヘルブック》を見て、適当に出して終わりらしかった。たまに下ネタになっても冗談くらいだ。月光の羽の反り具合や雫型《しずく》の風防を語るときの熱さはまったくない。子育て中の獣は交尾をしないと言うが、まさに恒はそういう感じで、それなら恒は戦争が終わるまで恋をしそうにない。不足しはじめた燃料《めし》を、いかに月光のために掻《か》き集めるかに頭を痛めているようだ。

食べ終わった恒は、アルミの鋺《わん》を重ねながらため息をついた。

「艦爆乗りって、しねくされが多いんか」

「しねくされ？」

「性根が腐って、発酵して茸《きのこ》が生えたのが溶けて、ドロドロでネバネバになった感じの性根のヤツのこと」

早口で言い捨てる恒の声を六郎は遮った。

「この島にいる間だけだ、恒」

とにかく腐りきった性根かどうかと問いたいのは分かった。現状その通りだが、過酷な戦争の中で、さらに仲間内でも競争させられる今の環境が特殊なだけだ。競争心が攻撃心を煽《あお》る。物資に余裕がなくなってきたから、ほんのわずかな待遇の差が妬みを誘う。

誠実が要の海軍兵だ。心底悪人はいないと思う。ラバウルにいる間だけだ。戦況が進んで南への兵站《へいたん》が太くなるか、あるいは内地側に転属すればこんな馬鹿げた嫌がらせはなくなる。

また恒の女がどうの、と言って彼らがクスクス笑う。その中の一人が隣のテーブルに行って陰口を伝えてそのテーブルも笑って恒を見る。いつもこんな調子だから恒は兵舎にいたがらず、整備場に長くいる上に、最近二人でよく浜辺に夜の散歩に行くので、女のところに通っているという噂《うわさ》が立ったのだろう。

彼らを睨《にら》んでぐっと手を握りしめる恒の腕を引き、六郎は耳打ちをした。

「言わせておけ。舎監に呼び出されたら、俺が証言してやる」

もし上官に伝わったときは、六郎なら誰よりも確かに証言してやれる。恒の行動は、六郎のお墨付きだ。

恒はうんざりしたようなため息をついた。

陰口は恒が怒るまでやめない雰囲気だ。彼らは陰で恒の喧嘩の勝敗を賭けているようで、わざと喧嘩を誘うような、度を超えた嫌がらせに六郎ですら腹が立つときがあった。

「月光を見にいってくる」

「ああ。それがいい」

何かの葉を煎《せん》じた茶を飲み終えた恒はそのまま兵舎を出ていった。その後ろ姿にまでつきまとう、くすくすした笑い声が不快で仕方がない。だがここで自分が喧嘩をしたら何の意味もなくなる。整備場に退避する恒は正解だ。自分もさっさと兵舎を出ようと、部屋の出口に向かおうとしたときだった。

「なあ、厚谷《あつたに》」

通りすがりのテーブルで裾を引かれた。ニヤニヤと下品な笑いを浮かべて男は六郎に尋ねてきた。

「おまえと琴平《ことひら》。できてるんだって？」

「おかげさまで。仲がいいよ」

ペアをからかうありがちな悪口だ。上官曰《いわ》く、ペアはツーカーであるべきで、いっそ夫婦のようであれ、毎日同衾《どうきん》しろと、むしろ推奨方向だ。真に受けているペアがどれくらいいるかは知らないが、命を預け合う仲だ。並大抵の夫婦より絆《きずな》は深い。

あまりにも下世話なことを言うなら、さすがに一発殴っておくべきかと六郎が思っていると、向かいのテーブルのヤツが笑った。

「琴平、浮気してるぜ？　それともおまえ、現地妻か？　愛人か？」

煽り文句に、机の三人がサルのように下品な大きな笑い声を上げた。別の男が言った。

「おまえが琴平とデキてようが、琴平は内地に女がいるんだぜ？　昨日も寝言で、『ユキ〜。ユキチャアン』って言ってただろ？」

男が唇を尖《とが》らせて変な声で真似《まね》をすると、あちこちから笑いが起こる。

「パイロットさんは南方でも内地でもモテモテだとよ！」

向こうのテーブルからも野次が飛ばされ、食堂中が爆笑した。六郎は、バン！　とテーブルを両手のひらで叩《たた》いた。

普段は控えめで温厚な六郎の行動に、部屋が静まる。

「当然だろ？　五連星・琴平だ」

六郎は笑って周囲を見渡した。

撃墜数はもうすぐ十に届く。ベテランにはまだ遠い数だが、恒は若手の中では飛び抜けた成績だ。

「お盛んなことで！」

すぐに誰かが囃《はや》したてると、またドッとみんなで笑う。何を言っても無駄だ。

「――勝手に言ってろ」

六郎は吐き捨てて、食堂を出た。

馬鹿馬鹿しいと思ったが、今までで最悪に胸くそ悪い気分だ。

恒がよく寝言を言うのは知っていたが、いちいちそれにかまっていられない。飛行の疲れはひどくつらくて、ここ最近、横になるとすぐに意識が途切れる。そんな寝言は聞いたことがない。

「――っ……」

恒の言動が恋愛ごとに無縁すぎて考えもしなかった。

恒が内地に女を残してきている――。

ここでの生活がどれほど色事に清潔でも――だからこそ清潔なのか？　――自分さえ惚《ほ》れる恒だ、内地に惚れた女がいて、彼が彼女を守り抜こうと、必死に敵機の撃墜に励んでいても何の不思議もない。

六郎は整備場へ向かいかけた足を止めて、明るい陽の差《さ》す小径《こみち》で立ち止まった。

こめかみがズキズキするほど動悸《どうき》がしている。思いがけず動揺している自分に気づいて、六郎は地面に焼けつく自分の影をしばらく見つめていた。

ラバウルの夜は暑い。寝苦しさに任せて、六郎は恒が寝言を言うのを馬鹿みたいに待っていた。――すでに四日間もだ。

部屋のあちこちからいびきが響いている。歯ぎしりの音も上がっている。恒はその点おとなしいが、寝言が酷《ひど》いのだった。

一日目は『茶碗《ちゃわん》蒸しがこぼれる』とか『自転車～自転車～』という謎の寝言を言っていた。二日目は何やらうなされながら、操縦桿《そうじゅうかん》を引く仕草をしきりに繰り返していた。恒の寝言は多い上に多岐《たき》にわたっていた。まったく女のことなどしゃべってくれそうにないから、もう諦めて寝ようとすると『ダメだ……白い、カナブンが。それは……それは醤油《しょうゆ》が……！』とか奇妙なことを言い出すものだから気になって眠れずに朝を迎える有様だった。

恒の寝言に付き合い疲れてしまった。

もうやめよう。寝苦しく六郎は寝返りを打った。寝言で本心を探ろうだなんて意味がない。アイツらの聞き間違いかもしれない。そもそも嫌がらせのための嘘《うそ》かもしれないではないか。水を飲もうか、眠ろうか。考えながらため息をついたときだった。

「――――……ユキ」

ふと吐息のような声で、恒が呟《つぶや》くのが聞こえた。

「待ってろよ……？　ユキ。……――ユキ」

はっきりと、三度恒は呼んだ。どう考えても女の名だ。

『ユキ』――。その名前に六郎は聞き覚えがあるような気がした。どこで聞いたか覚えていないのが腹立たしい。

「ユキは……」

恒は夢の中で笑った。口をムニャムニャと動かし、笑ってそのままうすうすと眠ってしまった。

次の寝言を待っていたら、朝になってしまった。


ユキとは誰だと、恒に問い詰める行為は言いがかりだと思っている。根拠のない想像を恒にぶつけて不快にさせるならアイツらと同じだ。別に名前を呼んでいただけで、卑猥《ひわい》なことを口にしたわけではないし、喚《わめ》いたわけでもない。

翌日の夜、寝る前に、シャツのボタンを付け替えていた恒を、寝不足で乾いた目を眇《すが》めながら見ていると六郎は堪《こら》えられなくなった。相変わらず女の影など微塵《みじん》も感じさせない恒はいかにも清潔で穏やかそうに見えた。無垢《むく》に見える恒も女と関係を持つのかと思うと、かえって生々しく感じて駄目だった。

どれほど感情を殺しても忌々《いまいま》しくなってしまう口調で、それでもつとめて冷静に言った。

「昨夜、寝言で女を呼んでたぞ。慎め」

「寝言を慎めるか。女など知らん」

普段もそれほどうまくかわしてくれればいいのにと思うほど、涼しい顔で恒は返す。他の人間ならいい、だが自分にまで嘘をつくのかと思うと悔しくなった。六郎は恒を見据え、喉元に刃を突きつける気分で言った。

「ユキ、って。何回も」

間違いようがないくらいはっきりと、何度も女の名を呼んだ。

「ユキ？」

恒が驚いた顔をしたのに、六郎ははっきり不快を覚えた。恒を睨んだままでいると、恒は急に噴き出した。

「そりゃ弟だ」

「……『ユキ』？」

「そう。希望の希《き》って書いてユキ。一番下の弟だ。六人兄弟の」

弟がいるとは聞いたことがあった。それが『ユキ』――……？

「かわいいぞー？　俺を追ってさあ、飛行機乗りになるって言ってな、予科練に入ることになったんだ」

「あ、ああ……」

機嫌よく恒は説明を始めた。この五日間、悶々《もんもん》と過ごした時間や怒りの感情のやり場が一気になくなってしまった。教科書だと思って人前で開いた本の中味が大衆誌だったときのような恥ずかしさだ。このまま黙って消え去りたい居たたまれなさが喉を駆け上がる。恒はそんな六郎のことなど気づかずに嬉《うれ》しそうに続けた。

「殴ると泣き顔がかわいいんだ。そのあと怖い話をしてやると泣きながら追いかけてくる」

「……それって、かわいがってるのか？」

かわいい弟を殴って、泣いたところに怪談話を囁《ささや》く兄。怖がって必死に追いすがってくるところがかわいいと言われたって、弟はちっとも嬉しくないだろう。

「当然だろ。かわいいんだぞ？　俺の希《ゆき》だからな。写真見るか？　写真見るか？」

断る暇もない勢いで私物が入った背嚢《はいのう》を漁《あさ》って、恒は教本の間から一枚の写真を取り出した。

差し出された写真を受け取って眺めると、家族写真のようだ。暗褐色の画面に七、八人が映っている。

「母さんの隣が希。その隣が俺」

中央に写っている小柄な留め袖の女が母親で、その横に立っている半ズボンが多分『希』、隣の詰め襟は間違いなく恒だが、多分四、五年前だ。顔つきがまだずいぶん幼い。

「眼鏡をかけているのが父さん」

母親を挟んで、希の反対隣に痩せた男が座っている。

「父さんの後ろに立ってるのが、大兄《だい》ちゃんと広兄《ひろむ》ちゃん。その隣が姉ちゃんたち」

肩まで髪を垂らした振り袖の少女が二人写っている。どちらかが噂の『素子《もとこ》姉ちゃん』だ。

次は封筒の中から写真を取り出して寄越してくる。

「かわいいだろう。今は『海軍さん』のたまごだから、ジョンベラ着せられて余計にかわいくてなあ」

　ジョンベラとは水兵服《セーラー》のことで、大きなハンカチーフを首に結んだように、背中に四角い襟を垂らし、肩越しに襟が胸元まで三角に切れている。紺の襟《ジョンベラ》には縁を囲んだ白の一本線、服自体は白い。襟の下にも紺のスカーフを縛る。ジョンベラの海軍服に軍帽。海軍に入ったらまず真っ先に与えられる軍装だ。

　これは、と六郎は驚いた。天真爛漫《てんしんらんまん》そうな恒とは感じがぜんぜん違う。写真で見てもわかるほどおとなしい顔つきで、穏やかそうで賢そうな美形だった。

　この子を苛《いじ》めていたのか。恒が鬼畜に思えてならないが、酷い仕打ちも恒なりの愛情なのだろう。愛情表現が独特な恒の弟に生まれたことを気の毒に思うしかないが、幸せそうな家族写真だった。

　振り袖や、両親の衣服を見るかぎり裕福そうな家庭だ。両親が座っている椅子は天鵞絨《ビロード》張りだ。背景を見たところ写真館で撮った写真らしい。そういえば恒の家が何をしているか聞いたことがなかった。六郎が顔を上げると恒は指を膝の間に組んで、じっと床を見つめていた。

「アイツがひよっこで、内地で練習機《赤とんぼ》に乗ってる間に、俺が全部墜《お》とす」

「……ああ」

　かわいがり方は問題だが、希という弟はこれほどまで恒に愛されている。

翌朝、朝食を終えて恒と一緒に整備場に向かっていると、後ろから走ってきた男が、追い抜きざま「ＭＭＫ！」と叫んで恒の肩を突いて逃げていった。

ＭＭＫとはモ《M》テてモ《M》テて困《K》るという海軍の隠語だ。

「うるせえ！」

怒鳴り返す恒の横で、六郎は疲れ気味のため息をついた。

噂の「ユキチャン」は弟だったと、訂正してやるべきかと六郎は考えた。だがさしたことではないし、弟がかわいそうだったので、特に何も言わないことに決めた。

† † †

いろんな手を尽くしてみた。説得したり、できるだけ穏やかな報復手段を教えてみたり、険悪な雰囲気から連れ出してみたり。

それでも恒の喧嘩はいっこうに減らない。

なんだか最近慣れてきた、とちょっと目を離した隙に、整備待ちの航空機が並ぶポケットの向こうで、他班の爆撃機乗りと一対一《サシ》で殴りあいをしている恒を眺めて、六郎は力ないため息をついた。

「飽きねえよなあ、恒」

整備場に立ち尽くしていた六郎の隣で、喧嘩を眺めていた整備員の秋山《あきやま》が、油で汚れたツナギの腰に手を当てて感心したように言う。

秋山は十歳ほど年上の熟練整備員だ。恒に対するまわりの嫌がらせを知りつつ、何も言わずに淡々と恒の月光を整備してくれる信頼の置ける男だった。機体に書かれた恒への悪口を黙って消してくれているのも知っていた。礼を言うと秋山は『整備員だから当然だ。これは俺の月光でもある』と職人らしく答えた。秋山自身も苛めの標的になってしまうかもしれないのに、ありがたくも熱心に整備してくれる。

基地では搭乗員が威張っているが、陰の支配者は整備員だと言われている。燃料の配合は彼らの胸先三寸で、整備の順番も、いいオイルを入れる機体も、飛行に支障がない範囲で贔屓《ひいき》や報復ができる。秋山は若いが、基地で『整備の神』と呼ばれる三人の整備員の愛弟子《まなでし》だ。整備の腕はピカイチで、拳以外で唯一、恒を黙らせられる男だったし、秋山自身も馬鹿げた陰口につき合わない男だった。航空機を愛する男を愛する、博愛主義の、六郎から見ても非常にいい人間だ。

「恒を見てたら何かを思い出すんだよなあ」

雄叫《おたけ》びを上げながら殴り合う恒を眺めながら六郎は呟いた。

「近所の悪ガキをそのまま大きくした感じかな」

左腕の整備の特技章の上まで袖を捲《まく》った秋山は、菩薩《ぼさつ》と呼ばれる穏やかな顔で微笑《ほほえ》んだ。

「まあそれもあるけど、というか、まんまだけど」

誰の目にもそんなふうに映っているのだなと複雑な心境を抱えながら、六郎は脳裏にちらつくもっと別のものに心の目を凝らす。

「……ああ。子猫だ。虎縞《とらじま》の」

むやみに細い爪を出し、開いた肉球を振りかぶって、あどけない威嚇の声で火を噴き、全身の毛を逆立て細いしっぽの先端まで膨らませる。子猫は必死なのかもしれないが、シャアシャアと他愛ないばかりで、まわりから見ても微笑ましいだけだ。

「確かに癒されるな」と秋山が言った。我ながら上手い喩《たと》えだと感心しながら「ああ」と返す。恒のパンチが相手の頬に入る。おお、と思った途端腹を殴られている。キッと顔を上げるところを見ればまだまだやる気だ。

「……なあ、止めなくていいのか、厚谷」

秋山が言った。

「ああ、そうだった」

慣れすぎてうっかり眺めてしまうところだった。止めなければ上官が来てしまう。そうなったらまた『急降下爆撃』だ。

寄りかかっていたスレートの壁から離れると六郎の背後から、すっと人影が差した。上官だった。

† † †

ラバウル航空隊は優秀だった。

南海に浮かぶニューブリテン島を空母に見立て、南方の制空権を一手に握る。艦爆と艦攻を使い分け、無敵の零戦《れいせん》と月光に守らせて、北上してくる連合艦隊を余裕で沈めてくる。

ラバウル航空隊の出撃は、敵国の無線を拾うところによると、『常に上空で待機しているのではないか』と言われるほど早かったがこれには秘密がある。この基地では『先に飛んだもの勝ち』という独特の決まりがあった。通常は隊を分け、一番機を決め、各隊ごとに上空で待ち合わせて編隊を組んでから目的地へ向かう。だがラバウルは最初に離陸した機体が一番機になる。

出撃準備ができたものから離陸して、先に飛んだ航空機のあとにつく。当然上手い人間が一番早く、誰もが上手い搭乗員のあとにつきたいものだから、先を競って飛んだ。そのうえ班にかかわらず、手の挨拶ひとつで誰とでも編隊を組むことができた。

わずか数分が戦局を分ける航空戦だ。なにげない自由な気風が、意外な面で絶大な効果を発揮していた。実力があれば活躍できる。それが士気にも影響し、誰もが研究熱心で、優秀な搭乗員が多く育った。名高いラバウルの零戦隊、正確無比の艦爆、艦攻、恒が駆る夜戦もこなす月光。向かうところ敵無しだった。

しかしそれが仇になったと、先日の飛行前打ち合わせのあとで隊長が呻《うめ》いていた。努力と用心と工夫で、与えられた守備範囲を完璧に防衛しているだけなのに、大本営にそれを過戦力、余裕と見なされて防衛範囲を一気に広げられた。この基地はうまくやり過ぎたのだ。いくら日本の戦闘機が航空力に優れているとはいえ、無謀すぎる拡大範囲だ。ちょうど米国で空母と航空機が本格的に量産されはじめた時期にも重なっていた。

防衛範囲が広がれば、戦力は自然と分散せざるを得ない。

その時期を境に戦力に差がつきはじめ、自分たちの二十倍以上の数のグラマンに囲まれる日もあった。

「無茶するな、恒！」

六郎に機銃を撃たせようと、ギリギリまで敵機に近づく恒を叱りながら、その日も六郎は機銃の引き金を握り続けた。戦闘機は、腹に爆弾を抱えた爆撃機を敵空母戦艦の近くまで守るのが役目だが、周りをびっしり敵機に取り囲まれては自機が逃げるのが精一杯だ。

回避に必死で、守るべき爆撃機の姿を見失いそうになる。

「だったら墜とせ、六郎！」

彼は自分を叱るけれど、自分でもよくやっていると六郎は思う。さっきからどのくらいの敵機に命中しただろう。なにせまわりが敵機だらけだから、引き金を握りっぱなしで機銃を振り回せばどんどん敵機は落ちる。問題は残った数も多すぎて一向に減った気がしないところだ。

「一旦高度を下げて、敵機を振り切れ恒！　近すぎる。撃たれるぞ！」

敵と同じ高度にいれば機銃は当たるが、取り囲まれる時間が長くなる。一旦海面近くにまで下りて、団子状態のグラマンの群れから外れなければ、四方から撃たれて墜とされてしまう。隣の米兵と目が合う近さだ。本気で笑えない。

「恒！」

「ダメだ、艦爆を見失う！」

敵機の陰に遮られ、艦爆は前方に見え隠れしている。

風防《キャノピー》が敵機の腹を擦《す》るような近さで、グラマンの下をすり抜けた。すれ違う敵機の横腹を機銃の銃口で追う、そのときだった。バン！　と機体が揺れた直後に、背後で爆発音がして機体が大きく前にのめった。目の前にあるバックミラーで後方を見ると、尾翼の付け根あたりから爆煙が噴き上がっている。

「水平維持！」

六郎が叫んだ直後、世界が反転した。

上から翼を撃たれた。


ぽつ、ぽつ、と雨だれのような音がする。

「う……」

六郎が呻いて目を開けると、見慣れた月光の計器類がすぐ目の前にあった。自分の座席からずり落ちるようにして気を失っていたらしい。

「……?」

上空で機銃の音がする。水面に轟《とどろ》く爆発音も聞こえている。――波音が聞こえる――?

風防の継ぎ目から落ちてくるのは塩水だ。機体がゆりかごのように揺れている。左にひとつ、右にふたつ。海の波独特の揺れかただった。

風防ガラスから全世界が自分にむかって飛び込んでくるような記憶が最後だ。墜落して、海上に不時着したのか――?

ぼんやりとひびの入った風防を見上げ、はっと六郎は我に返った。

「恒!　……恒⁉」

酸素マスクを引き毟《むし》り、叫びながら安全帯を外して偵察員席から操縦席の背にしがみつく。

背当てがあって前がよく見えない。恒は右側の風防に凭《もた》れるようにして目を閉じていた。

「恒！　しっかりしろ、恒！」

酸素マスクは外れていなかったが、管が切れている。左手は操縦桿を握ったままだ。後ろから見るかぎり、出血はしていないように見えるが、どこか強打したかもしれない。

「恒！」

背当ての隙間から手を差し込み、恒の酸素マスクを外しながら六郎は自分の足元を見た。座席のすぐ下まで海水がきている。見る間に水位が上がってきていた。この月光は沈むのだ。

「恒！」

恒は完全に失神している。

「目を覚ませ、恒！　このままじゃ溺れる！」

背当てを拳でがんがん殴るが反応しない。前はどうなっているのだろうと狭い隙間から覗《のぞ》くと、左斜め上から恒を貫くような角度で金属棒が飛び込んできているのが見えた。息を呑んでふり仰げば曲がった風防の枠だった。上から何かが直撃したのか、ありえない角度で操縦席に突っ込んできている。操縦席の風防はへしゃげてガラスが割れていた。

「恒！」

悲鳴を上げて操縦席を覗き込むが、血が流れている様子はない。恒の肩を押し退《の》けると救命《カポ》胴衣《ツク》の胸元が裂けているのが見えた。

「ち！」

六郎は、偵察員席の座の下の要具袋に手を伸ばした。すでに腕の付け根まで海水につけないと取れないくらい浸水している。用具袋を引きずり出して、中からナイフを取り出した。手のひらほどの簡易の折りたたみナイフしかない。

六郎は偵察員席の風防を開け、主翼の上に這《は》いだした。操縦席の風防を引き開けようとしたが、風防扉は大きく歪《ゆが》んで動かない。

曲がった場所から指を入れて、六郎は風防扉を渾身《こんしん》の力で上に引き開けた。その勢いで操縦席に刺さった風防枠が抜けはしないかと思ったが、引き上げた拍子に扉の重みで折れてしまった。

脱出に備えて、元々風防扉は外れやすくできている。機体の向こうに落とすと大きな水しぶきが上がった。六郎は、乗り込み口に膝をかけ、風防枠が刺さったままの操縦席に身を乗り出した。

「恒！」

風防枠の先端は、恒のハーネスと救命胴衣の間を貫いている。恒の腹は間一髪で無事だ。だがホッとしている場合ではない。安全帯を外し引っ張り出そうとしたが、風防枠はハーネスの間を縫っている。ハーネスを脱がせてやらなければならない。大きく凹《へこ》んだ留め具はボタンを押してもまったく動く気配はなかった。なんとか風防枠を引き抜こうとするが、どこかに引っかかっているのか、引っ張っても抜けようとしない。

「恒！　恒、起きろ！」

揺すってみたが、ぜんぜん反応がない。浸水が進み、座席の上まで水面が来ている。

「恒！　おい、恒！」

浸水の速度は上がって、あっという間に留め具の部分も水に沈んだ。

「恒、目を覚ませ！　恒！」

耳元で大声で叫んで肩を揺するが恒が目を開ける気配はない。ハーネスは胴まわりの一本から、両足の股の間をくぐるように通っている。その二本を切って脱がせるように恒から外すしかなかった。

「くそ……！」

まずは足だ。もし挟まれていたら一緒に沈むしかない。手を伸ばして恒の内腿《うちもも》に手をかけ、膝をずらそうとしてみた。足首まではなんとか動く。この分なら挟まっているとしても靴先だけだろう。

ハーネスに横からナイフを押しつけるが、もともと簡易の携帯用だ。刃先は滑らかで、つるつるとハーネスの上を滑るばかりでなかなか切れない。あれこれとしている間に、恒の胸まで水はやってきていた。

「目を開けてくれ、恒！」

切ろうと必死でナイフを動かすが浸水が速い。懸命に手を動かしていて六郎ははっと目を見張った。鼻先に海水がある。恒の頬はすでに濡《ぬ》れている。

水中での腕の動きは鈍く、水で視界が曲がって、刃が当たっているかどうかもよく見えない。そのうえ一番邪魔な位置に風防枠が刺さっていて六郎の動きを妨げていた。

こんなことをしていたら間に合わない。

大きく息を吸い込み、六郎は海水に頭を突っ込んだ。

海水が目に染みるのを堪えてじっと目を凝らして見ると、ハーネスはまだ半分も切れていない。酸素が続くギリギリまで海の中で作業を続ける。

「は……っ！」

ざばん、と音を立てて、水から頭を上げた。激しく呼吸をし、もう一度、と思って大きく息を吸い込みかけて六郎はぎょっとした。海水は恒の口許《くちもと》まで迫っていた。軽く開いた唇に今にも滑りこみそうな場所で水面が揺れている。

「恒！」

強く叫んで顎を押さえ、口を閉じさせる。そのままもう一度水に潜った。

救難の無線スイッチを入れても到底間に合わない。酸欠で頭が痺《しび》れるまでナイフを動かした。これが切れてもまだ右足がある。摩擦の手応えはまるでない。本当に切れるのだろうか？

海面から顔を上げる一瞬前に息が尽き、海水を吸いこんでしまった。激しく咳《せ》き込みながら恒を見るが未《いま》だ気を失ったままだ。

「く……！」

完全に口許まで浸《つ》かった恒の喉を撫《な》で上げ、上を向かせる。恒はなすがままに少し仰向《あおむ》けぎみに右に凭れた。恒から目を逸《そ》らすようにしてまた潜る。

「……！」

左足のハーネスが切れたところで水中から頭を上げた。上向けさせた恒の耳も顔もすでに、水面に鼻先が触れるくらい水に沈んでいた。

「今、意識を取り戻すなよ⁉」

それだけはやめてくれと呻き声で祈った。水の中で急に目を覚ましたらパニックになる。暴れる恒のハーネスを切るのは無理だ。驚いて藻掻《もが》いて、そうしたらすぐに溺れてしまう。

泣きそうになりながら、六郎は水中にある恒の頬を撫でる。そして大きく吸い込んだ息を恒の唇に吹き込んだ。合わせた唇から抵抗なく六郎の呼気を受け入れたあと、恒の唇は漏れるような気泡を吐いている。

それを吐き出してしまう間にもう一度潜った。右足のほうのハーネスはナイフを動かせる場所が狭くて難航しそうだ。自分で息を止められない恒の呼吸も確保しなければならない。

早めに顔を上げて、恒が息を吐ききる前に口移しに空気を送り込んでやる。いつもきつく結んでいる恒の唇は柔らかく、合わせればほのかに温かいのがなお六郎を怖くした。

時間にすれば一分にも満たないのだろうが、なかなかナイフが進まないのが悪夢の中にいるようで、とてつもなく長い時間に感じた。金属加工用のハサミさえあれば一発で切れるのに。

もう一度大きく息を吸い込み、恒の肺に入れてやる。

頭を上げて自分のための息を吸ったら、頭の芯がくらりと歪んだ。酸欠か酸素の吸い過ぎか分からないが、自分がやらなければ恒が死ぬ。

腿の皮膚を裂くかもしれないと思いながら、ハーネスと腿の間にナイフを突っ込んで傷つけないように斜め上に裂いてゆく。ナイフをハーネスに挟んだまま顔を上げ、完全に水中に沈んでしまった恒にもう一度酸素を送り、ほとんど逆さになるような姿勢で、六郎はナイフを握り直す。

食いしばった歯の間から空気を漏らしながら手を動かしていると、ぶつり、と鈍い手応えがあった。ハーネスの留め具が上がった。——切れた！

そのまま、動かない左足を思い切り内側に寄せさせるとやはり靴先だけが挟まっていたようで、足は簡単にはずれた。

恒の肩を水面まで引き上げ、風防枠を押しやりながら、下からめくり上げるようにしてハーネスを脱がせた。ハーネスはカポックの背中を通っている。慌てて紐《ひも》をほどき、カポックごと脱がせた。

「恒！　しっかりしろ」

恒の腋《わき》を抱えて水上に腹のあたりまで引き上げた。それでも目を覚まさない恒の身体《からだ》を、六郎は胸の下を抱え、勢いをつけて上に持ち上げる。

「ぐ、う……っ……！」

胸をぐっと締めつけられる形になった恒は、吊《つ》り下げられる姿勢のまま咳き込み、ぼとぼとと水を吐いた。生きている！

とりあえずほっとするが、それでも恒は目を覚まさない。六郎は苦戦して、沈みゆく月光の左翼の上までなんとか恒を引っ張り出した。

「────ッ！」

途端、両脇を掠《かす》めるように機銃弾の列が走りぬけ六郎は恒を抱き込み身を竦《すく》めた。頭上を低空で飛び去るグラマンをやり過ごしたあと、六郎は上空のあちこちで水中に墨滴を落としたような黒煙が上る空を見上げた。

墜落直前の時刻は午前十一時。亜鉛色の海原は広く、青い空が霞《かす》むくらい、依然空を敵機が埋め尽くしている。見渡す限り島影はなかった。気を失った恒を抱えたままあてもなく泳ぎ続けるのは無理だし、上空はまだ戦場だ。

操縦席はもう水中だ。じきに主翼も沈む。逃げ場がない。

戦場では自分が生き延びることを最優先しろと教えられている。溺れる者を助けて供に沈むなどというのは海軍兵なら誰でも納得していることだ。

六郎は首を振って恒を抱きしめた。

「置いていかない」

——おまえは一番じゃない相手に、命を預けるのか?

恒の声が六郎の心に強く問いかけてくる。

「俺たちはペアだ。恒」

六郎は意識のない恒のこめかみに頰をこすりつけて呟いた。

そのとき、海面をビリビリと細かく振動させるディーゼルエンジンの音に気づいた。

内火艇の音だ。見回すと向こうに小さな船影が見える。墜落した自分たちに気づいてくれたのだ。近くに駆逐艦がいる。

六郎は大きく片手を振って、声を張り上げた。

「二名です!」


主翼の上に乗った六郎の腰が浸かる頃、艇から助けの手が差し伸べられた。

「よく戻った。大丈夫か!」

「はい。でも恒が……琴平一飛曹《いっぴそう》が……!」

たどたどしい震えた声しか出なくて泣きそうになる。艇から差し出された四本の手に六郎は

恒を託した。月光の主翼を踏んで恒を艇に押し上げる。六郎が艇の縁によじ登ったことで月光を海に押し込む形になった。月光は人を乗せる役目を果たしたように静かに海中へ沈んでいった。

恒の意識はまだなく、引き上げられた甲板に横向きに寝かせられていた。

「怪我人《けがにん》だ、衛生兵！」

自分たちを引き上げてくれた男が船室に向かって叫ぶ。恒の頭の横に滲《にじ》みながら広がってゆく赤い色に六郎は目を瞠《みは》った。水中だったから気づかなかった。頭を怪我していたらしい。

恒が咳《せき》をし、また甲板に海水を吐く。六郎は思わず恒に飛びつき、ぐったりとした恒の背を強くさすった。海水で薄まった血で左頬が染まっている。拭ってやろうと思うが自分もずぶ濡れでどうすればいいか分からない。おろおろとしながら恒を抱き起こして強く抱きしめた。手や頬に触れるぬるさに総毛立つ。死体と言うには温かく、照りつける太陽に炙《あぶ》られた曖昧な温度が、本当に肉体が魂の容《い》れものでしかない実感を六郎に押しつけてくる。

船室から救護の襷《たすき》をかけた眼鏡の男が出てきた。六郎は恒を引きずるように前のめりになりながら彼に叫んだ。

「あ……頭を打ったようで目を覚ましません！　水も飲んでおります！」

六郎の血相に慌てて駆け寄ってきた衛生兵は、すぐに恒の瞼《まぶた》を指で開いて瞳孔を確認し、脈を取る。

「――生きております！」

　衛生兵は振り返って離れた場所にいる上官に告げ、そして安心しろと言いたげに六郎に頷いた。彼は恒の黒髪をさっと指で掻き分けて地肌を覗いている。傷口のまわりをあちこち指で押さえたあと、六郎に尋ねた。

「皮膚が切れておるだけだ。頭の怪我は血が出る。心配はいらん。水はどれくらい飲んだか分かるか？」

「だいぶん吐きましたが、たくさん飲んでいると思います」

　海水の中で、恒が吐いた泡を鮮明に思い出して六郎はゾッとした。それだけで身体の震えがいっそう酷くなる。

「おおい。もう一人いるぞ！」

　双眼鏡を覗いている兵が海面を指さしながら叫ぶ。衛生兵は六郎に白い布を渡した。

「貴様らは船室に行け。あとで巡回する」

　彼は素早く立ち上がり、六郎たちを置き去りにして、引き上げられてくる次の兵の診察に行ってしまった。

「わた……る」

　震えて上手く動かない指で、恒の襟を緩めてやる。すぐに担架がやってきて恒を船室に運んでくれた。狭く暗い船室の中には、先に拾われた数名がずぶ濡れで座っている。彼らに見守られながら六郎は床で、担架から降ろされた恒を腕に受け取った。

「よかったな」

助けられた自分たちを見て、顔見知りの零戦の搭乗員が言う。落ちた場所に駆逐艦がいるのはとんでもない幸運だ。それが艇を出してくれたのは、ほとんど奇跡に近かった。ここにいる人間は、撃墜された兵たちのほんの一つまみだ。

六郎はがくがくとした動きで、ようやく頷き返した。よかった。よかったと思うが、恐怖は去らない。

寒くもないのに息がうわずり、切れ切れの呻きが勝手に喉から漏れる。潮水で濡れた恒の髪を掻き分け、渡された布で傷口を押さえてやる。腕の中で目を閉じている彼は、静かだがちゃんと呼吸していた。胸が浅く上下するたび、ぜろぜろと水の絡まったような音がする。

「恒……」

どうしようもなくて、恒の頬に触れた。そのぬるさが怖くて震えが止まらない。死の淵《ふち》をふらふらと彷徨《さまよ》っているようで、六郎に強い恐怖を与えた。

乾ききらない眉や目許の潮水を指で拭ってやり、髪の毛を撫でつけてやる。首筋に太陽に照らされたのとは違う、肌の奥から湧き上がっている恒の体温を探し当てて、六郎は手のひらを恒の首筋に押しあて、息を詰めながらその温かさを味わった。

死はすぐ隣にある。扉を開けるようにそこへゆける。

側《そば》にいるつもりでも、こんなに容易《たやす》く引き離されてしまうのだと頰をぶたれるような鮮烈さで思い知った。手を繫《つな》ぐより強い何かで、あるいは名簿に名を連ねるより深い絆で魂を結ばなければ簡単にほどけて見失ってしまう。

靴音がして数人の兵が船室に入ってきた。先ほどの衛生兵の顔も見える。

彼らは怪我の酷い兵から順に手当てをした。止血が必要な者、火傷《やけど》の者。恒の順番は最後のほうだ。

「貴様は厚谷一飛曹か。これは琴平一飛曹だな？」

医官が六郎の胸の縫い取りを見て問う。六郎が頷くと医官は六郎の目の前に膝をついた。助手らしいさっきの衛生兵が六郎の腕の中に手を突っ込み、恒の胸元のボタンを開こうとする。

「はい」

「厚谷一飛曹。琴平を離せ。診察するから床に置くんだ」

衛生兵に命じられて六郎は頷いたが、どうしても恒を抱いた手が動かせない。横たえてよく診察をしてもらわなければと思うのだが、恒の無事を願えば願うほど腕に力はこもってしまって恒を離せなかった。

医官は怒らず、宥《なだ》めるように六郎に言った。

「琴平が苦しい。離してやれ」

「はい」

返事はできるが、やはり腕は固まったように動かない。

恒を抱いた手の中で、ぎしっと濡れた布が軋んだ。いつの間にか締めつけるくらい強く恒を腕に抱きしめている。

「脳しんとうだ。命に別状はなかろう。落ち着け、厚谷」

「はい」

答えて頷いたら涙がぼろぼろと零《こぼ》れた。

「……恒」

顔は青ざめているが、呼吸をしている。頭を胸に抱きかかえると、首筋に早い脈が触れる。

生きている――。

張り詰めた糸の、向こうとこちら側のような危うさで恒はまだこちら側にいる。六郎の喉から嗚咽《おえつ》が漏れた。堪えようと思ってもすすり泣きのような吐息が漏れるばかりで止まらない。

離さなければと思えば思うほど腕がこわばってゆく六郎を、医官も衛生兵も急《せ》かさなかった。

衛生兵が包帯やメスが入った金属の箱から、怪我の治療のためのピンセットや脱脂綿を用意し始める。

医官は重篤な患者を見るような視線を、恒ではなく六郎に向けた。

「見せてみろ。頭の傷に薬を塗ってやる」

「！」

囁かれて、反射的に恒を差し出した。自分の行為に六郎は驚いた。医官も衛生兵も苦笑いをしている。

「よく戻ってきた。ご苦労だった」

そう言いながら恒の頭の傷口に赤い消毒薬を塗ってくれる医官に、六郎は涙ぐみながら頷いた。

航空戦は短い。飛行時間は長いが、敵機と相まみえてから弾を撃ち尽くすまで、長くてもせいぜい二十分程度だ。

終わったあとも、駆逐艦は海の上の仲間を探して海面を走り、基地に帰ったのは戦闘が終わって二時間以上あとのことだった。

恒の意識は戻らず、そのまま軍医のところに運ばれた。

六郎は別室に分けられ、事情を聞かれた。

向かいに軍医が座り、隣に沢口《さわぐち》中佐が立っている。墜落して搭乗員が溺れかけるのは珍しいことではないが、恒のカポックや、ハーネスがなくなっていると報告が上がったらしい。

月光は貴重な機体だ。自分たちの月光に限っていえば実験機だった。詳しい報告の義務が生じる。墜ちたあと何があったと尋ねられた。

「月光を墜としました。申し訳ありませんでした」

事情を話し終え、俯《うつむ》いて丸椅子に座った六郎は、膝に手を握りしめて懇願した。

「恒には、言わないでやってください」


撃墜自体には、六郎たちに咎《とが》はなかった。六郎の報告は受け入れられ、それ以上追及されることもなく解放された。

恒を軍医に預けて兵舎に戻る。皆、夕飯で出払っている時間だ。六郎の他には誰もいなかった。

夕飯は差し入れできるのだろうか。そんなことを考えながら、室内で恒の新しいハーネスを点検していると、しばらくして入り口に人の気配があった。

恒だ。

足元がふらつき、どこかに摑《つか》まっていないと立っていられないようだ。表情が怒っている。

恒は部屋の中に入ってきて、黙ったままいきなり自分を殴ろうとした。だがふらついた恒の拳を避けるのはたやすい。

「触るなッ！」

勢いのままよろめく恒を支えてやろうとしたら、激しく手を振り払われた。恒の怒りの理由は察しがついた。口の軽い軍医が喋ったのだろう。月光が撃墜されたこと、浸水した月光の中で恒が意識を失い、ハーネスが壊れてはずせなくなり、溺れ死ぬ寸前でなんとかナイフで切って助け出したこと。

口づけをしたとは言わなかった。緊急事態の人工呼吸に違いなかったが、そう言い切るには自分は恒と離れたくないと願いすぎていた。

「どうして俺を助けた！　なんでだ六郎！」

犬死にはするな、巻き添えになるな。兵士になるとき一番初めに教えられることだ。恒の怒りが恒自身に向いているのも分かっていた。恒が六郎の指示に従わず無理を通したから月光を沈めることになった。あそこで高度を下げていれば回避できたかもしれないのに、任務に夢中になりすぎて、自分たちの危険を顧みなかった。

「――放っておけよ！」

「恒」

「俺は月光と沈みたかった！」

六郎を睨んだ瞬間、泣きそうな顔をした。自分の失敗で月光を墜とした。恒の失敗は六郎の死でもある。責任を感じているのだろう。

恒の気持ちは分からないでもないが、六郎も譲る気はない。火のような熱さで睨みつけてくる恒を正面から見返す。喧嘩になってもいい。

「俺は月光より、おまえがいい」

「なんだと……？」

恒が怒りを露《あら》わにしたまま、失笑のような声で六郎に問い返す。六郎は怒鳴り返した。

「おまえの代わりはいないんだ！」

水に浸かった恒を見たとき思い知った。

「戦争に勝ったって、おまえがいなかったら」

あのまま恒が海に沈むなら、自分もいっしょに沈もうと思った。海の底まで抱きしめて離すまいと決めて迷わなかった。

「六郎！　テメエ……！」

突き出された拳を払うのは簡単だった。ふらふらした恒の手首を掴み、無理やり胸に抱きしめる。

船の甲板で抱きしめたときと違って、恒の身体は温かかった。興奮で高ぶった鼓動が力強く伝わってくるのが切なくて、腕に力を込めて抱きしめる。

「六郎……」

「おまえがいい。おまえがいいよ、恒」

吐いてはならない言葉が次々と唇から零れるのを、どうしても止められない。

「戦争より、航空機より、おまえがいい」

そう言った自分の言葉にギリギリで堪えていた涙が溢《あふ》れた。恒が腕の中で呼吸をしているのが、どうにも切なく、今さらの安堵《あんど》が込みあげる。

もう離せないと思った。怖かった。あのとき恒を失うと思うと、自分が死ぬより怖かったのだ。

「……なんでお前が泣くんだ。里心か」

抱きしめられたまま、戸惑ったような声で恒が訊《き》いた。驚きで怒りが押しやられたような哀《あわ》れみと困惑が滲んでいた。

「恋心だ、馬鹿」

もうどうにでもなれ、と思いながら、六郎は恒の肩口に涙を落としながら呟いた。

「困る」と恒が即答したから「困れ」と言い返した。

ほんとうに困ったような表情の恒に、洟《はな》をすすりながら、六郎は捨て身の決定打を放った。

「おまえが俺の、一番だ」

朝食に山芋っぽい何かの根の味噌汁《みそしる》とココナツの漬け物が出る日はまあまあいい。カナカほうれん草と呼ばれる菜、キュウリと瓜の間のようなものもある。どれも巨大で大味だ。唐辛子や豆類、カボチャは豊富だ。ただし米は少ない。

南国の食生活に違和感を覚えなくなってきたのは幸か不幸か。

朝食を終えた恒が、六郎を見て馬鹿にしたように笑った。

「泣き虫」

勝ち誇った顔で恒は目の前から去っていった。恒が生きて呼吸をしていてくれるなら、そのくらいの悪態は甘んじて受けてやろうと六郎は思った。


朝食のあと、打ち合わせのため整備場の裏に呼び出されていた。

未帰還機の穴をどう埋めるかについてだ。

月光が墜ちた日の未帰還は五機だった。零戦《れいせん》三機、艦爆二機、合計七名だ。撃墜を確認されたのは三機だった。残り二機はどこかに不時着した可能性を信じて待つしかない。十日以上音沙汰がなければ戦死扱いになる。骨もなく、死に際も知れない曖昧な死だ。

どこかの島に不時着したと、今にも未帰還機からの連絡が入るのではないか——そう願いつつも、彼らはいなくなったものとして、編隊を組み直すのは辛かった。だが今出撃命令が下ったら、未帰還の彼らと月光も失った隊では、穴だらけで役に立たない。

他の隊から助っ人《すけと》を借りてくるか、あるいは自分たちの隊はどこかの隊に編入されるのか、朝の打ち合わせのあとに恒とそんな話をした。

太陽に白っぽく照らし出された砂の道を、恒と黙って二人で歩いていた。葬式など毎日あるが、さすがに恒も口数が少ない。無理に口を利かずに歩いていると、小径の向こうからこっちに向かって歩いてくる数人の人影に気づいた。先頭の男が斉藤なのが六郎には分かった。月光の乗っ取り未遂事件以来、斉藤は搭乗を禁じられて農耕に従事していたが、最近復帰したようだ。食堂で飛行服を着ているのを何度か見かけた。

斉藤が目の前まで歩いてくる。かかわりたくなくて六郎は目を逸らした。恒も気づかないふりを通すようだ。

恒と並んでいた六郎は、斉藤に道を譲るために半歩下がって恒の後ろに入った。斉藤の取り巻きも同じように左側に寄る。

擦れ違うとき、独り言というにははっきりした斉藤の囁きが耳に届いた。

「——お前も死ねばよかったのに」

六郎が振り返ったときには、恒が斉藤の腕を摑んでいた。

「人が死んだ日に、よくそんなことが言えるな！」

「やめろよ、琴平！」

すかさず取り巻きが二人を分ける。六郎も急いで恒の腕を摑んだ。腕に力がこもっているのが手のひらに伝わってくるが、殴りつける虚《むな》しさは恒にもあるようだ。

斉藤はへらへら笑っていたが、それ以上は嫌みを言ってこなかった。恒も体調がよくないのか、押しやられるまま分けられて、斉藤を睨んだだけだ。

取り巻きに囲まれ、斉藤は向こうへ歩いてゆく。

怒りは湧くが、虚しさのほうが重くて身体も口も動かない。やるせない鈍い怒りを抱えながら六郎は彼らの背中を見送った。

斉藤だけが悪いのではない。生と死の境がだんだんわからなくなってゆくのは自分もそうだ。月光が墜落したとき、その境はあまりにも簡単に越えられることを六郎は知ってしまった。隣を歩いていた人の姿がふと消えているのはよくあることだ。一人、二人と減ってゆく。気にはかかるが前を向いて歩くしかない。

麻痺《まひ》するのだ。人の死が日常過ぎて、ぼんやりとする。恒が死にかけたことばかり現実味が大きくて、他の人間は仕方がないような気がしはじめてしまっていた。

知らない間に鈍くなっていた自分を恥じ、今さらに斉藤に新しい怒りを抱きながら、六郎は立ち尽くした。

「……いくぞ」

恒に声をかけられるまで、六郎は遠ざかってゆく斉藤の背中を眺めていた。

† † †

恒に新しい月光が与えられたのはそれから半月後のことだ。零戦、月光と続けて墜とした恒は『もう戦闘機には乗せてもらえない。乗せてもらえる資格もない』と言ってずっと落ち込んでいたが、上官からの強い指名で新しい月光は恒のものになった。

撃墜数が多いのだ。撃墜補助をくわえるとベテランに引けを取らない数になっていて、六郎と恒は知らないところで『黄金ペア』と呼ばれるようになっていた。内地から正規月光隊が配属されたのも後押しした。厚木《あつぎ》からやってきた彼らにラバウル航空隊の威厳を見せなければならない。月光を乗りこなすのは簡単だと、すでに二〇〇時間以上、月光に乗って実戦をこなした自分たちをラバウル基地の実力として示すことにしたようだ。

零戦隊と合同だった隊が切り離され、自分たちは月光隊に編入された。この半月に変わったことと言えば他に、少し前の空襲で兵舎が焼け、分散して小さな兵舎を建て直したことだろうか。

簡単な板と椰子の木の柱で小屋の基礎を組み、壁の代わりに椰子の葉を貼る。数人で固まって作ることが多かったが、恒への嫌がらせは相変わらずで、恒の喧嘩早さも直らなかったから、上官のすすめに添って二人で住むための小屋を二人きりで建てた。ほぼ個室だ。この機に乗じて恒を隔離してしまえという上層部の苦渋の決断があったのかもしれないし、最近ベテランから順に撃ち落とされていくラバウル航空隊を鼓舞するため、若手の熟練搭乗者である恒を特別扱いしておきたかったのかもしれない。

恒に二機目の月光が任されると決まってからは、うんざりするような嫌がらせが相次いだ。このあいだの乗っ取り未遂のような大事件はなかったが、とにかく諍《いさか》いがひっきりなしで、個室でなかったらどうなるかと思うほどだ。

だから差し引きゼロだった。——恒の喧嘩は減らない。

恒の姿が見えないことを気にしながら小屋に入ると、ベルトを切られた航空眼鏡が床の上に落ちていた。嫌な予感しかしない。

心当たりを探して走り回っていると、ひさしの下で本を読みながら涼んでいる九七艦攻ペアを見つけた。

「恒、見かけなかったか?」

息を切らせながら尋ねると、

「あっち」

偵察員のほうが簡単に指を差した。

そちらに顔を向けると叫び声が聞こえてくる。どう聞いても恒だ。

「ありがとう」

穏やかな九七艦攻のペアを羨ましく思いながら、六郎は走り出した。六郎の苦労も減らなかった。

十分後。

「なん……っ、で、俺が……ッ……！」

六郎は腕立て伏せをする自分の下にある影を睨みながら呻いた。

隣では、同じように恒が震える腕をぐぐと折りたたんでいる。汗は惜しげもなくぽとぽとと地面に落ちている。急降下爆撃専用地となりはてているこのデッキは、いずれ塩田になるのではないか――。

「……っ……！」

ようやく腕を伸ばしきり、その勢いのまま溺れるように空を仰ぎ見ると、兵舎の陰からこっちを見ている九七艦攻のペアの姿が遠く見えた。いかにも涼しそうに屋根の陰から、本を片手にこちらを眺めている。

「サボるな、厚谷ィ！」

自分の上には、炎天の太陽と怒号が降り注ぐばかりだ。

六郎《ろくろう》は、先日視察に来ていた航空艦隊司令部の将校から、おもむろに二の腕を摑《つか》まれ『さすが我が国が誇る南の精鋭、ラバウル航空隊の搭乗員だ。硬い腕をしておるな』と褒められたが、それは恒《わたる》の喧嘩《けんか》に巻き込まれて、しょっちゅう海軍式腕立て伏せをさせられるせいだとは答えられなかった。

†　†　†

夕飯のあとの自由時間、六郎はランプの下で、箸にしようと拾ってきた枝を折りたたみナイフで削っていた。恒は板間に敷いた布の上、自分の隣でごろごろしている。初めはテントのようだったこの小屋にもずいぶん手を入れた。板の床ができ、開け閉めできる窓もつけた。狭いのでランプがあれば十分明るい。

恒は夏襦袢《じゅばん》の襟を大きく開けた格好で、メンテナンスしたばかりの双眼鏡を覗《のぞ》いて遊んでいた。

彼は今も空き時間は基本的に月光《げっこう》の側《そば》にいるが、六郎が誘えば散歩にもついてくる。一緒に同じことをせず、こうして別々のことをしながら、手を伸ばせば届く距離にいることが常だった。

六郎は、箸を削る手元から、ちらりと恒に目を遣《や》った。

同衾《どうきん》しろという上官の言葉が分かってきた気がする。同じ布団で寝てもぜんぜん問題がないと思うくらい恒が近しい。同衾したら触ってしまいそうだと思うのが、同衾しない理由になっていた。

海に沈みゆく月光から恒を助けた日、勢いのまま「恋心だ」と言ったが、この何か分からない衝動の正体は一体何なのだろうと、最近六郎はよく考える。

恋と区別がつかない。恋愛だと言うのなら、命を預ける信頼は、女性相手には持てないものだ。

この気持ちが名前のない感情だとしても、それのどこが恋愛に劣ろうか——。

六郎にはもはや恒が心臓の半分のように思えているが、恒はどう思っているのだろうか。そんなことを考えていると、仰向《あおむ》けに寝転がったままの恒が、双眼鏡を軽く目から浮かせた姿勢で唐突に言った。

「こないだは、ありがとうな、六郎」

「……何のことだ?」

恒に礼を言われる覚えなら多すぎて、どれについての感謝なのか分からない。恒は天井に視線を据えたまま真面目な声で言った。

「月光の中から、助け出してくれたこと。あのときは怒って悪かった」

一ヶ月も前の話だ。

「今さらか」

笑って六郎は、床に転がっている恒の頬を撫《な》でた。六郎に視線をやった恒は、ひと月も抱えていた肩の荷をおろしたように、少し困ったようなかわいらしい顔で笑った。

静まった部屋に虫の声が忍び込んでくる。さっぱりした顔の恒はまた双眼鏡を目に当てようとした。恒の意識を自分に繋《つな》ぎ止めたくて、六郎はそれをゆっくり取り上げて床に置いた。

「恒」

今を逃してはならぬと感じた。本能のような欲情が腹の底から突き上がってきて、恒に手を伸ばさせる。

恒が嫌がるだろうなとか、気まずくなったらどうするんだとか、不安を訴える理性をマグマのような熱さが塗りつぶしてしまう。

「何だ」

「寝たいって言ったら、どうする?」

うわずった思考のまま、六郎は胸に溢《あふ》れる衝動を口にした。

考えたことは何度もあった。男同士の猥談《わいだん》を耳にするたび熱心に聞き耳を立ててしまい、得た知識で想像する相手は必ず恒だった。

恒と寝たい。今逃れても、いつか恒を欲しがってしまうのだろうという絶望的な予感があった。いつか来るなら、今がよかった。恒を繋ぎ止めたい。恒の体温を想像すると全身に鳥肌が立つほど、恒が欲しい。

恒は怪訝《けげん》な顔をしたが、身体を起こして双眼鏡に手を伸ばしながら答える。

「もう寝るのか。いびきはいいが、歯ぎしりはやめろ」

「そうじゃない。おまえと」

言葉の先を言いよどむ代わりに、六郎は恒の手首を摑んだ。双眼鏡を摑む恒の手をゆっくり払いのけると、恒がすっと冷ややかになる黒い目で、六郎を睨《にら》みつけてきた。

「……殴られてえのか」

「そうじゃない」

愛しているとか、好きだとか、そういうのとも違う。恒しかいない。恒とすべてを分けあいたい。物ではなくもっと感覚的なことだ。意見を合わせるのではなく、同じ気持ちになりたかった。恒の中に入りたい。恋愛と言うには想像よりも遥《はる》かに凶暴で、原始的な衝動だ。一番近しくなりたい。方法は何でもかまわない、恒と唯一の契りを結んでこの想《おも》いが正しいのだと証明してほしい。単なる性欲かと自分を問いただしてみたが、恒以外を思い浮かべると吐き気がするのだから違うのだと、六郎はそれを恒を欲しがる理由の縁《よすが》にした。

「明日墜《お》ちるかもしれない」

絞り出すような声で六郎は恒に乞うた。今しかないと思うと堪《たま》らなくなった。明日、空に散るかもしれないと思うと無念で堪らなくなる。

恒が欲しいと願いはじめると途端に焦った。このまま死ねば後悔するのは分かっている。月光が落ちた日の、海中に沈んでゆく恒の記憶が過ぎるだけで、悲鳴を上げそうな焦りと恐怖が押し寄せてきて追い払えない。今でなければ二度と無理かもしれない。恒を抱きたい。

「縁起でもねえ」

「いつ死ぬか分からないのは誰でも一緒だ。だから恒に触りたい」

顔をしかめる恒の腕を摑んで自分のほうに引き寄せた。

「六郎」

「おまえの身体《からだ》の中に入ってみたい。どういう体温をしてるか感じたいんだ」

きっと自分より熱いに違いないと想像するだけで全身の血管の圧力がぐっと上がり、下腹が疼《うず》く。

「どのくらい柔らかいのか、一番奥の温《ぬく》みを知りたい。おまえの中を擦りたい。今確かめたい。おまえを腕に抱いて、眠りたい」

言葉を繕う余裕もなく、正直な欲望を具体的に吐き出した。息が切れそうな声になった。追い詰められて泣き出しそうな感情が何なのか、六郎自身にも分からない。恒を驚かせるとか、あとで言いつくろえないと思ったが、もうかまう余裕がなかった。

「……する、ってことか?」

友人の悩みを聞くように深刻な顔で恒は訊《き》いてきた。それに「そうだ」と答えた。

「は、嵌《は》めるってことか」

鎖骨のすぐ前で恒が言うと、下腹が、ずきんと鈍い痛みを放つ。

「ああ、それが一番近いかもしれない」

少しうろたえながら、赤裸々と言うにも幼稚すぎる直情を言葉にした。恒の中は多分、女よりきついだろう。いかにも豊満な女の腰より、魚のように締まった恒の腰は細い。

恒はひどく怪訝な顔で訊いた。

「できるのかよ、そんなこと」

「多分。油は、血止めのバームを使って」

喧嘩が絶えない恒のために、傷の軟膏はたくさん持っていた。それが使えると聞いたのも耳《みみ》年増《どしま》の成果だ。恒の喧嘩傷に塗ってやるたび疚《やま》しいことを考えた。

そそのかすように囁《ささや》いてみる。

「やってるヤツ、多いって言うけど」

海軍特有の隠語があるくらいだ。それを知らない恒に変に興奮した。恒は目の前で戸惑ったように考えている。

「まあ……、見たことあるけど。アレほんとにやってるの？　足に挟んでるだけじゃねえの？」

決死の交渉がだんだん、普通の相談じみてくる。「さあどうだろう」とでも答えれば何となく流れて終わりなのが分かった。恒を抱きたくて六郎は必死だった。自分でも滑稽な気がするくらい懸命に話題を続ける。

「女は？」と思い切って訊いてみた。恒は逃げ方を忘れたように、何やら真面目に考え込んでいる。

「南に来る前、店に連れていってもらった。童貞で死ぬのは嫌だろうって」

「似たようなもんか」

六郎にも経験があったが多くはない。それよりも、童貞より淫猥な気がする恒の一度きりという経験のほうが幼気《いたいけ》な気がして、たまらなく胸を掻《か》き乱される。

「ダメか。恒」

嫌と言ったら、頼み込もうと思っていた。一度でいい。それでも断られたら、土下座で交渉をするか気長に説得をするか六郎が悩んでいると、

「……したくない」

と気まずそうに恒は言った。

「あのな、恒」

「どう考えても痛え。飛行に差し障るぞ？　俺みたいに踏み棒《ペダル》を踏まないにせよ、座ってるだけで痛いんじゃねえのか？　機銃、撃てるのか？」

想像しているように顔を歪めながら、確かめるような声で恒が問う。

「あ……、いや、何て言うか、俺のほうが年上だし、その……言い出したほうがするのが普通っていうか」

恒はどうやら六郎に突っ込む気でいたらしいが、そうではなくて、自分は男だから、――いや、恒もそうだが――。

「断る」

ほぼ反射のように恒は答えた。

「恒」

「無理だ」

俯《うつむ》いて、震えそうなくらい緊張している恒を見ると、急に無理を押しつけたようで申し訳なくなった。彼の矜持《きょうじ》を傷つけたかもしれない。

これだけ近しいのだ。恒がもしも女なら受け入れてくれたのかもしれないと想像する。だが恒は男だ。そして何より航空機を愛している。飛行に差し障るかもしれないという理由で、恒は断ることしかしないのだ。自分が好きでも、他の誰でも。

いたたまれなさで冷や汗が出た。恒を抱きたい気持ちは消えないが、強引すぎだ。

「そう……だな。飛行最優先だ」

爆発しそうな欲情や恥ずかしさを力ずくでねじ伏せて、六郎はできるだけ穏やかに言って頷《うなず》いた。

このあとの気まずさをどうしようと思いながら、恒を摑んだ指を離すと、恒は手を伸ばして、ぎゅっと六郎の襟を摑んできた。

「……恒？」

「するならおまえだけしか、考慮できない」

恒はほとんど苦痛の顔を、六郎の鎖骨の辺りに押しつけながら唸《うな》った。伸びた癖毛が目の前に見えた。


たぶん、うまくいくと思った。

「ん……っ……。ん」

身体の下で恒がぐっと身を固くする。だがそれは、二本の指を付け根まで呑《の》み込めたからで、うまくいっている証拠だと思っていた。

「嫌、だ。……いやだ、六郎」

痛みよりも不快感のほうが恒には辛《つら》いようだ。柔らかい恒の中で指を蠢《うごめ》かすたび、恒は困り果てたような顔をして、泣き言めいた声をあげた。

「もう少し、な？　恒」

指を一本入れたときは、正直絶望的だと思っていた。柔らかいが中は乾いていて、ぎっちり

と指を噛《か》んでくる。大丈夫だと言って恒を騙《だま》すのはやめようと思うくらい恒の身体は狭かった。だが軟膏《なんこう》を塗り、丹念にほぐせば何とかなりそうな感触がしはじめていた。軟膏が溶けたのか、小さな水音がして滑らかになる。

「六郎。もう嫌だ」

ときどき腰をぶるっと震わせて、腕に鳥肌を立てている。恒の表情からは戸惑いしか見えないが、指には確かに柔らかい感触が返ってきていた。

「もう少し我慢してくれ、恒」

このまま慣らしていけばなんとかなるような気がして、恒を励ましながら口づける。

「ん……っ……」

恒は口を吸われるのは好きなようで、唇を舐《な》め合うのには夢中になった。唇を合わせるたび、ぞくぞくと背筋を強い欲情が駆け上がる。六郎は脳裏を赤く染める衝動を必死で堪《こら》えた。もう挿《はい》るのではないか。指を深く咥《くわ》える場所に入れても大丈夫ではないだろうか。気持ちは焦るが少しでも恒を楽にしてやりたい。

「う」

抑えがたい凶暴な欲をごまかすように、恒と長く唇を合わせた。顔を傾け、唇を吸い取るような動きを繰り返す。つたない接吻《せっぷん》は、やがて愛撫《あいぶ》のようになっていた。ぎこちない行為の中で口づけばかりがやたらとうまくいく。

「……何か、こういうこと、したことある気がする」

少し朦朧《もうろう》としはじめた恒が、うわごとのように言った。思い当たる節はあったが、あれは誰にも内緒だ。恒も知らない、自分の中に犯しがたい欲情の核として大切に仕舞われている思い出だった。

「気のせいだろ」

そう答えて、恒を柔らかくすることに励んだ。軟膏が体温で溶け、丁寧に何度も指を押し込んで恒が開くのを待つ。ずいぶん慎重にした。六郎の性器にも残りの軟膏を塗った。次からどうしようと思うくらい、思い切ってたくさん使った。

押し当ててゆっくりと埋める。溶け合うくらい粘膜は合わさってゆく。ひどくきついが大丈夫そうだ。ぐっと腰を進めたい衝動を堪えながら、慎重に重なったときだった。

「いってええ！　何だよこれ！」

急に恒が喚《わめ》いた。一番太いところを挿れたあとだ。締めつけられて抜くに抜けない。

「痛《い》てえって！　六郎！」

「我慢してくれ、しょうがねえよ」

六郎の肩に手を突っ張って、押しもどそうとするが、もう嚙みあったあとだ。

「恒」

もがこうとする恒の左手首を摑んで、頭上に押し込んだ。無理やり引き抜くと入り口に引っかかって裂いてしまいそうだ。だがその動きのせいで、ぬる、と、身体が進む。恒が悲鳴のような声を上げた。よかった、というか申し訳ないというか。

「恒、我慢してくれ。いけると思う」

ここまで来たら引くに引けない。やめるほうがまずいのが分かった。無理に抜くと怪我《けが》をさせそうだ。

「何言ってんだ！　無理だって！　痛てえってッ！」

「我慢」

「このやろ……ッ……ふ！」

喚く唇を唇で塞いだ。

「んー……ッ！　んうう！」

少し揺すってみると恒はぎゅっと閉じた目の端から涙を落とした。合わせたところは動きはするが、軋《きし》むくらい狭い。

身体が馴染《なじ》むのを待ちながらじりじりと合わせてゆく。熱ではち切れそうな六郎の粘膜には、恒の肉を割ってゆく感触が鮮明にある。恒の反応が直接神経に伝わってくる。締めつけられる痛さと同時に、濃厚な粘膜に押し包まれる感触に目が眩《くら》んだ。

「いてえ！　殺す。ほんとに殺すから！　あとで覚えてろよ！」

足を上げさせられ、抵抗ができない恒はなんとかやめさせようとするが、もう無理だった。

「いってぇえ！」

涙声の叫びとともに、真横から拳が飛んでくるのを慌てて手首で受け止める。

「ちょ！　殴んなッ！」

「痛てぇよ！　抜けよ！」

「分かってるよ、ごめん」

恒が我慢してくれようとしたこと、それでも音を上げるくらい痛いこと。重々承知していたが、もう少しだと身体で分かる。襟足のうぶ毛がビリビリと逆立った。想像以上だ。恒と重なるのは泣き出したくなるくらいの喜びだった。

「痛え！　痛えって、六郎！　てめえ！」

「静かにしろよ、勘弁してくれって。もう入るから！」

半分だけだけど、とは気の毒で言えない。

恒は痛がり疲れたのか、諦めたのか暴れなくなった。

「いや……だ。もう……っ……。あ……！」

切れ切れの小さな声を上げ、喘《あえ》ぎながらすすり泣く。首筋や目許《めもと》を赤く染め、身を捩《よじ》って喘ぐ恒に、申し訳なく思えばいいのかかわいそうに思えばいいのかわからないまま、六郎はできるだけそっと恒を揺らした。

「……ほんと、に、いてえ。絶対殴る……っ」

ゆっくり押し込み直すと、涙の溢れる目許に手首の裏を乗せて、泣きながらそんなことを言う。

「うん」

やっぱり申し訳ないと思いながら、六郎は頷いた。恒の痛みや引き攣《つ》れは六郎にも伝わってきて、殴られるくらいで済むのならと思う。

六郎も血が止まりそうに痛い。だが奥のほうは溶けるような一体感に満ちていた。どこまでが恒で自分か分からない。ほんとうにひとつに繋がっている気がして、身体より気持ちが満足する。

「ごめん、恒」

六郎は囁いて汗で濡《ぬ》れた恒の生え際をそっと撫でた。恒の全身が汗で濡れている。だが興奮の汗ではなく冷や汗だ。触れる肌も冷たい。涙も止まらなかった。

慰めるように涙を舐め、頬を撫でる。少しでも温かくしてやりたくて、冷たく湿った頬を包み、身体中を手で撫でさすった。

「ほんと、絶対殺す……！」

自分に突かれて、息が絶え絶えになった恒が言った。喘ぎ、悶《もだ》えて、どこにすがっていいかわからないようにかぶりを振る。無防備に身体を開いてくれているが恒が一向に悦《よ》くなる気配はない。皮膚はどんどん冷えていって、何度も爪を立てられ、すすり泣く恒の身体を、六郎は励ますように撫でつづけた。

「い……っ、うあ。……ああ！　痛……！」

恒を苦しませるためにこうしたわけではない。けれどそろそろと湧き上がってくる自分の快楽が後ろめたく、一方的に奪っているようでかわいそうになった。

契りというなら目的は果たしたはずだ。爆発しそうな欲情を愛《いと》しさで抑えつける。喉の摩擦に逆らって六郎は理性の声を絞り出した。

「やめようか」

「……やめたら機銃で撃つ」

恒の身体の上で困ったあと、どうしようもなくなって「大事にする」と誓って、六郎は恒の身体を抱きしめた。


朝日が差し込む頃、早めに恒を起こした。

今日は何の当番もなく、搭乗割にも含まれていない。打ち合わせはあるが午後からだ。

ベッドの上に腹ばいに倒れ伏している恒は低い声で呻《うめ》いた。

「……小指で箪笥《たんす》の角を蹴ったときの十倍痛《いて》え」

感想というより非難だ。

「棒で殴られたときの三倍痛え」

「ごめん」

続けて呻かれて、隣に起き上がっていた六郎は謝った。あまり痛がる姿を見せたがらない恒が、あんなに痛がるのは初めてだったし、痛々しいくらい軋む感触も、自分の一番敏感な部分で感じ取れた。六郎にとっては嬉《うれ》しい出来事だったが、恒にとっては苦しい行為だっただろう。でも本当に嬉しかった。

「今日の雑用は、ぜんぶ俺がやるから」

「階段で脛《すね》をぶつけたときの四倍。投げ竿《ざお》の釣り針で皮膚を引っかけたときの六倍。自転車から後ろ向きに落ちたときの五倍、牡蠣《かき》に当たって腹下したときの腹痛の二・五倍痛え」

痛む身体のメーターを読むように恒は続けた。

「うん。ごめん……でも本当に嬉しかった」

後悔はしていないし、これからなお一層恒に尽くすつもりだ。恒が許してくれるなら次も考えたいし、もっと楽になる方法があるなら探したい。

そっと恒の腰を撫でてやる六郎を、恒は思い切り眉間に皺《しわ》を寄せながら振り返った。

「……貴様でなければ許さん」

涙目でえらそうに唸るものだから、かわいくて、ごめんと言って抱きしめる。

ほったて小屋の小さな窓から、夜明けが来た途端に真っ青に染まるラバウルの空を見た。特別な祝いはできなかったから階級章を交換した。

整備場に続く岩場を先に下りて、六郎は上をふり仰ぐ。

恒が迷惑そうに顔を歪《ゆが》めた。

「もう大丈夫だからやめろ」

すっかりいたわる癖がついてしまった六郎を、恒は面倒くさく思っているようだ。

恒と身体を繋げてから四日が過ぎた。もう一度、と昨夜囁いてみたが、恒は困ったように「もう何日か待ってくれ」と言った。痛みに対する怯《おび》えはあるようだが、すること自体を拒むつもりはないらしい。

すると言ったら必ずやる。男らしい恒の生き様を頼りにするのは卑怯《ひきょう》な気もしたが、無理強いする気はなかったし、今までよりももっと大事にしようと思った。

恒が下りてくるのを待って、寄り添うようにして小径《こみち》に踏み出す。左側の小径から出てくる人影があった。

「……斉藤《さいとう》」

現れた男を見て六郎は呟《つぶや》いた。斉藤だ。前の喧嘩以来、遠目に見たことはあるが接触は避けていた。彼は復帰後に別の隊に飛ばされて忙しかったらしく、恒に嫌がらせをする余裕もなかったようだ。最近の斉藤がどうしているか、自分たちはよく知らない。

　こんなところで会うなどと、つくづく嫌な縁があると六郎が眉を歪めていると、事業服を着た斉藤がこちらに気づいた。

「……まだいやがったのか。貴様」

　斉藤はその場で立ち止まり、六郎を無視して恒だけをねめつけた。恒は黙って斉藤を睨みかえしている。

　相変わらず皮肉で不遜な態度で、斉藤は離れた場所で笑っている。

「とっくに墜ちたかと思ってた。そういや夜にこそこそ出撃してるんだったか？　それとも怖くて明るいうちは出撃できねえのか？」

「なあ斉藤。お前、いきなり何だ？」

　怪訝な気持ちを隠さずに、六郎は嫌な顔で尋ねた。

　斉藤が恒を嫌っているのは知っているが、理由もなく喧嘩を煽《あお》ってくる意味がわからない。労働作業に追いやられた恨みというならお門違いだ。

　恒は怒った顔もせず、斉藤を見ている。落ち着いた声で恒が訊いた。

「まだ零戦《れいせん》に乗っているのか。斉藤」

　訊くと言うより確かめるような声だった。

「それがどうした、このクソガキ！」

拳を握ってこっちに歩いてくるから、六郎は恒を背に回して斉藤を問いただした。

「お前、何でそんなに恒に突っかかってくるんだ？」

恒が嫌がらせを受ける理由は沢口《さわぐち》中佐から聞いていたが、斉藤の執拗《しつよう》な攻撃は度を超えている。気にくわないにしたって、なぜこんなに恒だけに固執するのか分からない。他にも優秀な搭乗員はいるのになぜ恒なのか。それに斉藤は零戦乗りだ。成績を競うなら同じ零戦や紫電《しでん》などの単座戦闘機ではないか。

「腰抜けだからだよ」

六郎の脇から恒に手を伸ばそうとした斉藤の手を、六郎は払いのけた。斉藤はムッとしたように大声で怒鳴った。

「複座なんかに逃げやがって！　卑怯者が！」

「何が卑怯者だ！　恒はちゃんと戦ってるだろ⁉」

六郎は怒鳴り返した。複座の何がいけないのか。単独で偵察に出る月光ほど危険な配置はない。斉藤が複座に乗りたかったという話は一度も聞いたことがなかった。本当は複座に乗りたくて月光乗っ取りを企てたというのだろうか。だとしたら余計恒を苛《いじ》めても意味がない。だが斉藤の言い分は違った。斉藤は足元の雑草を踏みにじりながら歯をむいた。

「『琴平《ことひら》がいたら』『琴平が今も零戦に乗っていたら』ってみんなが言うんだよ！　中途半端な月光なんかに乗りやがって、もっかい零戦に乗れよ、勝負しろよ、卑怯者！」

「一等持ち逃げしやがって！　いつまでもお前と比べられて、やってらんねえんだよ！　俺だって死ぬ気で戦ってんだよ！」

「斉藤」

　腕を振り回しながら斉藤は喚いた。恒は新米の頃から渾名《あだな》が付くような零戦乗りだ。恒を讃《たた》える言葉は伝聞ばかりで直接耳にしたことはないが、優秀な操縦員の噂《うわさ》は尾ひれがついて、追いつけ追い越せと周りから焚《た》きつけられる。もしかしたら恒に一方的な競争心を持っていた斉藤にとって、いずれ追い越したいと思っていた恒が戦闘機を降りたのは裏切りのように感じられたのだろうか。零戦と月光では機に与えられた性格も配備の目的も違う、エンジンの数も設計の方向性も、まったく比べようがない。斉藤が吐き出した理由は本当に八つ当たりでしかなかったが、今までのどの推測よりも納得がいった。恒が零戦乗りとして最高の評価をされたまま、月光に乗り換えたことを勝ち逃げだと感じたのだろう。

　六郎の背後にじっと立っていた恒は、はっきりと応えた。

「何に乗ってるかは関係ない。俺たちは全部で日本軍だ。それぞれの役割を果たすのがいい搭乗員だ」

　恒のこの言葉が嫌みでも何でもないのが斉藤には伝わるだろうか。恒がどれほど無差別に航空機を愛しているか斉藤は知っているだろうか。恒は航空機と人間の間のような男だ。どんな種類の航空機も、それに搭乗する人間も等しくいとおしむ。

斉藤は鼻を鳴らして笑った。

「ご立派な言いぐさだな！　エースさんはよ！」

「みんなで戦ってるんだから、エースなどいない！」

はっきりと言い切る恒に、六郎はふと思い当たるところがあった。以前一番になりたいと切実に打ち明けた恒が、月光を墜として以来、ぱったり一番がいいと言わなくなった。自分を責めていたのでそのせいだと思ったのだが、恒は理由を斉藤に告げた。

「俺は、もう俺の一番を決めたからいい」

夜空からひとつだけ自分の星を選んだようなことを、恒は言った。

思い当たるのはひとつだった。ぎゅっと胸が絞られる。六郎は恒の気持ちに応えるように、恒の腕をぐっと力を込めて握った。

斉藤は奇妙な顔をして、さらに表情を歪める。

「ハッ……。譲ってくれんのか？　ありがてえこったな！　ええ!?」

足元の砂を蹴りつけて斉藤は背を向けた。

「おい、斉藤！」

恒は斉藤の背に呼びかけた。恒にしては珍しく自分の考えを声にして斉藤に投げる。

「頼りにしている。月光には、零戦のような身軽さはない」

二機とも乗り比べた恒にしか言えないことだ。月光は双発で馬力はあるが、その分機体が重く零戦ほどキレのある動きはできない。

恒が六郎の前に出たから、励ますように彼の背中に触れた。恒は離れてゆく斉藤にさらに呼びかけた。

「その代わり、偵察と混戦は任せろ。死んでも配置は守る」

斉藤が弾《はじ》かれたようにこっちを振り返った。

「その余裕が気に食わねえって言ってんだろうが！　チビ！」

拾った小石をこちらに投げながら斉藤は怒鳴る。投げ返して応戦することもなく恒はじっと斉藤を見ている。

斉藤は地面に唾を吐きながら、飛行場に向かってのしのし離れて行く。

今日はずいぶん大人だなと思っていると、いきなり恒が叫んだ。

「お陰で機内が広くてなあ！　飛行機乗りは小せえほうがいいんだよ！」

六郎は噴き出した。せっかくの余裕が台なしだ。

離れた場所から斉藤が「死んじまえクソが！　墜ちろ馬鹿野郎！」と叫んでいる。

遠くなってゆく斉藤の背中を眺めていたとき、不意に恒が笑い始めた。六郎も釣られて笑った。二人で身体を折りながら、ひとしきり笑った。

「いいぞ。恒」

こういう方法がいいと意を得ながら、六郎は恒を褒めた。恒も苦笑いだ。愉快だった。

斉藤の姿が消えてしまうまで十分笑ったあと、整備場へ向かう小径を歩いた。あの様子なら、斉藤も自分たちを見てももう殴りかかってくることはないだろう。

向こうの小径を走って行く人の姿が見えた。整備員のようだ。整備場へ向かっているようだが何だろうと思って見ていると、整備員は急に立ち止まり、自分たちに気づいてこっちに叫んだ。

「おーい。畑のほうでニシキヘビがかかったぞ！」

「本当か！」

恒が身を乗り出して目を輝かせる。

「ああ、八メートルだ！　夜につけ焼きが出るそうだ！」

蛇は貴重な蛋白源《たんぱくげん》だ。食感は鶏肉《とりにく》に似ているが、甘い醤油《しょうゆ》で味付けをして炙《あぶ》り、鰻《うなぎ》に見立てて食べるのが基地では大人気だった。八メートル級ならかなりな範囲に行き渡る。

「あ！　俺は山椒《さんしょう》を持ってる。使うか！」

六郎は整備員に向かって叫んだ。家で取れたという山椒の実が、内地からの慰問袋の中に入っていた。ここでは山椒をかけて食べるようなものはないし漬け物にかけても量が知れていた。六郎の背嚢《はいのう》の中に、粉にする前の実がまだたくさん残っているはずだ。

「本当ですか、厚谷一飛曹《あつたにいっぴそう》！　頼みます！」

整備員はそう答えてまた「ニシキヘビが捕れたぞー！」と叫びながら灌木《かんぼく》の間を走ってゆく。

「つけ焼《や》きの顔を拝みにいくか」

六郎が誘うと恒は笑って頷いた。整備場へ行くはずだったが、行っても清掃を手伝うくらいで特に用事はない。つけ焼きの炭を作るほうが今は重要任務だろう。

岩場を戻り、兵舎へ向かう。

焼夷弾《しょういだん》で焼けた椰子《やし》が開けて一面の空が見えた。

今日も青い空だった。密林のほうから南国の鳥の歌声が聞こえる。

銀色の陽射《ひざ》しに照らされた恒の頬が滑らかなのにやたらと目がいった。軽く見下ろす角度だと、濃い睫毛《まつげ》の長さが目立つ。

震えるような充足感で、胸が熱く満たされるのを六郎は感じた。

——俺は、もう俺の一番を決めたからいい。

先ほどの恒の言葉を思い出しながら恒の指に手を伸ばした。絡めると、恒は一瞬自分を厳しい目で見てから目を逸《そ》らす。恒も同じことを思い出したのかもしれない。

「……おまえは空みたいだ」

少し怒った表情で、歩きながら恒は言った。

「俺が暴れても癇癪《かんしゃく》を起こしても動じない。何もないように見えて、ちゃんと碧《あお》いところも」

「そうか?」

最高の褒め言葉だと思いながら、六郎は恒の声を聞いた。

頭上には、今にも粉々に砕けて割れ落ちてきそうな青空がある。

心は満たされ、怖いものはない。

青春の碧だと六郎は思った。空と海と、恒が愛した航空機。この紺碧《こんぺき》の世界の中に今、自分の青春は存在する。

最後まで恒と生きて死のうと、六郎は思った。

生きよう。

青い空の、光る星の、自分たちには訪れない、未来の碧い花火の下で。

朝、仲間が死に、昼には飯ができたと喜ぶ。情けを交わした幸せの朝も空襲警報ひとつで地獄に変わる、この儚《はかな》い世界の中で自分たちは生きるのだ。

「死ぬまで生きよう、恒」

「ああ」

恒と生きたい。

人生最後の、永遠の夏を。

†
†
†

戦局はまずいのではないか。

一時は絶対的な制空権を掌握していたラバウル基地だが、緒戦の頃よりずいぶん消耗している。敵機の増強はめざましく、日本軍はどんどん差を詰められているのを戦闘に出る自分たちは肌で実感していた。日本軍の航空機は敵に研究されて成果が上がりにくくなっている。耐弾性に乏しく、敵と同じほど被弾しても日本軍の方が機体の消耗が激しかった。

燃料をはじめ物資不足はいやが上にも実感するし、司令部が隠している情報も航空機に乗って直接飛んでくる。ガダルカナル島の陸軍が飢餓地獄に追い込まれて撤退し、サイパンも凄絶な状況で玉砕した。それらの残存兵が救助されてラバウルに寄越されることがあったが、彼らが語る最期はもはや地獄絵図だった。

それを思えばラバウルはずいぶんましだと言わざるを得ない。空襲は激しく、敵機が来たといえば朝昼なく邀撃《ようげき》に飛ばなければならないし、他島と同じく補給も途切れがちだが、ラバウルは現地自活ができた。

作付面積六五〇〇ヘクタールの大農園だ。芋が作れる、麦がある。火山地帯なので葉物の種類は限られたが、胡瓜《きゅうり》やトマト、夏に採れる野菜は大概作れた。気候は常夏《とこなつ》で四季がないから輪作を極め、熱帯春菊や辛子菜、木陰を探せば食べられる野草も生えていた。バナナは渋いが皮のまま火に放り込めば芋のような味になった。空襲がなければ魚も捕れる。トカゲ、ワニ、蛇はごちそうだ。米さえ食べたいと思わなければ飢え死にまではまだ遠い。

また芋か。

褒美として渡された芋の入った手箕《てみ》を見て、六郎はため息をついた。恒は普通に嬉しそうだ。恒のいいところは食事に文句を言わないことだ。とんでもない芋好きでも音を上げそうな毎日だが、恒が文句を言っているのを聞いたことがない。飴《あめ》が食べたいとか餅が食いたいとか、蜜柑《みかん》はならないのかなとか、食べたいものはいくらでも並べるが、目の前の食事に文句はつけない。

苦痛でないのか我慢をしているだけなのか。どちらにしても見習わなければ、と六郎は思いながら芋の間に挟まった葉を指で摘まんで抜き捨てる。暑い日だった。

恒の月光は、機体の調子も練れて癖も摑んだせいで、ほぼ思い通りに飛べるようになった。誰もが自分たちを指折りの熟練搭乗員として扱う。恒が急成長したというよりも、他のベテランが続けざまに何機も墜とされて、練度の高い操縦員がいなくなったせいだ。無謀な守備範囲と休む間もなく続く出撃のせいだった。多くの隊が本土方面に呼び戻されたせいもある。

六郎の仕事は偵察任務だけではなく、恒の管理もだと思っている。体調に気をかけ、負けん気の強い恒の手綱を引く。『女房たれ』と言った上官の言葉をしみじみと噛み締める。

安定した戦闘を淡々と続ける琴平機は強く、さらに撃墜数を積み上げていた。

今や恒の実力は誰もが認めるところで、最近ではちょっかいをかける人間も少なくなった。しかし、嫌がらせの回数が減って体力が充実した分、小さなことまでいちいち受けて立っているので腕立て伏せの回数はあまり変わらない。それどころか、別の場所にいても、六郎が呼び出されて恒の腕立て伏せに付き合わされるときもあった。

もらった芋を海水で洗って分隊員に預け、日陰に戻る。そのうちふかし芋になって戻ってくるだろう。午後からは月光の掃除だった。

相変わらず恒は暇さえあれば月光の側にいる。

空襲で破壊された整備場は再建されていない。今は椰子の林の奥まで乗り入れて葉陰に隠すから、余計に落ち着く場所になり昼寝もしやすくて恒には好都合だった。

清掃を手伝った礼として一握りの落花生をもらった。飯盒《はんごう》の蓋に分け、ハイビスカスの木陰で月光を眺めながら一休みすることにした。

「内地に帰りたいな……」

呟くのは大概六郎だ。

実家に特別何かがあるわけでもないし、帰ったところで花火は作れない。内地を離れたときの発作的な郷愁は去ったが、ときどき無性に故郷が懐かしくなる。そんなときは日本の空を思い出した。毒々しい桃色の夕暮れではなく、黄金色から茜色《あかね》に暮れてゆくやさしい夕焼けが見たい。

「何かあるのか」と恒に訊かれて、「特にない」と六郎は答えた。

「大分《おおいた》にも行ってみたいな」

木陰に積んだ材木の山に腰かけ、地面を撫でる椰子の葉影を眺めて六郎は呟いた。内地にいる頃は親戚もいない、一生行く予定のない遠い土地だったが、月光ならひとっ飛びだ。恒が生まれ育った場所を見てみたいし、玄界灘《げんかいなだ》と瀬戸内《せとうち》の境にある恒の故郷は気候が温暖で魚が旨《うま》いという。今はそれだけで非常に魅惑の土地だった。

「帰ったら、希《ゆき》に会わせるよ。六郎ときっと気が合う」

数日前に内地から届いた手紙をまたポケットから取り出し、照れくさそうな優しい表情で隣に座る恒は言った。

「おっとりしててさ、かわいいの。いつも食いっぱぐれるの。泣きゃーいいのに我慢すんの。だから余計に一発多く喰《く》らうんだよ」

「おまえの弟への愛情は凶暴だな」

恒が溺愛する弟が頑健な男ならいいが、写真を見るかぎり恒と大差はなさそうだ。はにかんだ感じの、おとなしそうな笑顔がかわいい。恒は母親似、希は父親似だろうか。兄弟みんな細身らしい。

恒は落花生を指先で転がしながら思い出すように口にした。

「希からおやつ取り上げるのなんて簡単だけど、そうしたらアイツ食えねえから結局分けてやるんだ。何やってんだろうな。俺」

今さら気づいたのか。弟がとても気の毒だったが、結局、恒は優しい兄だった。

「そういうところに惚《ほ》れてるんだよ」

六郎は身体を寄せて、昨夜さんざん吸った唇をまた軽く吸った。「ん」と曖昧な笑顔で恒は笑った。

唇の内側が熱いのが少し気になったから夕食のとき、多めに瓜を食べさせようと午後からずっと思っていた。


夕食のときにはすでに恒の様子はおかしくなっていた。

六郎はテーブルを挟んで恒と向かい合わせに座っていた。食べ終えて恒を待っていたがなかなか終わらない。今日の恒は食が進まないようだった。流し込もうとでもしているように水を何度も飲んでいたが水も入らなくなっているようで、食堂で一番最後になりながら、ようやく食事を口に詰め込んだようだった。

食器をまとめる恒を見ながら六郎も立ち上がる。

片付けの列に並ぶが、恒は黙ったままだ。

どうしたのだろうと思っていると、恒は、ぐっと喉を鳴らして口許を押さえた。吐き気だろうか？

「どうした。恒」

恒の後ろから声をかけた。食事中も気をつけて見ていたが、顔色はさほど悪くないように見えた。だが振り向いた視線が虚《うつ》ろだった。

「……何でもない」

「身体がきついか？」

昨夜、恒を抱いたとき、無理をさせすぎただろうか。

あれから何度か恒と身体を重ねた。だいぶん要領を得て楽に入るようになったし、恒も幾分快楽を得ている様子だが、やはり恒の身体に負担がかかる。朝、立てないことも微熱を出したこともあった。気をつけたつもりだったが怪我をさせてしまっただろうか。

顔を覗き込むと、声を出すのもつらそうに恒は首を振った。

「恒？」

恒の意地っ張りは弱り具合と比例する。大丈夫だと言うときほど注意が必要だ。

熱射病？　食い物にでもあたったのだろうかと思いながら、六郎は恒のうなじに手のひらを当ててぎょっとした。炙った鉄のように肌が熱い。

「いつから?」

苛立《いらだ》ちを覚えながら恒の腕を摑んで兵舎の外に連れ出した。正確な体温は分からないが、こんなところで飯を食っている場合ではない。昼間の太陽に炙られ続けたような高熱だ。

「……分からない」

咳《せき》をしたのがきっかけのように、近くの木に数歩歩み寄り、恒は根元に胃の中のものを吐き戻した。

「気分が悪いのか? 腹は?」

咳《せ》き込みながら嘔吐《おうと》する恒の背中を慌ててさすった。

風邪が流行《はや》っている様子はない。

まさか。六郎は恒を見下ろしながら息を止めた。

マラリアだった。


恒はすぐにラバウル第八海軍病院に送られた。ラバウル最大の医療施設だが、マラリアに対してできる治療は限られていた。

蚊が媒介するマラリアは風邪に似た症状で、風邪と違うところは、熱にしろ咳にしろ症状が激しく、肺に水がたまりやすいことだ。重篤な場合腎臓や肝臓が不全を起こし、一週間足らずで死亡してしまう怖ろしい病気だった。蚊帳《かや》をちゃんと吊《つ》っていてもマラリア患者は珍しくない。身体が弱ったものや不潔にしている人間ばかりが罹《かか》るように六郎には思えていたから、まさかきれい好きな恒がマラリアに罹るなんて信じられなかった。

病院の廊下で待っていると、恒の病室から衛生兵を従えた軍医が出てくる。こちらに歩いてくる彼らに六郎は近づいた。

「恒はキニーネを欠かさず飲んでいました」

キニーネはマラリアの予防薬として渡されていた錠剤だ。航空機の搭乗員には最優先で渡されるから投薬が切れたことはない。なのにどうして恒がマラリアに罹るのか。

「飲み薬などおまじない程度だよ。飲まんよりはマシかもしれんというくらいだ。……貴様は琴平の何だ？　上官か」

背の高い六郎は階級が上かと思われたようで、軍医はじろじろと六郎を見た。

「ペアです」

六郎が答えると、軍医は「そうか」と言って息をつく。ペアは身内の扱いだ。

軍医はむずかしそうな顔で眼鏡を押し上げながら六郎を見た。

「さっき琴平にキニーネを注射した。助かる確率は五分五分以下だと思ってほしい」

「注射も効かないんですか⁉」

縋《すが》りつくように六郎は軍医に尋ねた。

「注射は効く。だが副作用が強くてな。キニーネで原虫が死ぬ前に衰弱死するかもしれん、キニーネのせいで内臓が腫れることもある。効くのが先か患者が耐えきれなくなるのが先か。見通しは厳しいと思ってほしい」

「そんな……」

「手は尽くした。せいぜい励ましてやれ。滋養のつくものを食べさせて」

六郎に言い残して軍医は廊下を去った。白衣の背中を見ながら呆然《ぼうぜん》と立ち尽くす。

恒が死ぬかもしれない。——撃墜もされないのに、こんなにあっけなく——？

にわかには信じられず、六郎は身体の奥から湧き起こってくる震えを力を込めて消しながら恒のいる病室に向かった。

病室は二十名弱の大部屋だ。治りかけのものや軽傷者が多い。病院らしく清潔な建物で、脚を向け合う形でベッドが並び間に点滴の柱が立っている。窓際の奥から二番目のベッドに恒は腰かけていた。病院では、部屋の奥に行くほど症状が重い。手前には、包帯を巻かれてうめいている怪我人がいるのに、たいして具合が悪くなさそうな恒はそのさらに奥だ。

「寝てろよ、恒」

慌てて六郎が窘《たしな》めると、恒は面倒くさそうに笑った。

「マラリアって言っても、たかが熱くらい」

と言って咳き込む。

それでも恒はその日、六郎が帰る間際までぽつぽつたわいのないことを喋《しゃべ》っていて、六郎が病室から出るときは手を振って見送っていた。

軍医はあんな深刻なことを言ったけれど、大丈夫かもしれない。そう思いながら翌日、物資輸送の自動三輪車に乗せてもらい、恒の病室を訪れて六郎は仰天した。恒は熱で明らかに衰弱していた。目が落ちくぼみ肌が乾いて、たった一晩で重病人の風情だ。そのあとは転がるように悪化していった。

マラリアは二日おきに三度、高熱が出る。三度目が一番高く、多くはここで命を落とす。恒も三度目が酷《ひど》かった。大概気丈な恒だが、三度目に悪寒がしはじめたときは、心細そうに六郎の腕を摑んできた。

半時もしないうちに熱は上がり、四十度を超えた。使える薬は全部使った。それでも恒の熱は少しも下がらない。

なんとか冷たくする方法はないかと思いながら、ぬるい水につけて絞った布を額にのせて、眠っている恒の熱く乾いた手を握った。

目覚めなくなったり、肺に水がたまったら終わりだと言われていた。今のところその兆候はなかったものの、前日までは蒸留してやった水が旨いと笑っていたのに、翌日は起き上がることもできず、皺が目立つ唇で、水を含ませた綿花を吸うのがやっとになってしまった。

目の周りに墨を塗りつけたように隈《くま》が濃い。頬には干からびた桃のような細かい皺が浮いている。鎖骨を上下させて喘いでいた。白い病衣がいっそう恒を深刻な病状に見せて六郎は怖くなった。

恒が死の淵《ふち》にたたずむ姿を二度も見ることになるとは――。涙が自然にせり上がるが、零《こぼ》したら不吉なような気がしたから六郎は懸命に堪えた。そしてあと二日耐えさせてくれと祈った。

「がんばれ、恒」

頬を撫でながら励ますことしかできない。

だいたい三度で熱のピークは過ぎ、四度目に熱が上がっても三度目よりは軽くなる。だからそれまで――。

「――……がんば……たら……。花火、見せてくれるか」

六郎の言葉に応えるように恒は口を開いた。眠っていると思っていたのにいつの間にか、わずかに目が開いている。

「恒……」

虚ろな目をした恒は、うわごとのような声で呟いた。

「花火……、大会。……見たい。おまえが、作った、はなび……」

「ああ」

力強く、六郎は恒に頷いてみせた。

心もとない恒の意識を繋ぎ止めるように、六郎は恒の力のない手を強く握った。

「見せてやる。いつか必ず見せる。約束する。だからがんばれ」

今は無理でも、戦争が終わって二人で内地に帰ったらきっと見せてやろうと思った。

「はな、び……の、話、……して……?」

速い呼吸をする恒に乞われて、六郎は握った手に力を入れて頷いた。

「隅田川《すみだがわ》の花火、見たことあるか」

やっとのような視線で六郎を見る恒を見つめ返しながら、震えそうになるのを堪えて六郎は続けた。

「隅田川の花火はな、『両国《りようごく》の川開き』っていうんだ。初めは享保《きようほう》にあった飢饉《ききん》の慰霊としてはじめたことだが、今じゃ立派な祭りになった。俺たちはそこで花火の腕を競うんだ。前の年の秋のうちから図面を引いて、冬には仮組みをして、どこの花火にも負けないように準備をする」

思い出すと懐かしくなった。あそこの花火屋がすごい、ここの花火屋が奇抜だとあれこれ噂が立ち、六郎の家の工場の庭先にも偵察の男が来ていたことがある。県外の職人の花火を見るために六郎も幼い頃から父親に連れられて遠くまで出かけた。図面を引く職人たちの熱の籠もった話し合いの様子や、工場で星を詰める父たちの高揚した表情に憧れたのを思い出す。

「玉っていう、紙で作った丸い入れものに、『星』って呼ばれる火薬の玉を詰めていくんだ」

「──……ほし……」

「そうだ」

恒は星が好きだ。興味を引いたらしい。虚ろだった視線を動かしたので、六郎は身を乗り出した。

「花火屋の修業は『玉貼り三年、星掛け五年』っていうんだ。玉貼りっていうのは花火の丸い入れものを作ることだ。その中に星を詰めていく。これが星掛け。俺は星掛けの修業中だった」

濁った恒の目がじっと自分を見上げていることに励まされながら六郎は続けた。

「星の詰め方で花火の形が違う。色は火薬の調合で変える。火薬の混ぜ方とか、星の並べ方は花火屋それぞれで、秘密だから恒にも教えられないけどな」

本当は自分もまだ知らなかった。秘伝とされる星の詰め方や火薬の調合を受け持っているのは、父と昔からいる熟練の職人で、未熟な六郎にはまだ教えてもらえずにいる。

出征の前日挨拶に行くと、父親は背中を向けたままぶっきらぼうに六郎に言った。

──帰ってきたら教えてやる。

それが戦争前に父と交わした唯一約束らしい約束だ。

「普通に丸く広がるヤツは『割物』、火花が滴った感じのは『菊物』っていうんだ。菊の花とよく似てるから。『牡丹《ぼたん》』って呼ばれる丸いのもあって、菊物と組み合わせるとすごくきれいだぞ？　色は、赤と橙《だいだい》。黄色もできる。青い花火が一番難しいんだ。予科練に行く前、俺はちょうど菊物が作れるようになったばかりだった。将来一人前になったら三尺玉をあげたいと思っていた」

その夢も戦争で途切れた。今は無理だと諦めて、でも戦争さえ終わればと希望も持っていた。しかし未《いま》だ終わりは見えず、期待すると辛くなるから忘れるようにと、自ら遠ざかっていた夢だ。

「俺の夢を教えてやるよ、恒」

恒が見たいと言ってくれるまで、六郎の中でもぼんやりと夢想するばかりの夢だった。

「戦争に勝って、内地に戻ったら、俺は職人の修業を再開する。そしてな」

とびきりの秘密を話すように、恒の手を取り、沈黙のあと打ち明ける。

「青い花が開く三尺玉を上げるんだ」

「……。……あお、……か……」

濁りはじめていた恒の瞳が微《かす》かな煌《きら》めきを取りもどして自分に向けられた。六郎は強く頷いた。約束をしたい。必ずかなえたい。今、恒に打ち明けた瞬間からこれは目標になる。

「ああ。誰も上げたことがないから時間がかかるかもしれないけど、必ず青い花火を上げてみせる」

六郎の打ち明け話に、恒が微かに手を握り返してくる。弱々しい力だが必死なのが分かった。

こんなに想いを寄せられたら本当に絶対に、花火を見せてやらなければならない。六郎は恒の手を握りかえした。夢の続きはまだある。

「そしてな、三尺玉には、自分で名前をつけられるんだよ」

打ち上げ花火にはひとつひとつ名前がつけられる。玉名といって、その花火の姿にふさわしい名を制作者がつけることができるのだ。迷うことなくひとつの名が浮かび、それ以上のものはないと六郎は確信していた。

「『月光』とつけるつもりだ」

「六、ろ……」

「ラバウルの海みたいに、そして空くらい青い花火だ。俺たちの月光みたいに凜《りん》とした一輪を夜空に開かせる。お前が好きな星みたいに、火花が夜空中に無数に散るように」

こうして語る合間にも頭のどこかで星の詰め方を考えている。まだ習っていないが、生まれたときから花火屋の息子だ。聞きかじりで想像がつく範囲で、今話しているとおりの花火になるにはどんな火薬を詰めればいいのか、帳面に書き留められないのが悔しいくらい六郎はめまぐるしく考えた。

火薬がほしい。ここには内地を絞るようにして集められた火薬があるのに、ひと匙《さじ》たりとも花火のためには使えない。

でもいつか、と六郎は心に誓った。再び花火が作れるようになるまで長い時間がかかっても恒に花火を見せたい。生きている限り諦めたくない。

花火を作る夢なら諦めていたかもしれない。だが恒に見せたいと思いはじめたらどうしても捨てられない願いになった。

父親が自分に星の詰め方を教えてくれなかった理由が今分かった気がした。

職人の満足のために上げる花火は火薬の炸裂《さくれつ》でしかないのだろう。花火を見せたい人がいて、心の花を証明したい人に観《み》てほしいと願うからこそ、花火はきっと花火になる。

恒に青い花火を見せたい。職人の誠実と、恒への気持ちで咲かせた火の花を、どうにかして恒に観てほしい。

潤んだ目をゆっくり空中に動かした恒は、弱々しく困ったような微苦笑を浮かべた。

「……やっぱ、見てえ……」

呟きを聞いたとき、恒は死を覚悟していたのだと六郎は気づいた。そして花火という幼い餌に釣られて生きたいと、今思い直したことも――。


恒の容体は三日後が峠で、それを過ぎると病状は徐々に落ち着いてきた。

六郎の仕事はひたすら蒸留水を密造することに尽きた。

空襲の目標になるから煙は上げられない。煙が少ない乾燥した枝をより分け、火が熾《おこ》るまでひたすら煙を扇《あお》ぎ散らして湯を沸かし、鍋の上に翳《かざ》したアルミの蓋を使って蒸留する。見つかれば重罰だ。だがマラリアに罹ったところにコレラや赤痢《せきり》を併発したら一巻の終わりだった。煮沸の水はあるが信用できない。できるだけ清潔な水を与えて少しでも他の感染症から恒を遠ざけたかった。

恒が入院している間、六郎には九七艦爆の偵察員席に乗れと命令が下ったが、農作業をしてもいいからそれだけは勘弁してくれと頼み込んだ。もし恒の具合が悪化したときに駆けつけられなかったら悔やんでも悔やみきれない。何より恒ではない男と一緒に空で死ぬのは嫌だと思った。厳罰覚悟の我《わ》が儘《まま》だったが、六郎の願いは聞き入れられた。機体の不足もあり、ペアを思う気持ちを憐《あわ》れに思われたのだろう。

自発的に農作業を手伝った。休憩時間に甘い木の根を掘るのは黙認された。表皮を削って蒸留水に浸《つ》けると甘い水ができた。

今日も午前中の農作業を終えて、六郎は基地内の施設を巡回している車両に乗せてもらって病院を訪れた。手には蒸留水を入れた飯盒がある。

すっかり顔なじみになった衛生兵と会釈を交わして病室に急ぐ。悪化の峠を越えた恒は、わずかずつだが回復していた。まだ熱はあるが、もう水銀の体温計が目盛りを振り切ることはない。

「恒」

病室に入ると恒は目を覚ましていた。瞳はまだ鈍かったがちゃんと六郎を見ている。

「水、持ってきたぞ」

ベッドの下に押し込んでおいた空の飯盒と水入りのものを入れ替える。

床に膝をつき、熱で潤んだ目をしている恒の額に手のひらを押し当てながら、顔を覗き込んだ。

だるそうな顔つきだ。食べものより水が旨いと心細いことを言って、蒸留水ばかりを飲みたがる弱り具合だ。

「どうだ。いくらかいいか？　食べたいものはないか？」

何でもいいから口に入れてほしい。そう願いながら問いかけると恒の唇が開いた。

「なんだ？　できることなら何でも叶《かな》えてやるぞ？」

耳を寄せると、蚊の鳴くような声で呟く。

「……水飴とかき氷、サイダーとスイカと蜜柑。そうめん食いてえ……。それから……とうふ。ゆで卵。キャラメルと、寒天か泡雪……」

それくらい並べられるのなら大丈夫だ。結局調達できたのは水飴と瓜とサイダーだけだったが、恒はずいぶん喜んでくれた。

二週間後、恒は不死身という称号を手に入れた。

出撃しても大戦以外なら生還率は五十パーセントを超える。だがマラリアは三割だ。恒は生き延びたのだった。

まだ微熱は残るものの、ふらつかなくなってきたし食欲も戻ってきて、療養中に飲んだ蒸留水がやたらと旨かったと言って飯盒の蓋でこっそり蒸留水を作って飲んでいた。病み上がりなので養生するに越したことはないと六郎も手伝うのだから、大概恒に甘い。

夜の浜辺の散歩も再開した。

潮風で身体を冷やすのはよくないと思ったが、浜辺は常に凪《な》いでいて風がない。密林のほうに行ってまた蚊に刺されたらと思うと怖くなって、六郎は「行くなら浜がいい」と言う恒に反対しきれなかった。

湾の入り口のほうにゆけば波飛沫《しぶき》が上がっているところもあるが、奥の砂浜に届くころには、波はほとんど消えてしまう。

今日も満天の星だった。六郎は病み上がりの恒に合わせて、砂の上に歩幅の狭い足跡をつけてゆく。相変わらずとりとめのないことを切れ切れに話した。病院の粥《かゆ》が消毒臭かったこと、消毒綿のアルコールを口で吸い取って具合を悪くした男がいたこと。月光の話、故郷の話――。

日本では見たことがない橙と桃色を何層にも重ねた夕焼けは、極楽浄土に浮かぶ彩雲のようだ。鮮やかな夕焼けが暮れてゆき、一面藍色を映し出す空を指さしながら、家族にも見せてやりたいな、と言いながら歩いた。

夜空に南十字星が見える。あの星ばかりは六郎にもすっかり見分けがつくようになっていた。

「南十字星は秋には見えなくなるからしっかり見ておけ」と零した恒をどうしてそんなに詳しいのかと問い詰めた。専門的な教育を受けたことがあるのか、夜間戦闘機の操縦員に選ばれるのだから普通の操縦専修以外の専門教育は受けているはずだが、もっと特殊な教習を受けたのか。

勘ぐりすぎる六郎が面倒くさくなったのか、種明かしはあっけなかった。

「――すごいな。学者先生の子か。どうりで」

「俺はえらくねえよ。勉強のことは兄ちゃんたちがいるからもういいかって」

恒は三男で、父親が天文学者、兄二人はそれぞれ天文学者と農業大学出だという。恒自身もそれなりに勉強をしたし、父親の手引きで、定められた成績さえ収めれば大学に入学させてもらえる予定だったが、航空機のほうが好きだったから予科練を選んだらしい。

「でも星は好きだ」

そう言った恒には屈託がなかった。恒はちゃんと考えて自分の生き方を選んだのだろう。星の勉強を諦めさせられたわけではないと分かっただけで、六郎はずいぶんほっとした。

「……すごい星だな」

恒と一緒に見上げる夜空は今日も降ってきそうな星が広がっている。まるで息をするかのようにまたたく星の鋭い光が、惜しげもなく空にばら撒《ま》かれていた。

戦争をしても人が死んでも星だけはきれいな島だ。

「この星空に花火が上がったらきれいだろうな」

あれ以来、隅田川の花火が見たいと漏らす恒が空を仰ぎながら言った。

「そうだなあ、でも月はないほうがいいな」

新月の、漆黒の空に打ち上げる花火が一番映える。

恒は潮風に前髪を揺らしながら言う。

「星と一緒だな。月には気の毒だけど。月のない真っ暗な夜のほうが、普段見えない小さな星まで見える。そして」

「ガスがなければ最高」

と、天文学者と花火屋という、同じ空を仰ぐ職業の決まり文句を言って笑った声が二人で揃《そろ》って、また笑った。

穏やかな横顔を見て、本当に良かったと六郎は思った。ずいぶん痩せてしまったが死相はなくなった。いとおしかった。

「それでな、恒」

六郎はポケットから細い紙縒《こより》を取り出した。

内地のような和紙がないので、上官のゴミ箱から使用済みの懐紙を拝借し、水に濡らしながらよくこすって薄くして、乾かしたあと細長く切って、火薬を包んで紙縒を縒《よ》った。

「打ち上げほどじゃないが」

恒に二本の紙縒を吊るして見せる。

「何それ」

「花火。快気祝いだ。約束だっただろ？　小さいけどな。打ち上げは帰ってからな？」

「花火？　これが？」

「色紙《いろがみ》じゃないからそんなふうに見えないけど、線香花火だよ。弾薬庫からちょっとだけ火薬を拝借してきたんだ」

線香花火の火薬など耳かきいっぱいで事足りる。弾薬庫の手伝いをしたあと、服の折り返しにたまるくらいで十分だった。木炭も空襲跡に行けばいくらでも手に入る。

「線香花火って、菊みたいなのがしゅわしゅわ、ってなるアレだよな？」

恒は六郎を怪訝な目で見た。

「そう」

「いや、でも線香花火っていうのは細い藁《わら》に、黒い錬り火薬がついていていて下から燃えていくんだろ？　これは紙縒に火薬を包んでるのか？」

「そう。九州のと違う？」

「うん。九州のはもっと、藁！　火薬！　っていう感じ」

恒の説明は謎だったが言いたいことは分かった。

「……ああ、スボ手《て》な?」

硬く細い藁の先を、練った火薬に浸して乾かしたものだ。長く引き延ばした黒い燐寸《マッチ》のような形をしていた。西から来た職人に、スボ手と呼ぶと聞いたことがある。

火薬は同じだが関東の線香花火は「長手」と呼び、練らずに紙縒の先に火薬を包む。

「九州には関西の様式が伝わったんだな。線香花火は京都《きょうと》の発祥で冬に座敷で火鉢に立てて遊んだのが元だと聞いたことがある。紙縒じゃ火鉢に挿せないから、関東が後発」

「へえ」

「関東じゃ、あまりワラスボが採れないんだ。だから紙に包むようにしたんじゃないかと思う」

「ふうん」

目を丸くして感心したように恒は頷いた。説明を熱心に聞いている。やはり学者の子なんだなと、六郎は妙なところに感銘を覚えた。

「今日は紙がなくて二本しか作れなかったけどな」

波打ち際に打ち上げられたプロペラの残骸の陰で、六郎は燐寸を取り出して箱の側薬を擦った。

炎を手で囲って、恒に渡した紙縒の先に火を灯《とも》してやる。

手のひらの中で小さな炎を上げたあと、しゅっと火薬に火がついた。

「ほんとうに線香花火だ。すごいな」

控えめな炎を噴きながら赤い玉を巻き上げていく花火を見て、恒が嬉しそうな声をあげる。

「真下じゃなくて、少し斜めにしたほうが玉が落ちない。四十五度角」

偵察員のように口添えすると、恒は航空機の中でのように黙って従った。

紙縒の先にぐつぐつと溶岩のような真っ赤な玉が巻き上がる。

橙色の大きな火花が、四方に勢いよく散りはじめた。

「これが『牡丹』」

花火師が使う燃え方の呼び名を恒に教えてやった。火薬が弾け始めたばかりの一番派手な火花の名前だ。

線香花火は火薬の割には馬力があって、ぱっぱと音を立て、両手のひらで包むくらいの艶やかな火花の花弁が飛び散った。

ぐつぐつ震える赤い玉から激しく飛び散る火花が収まり、次は直線的な長い火花が弾け出す。

「これが『松葉』」

「ほんとうだ。松っぽい」

「……これが『柳』」

細長い柳の葉が風に舞うように、長い炎がひゅるひゅると広がる。

「最後は『散り菊』」

細い炎のなごりが短い曲線を描いてはらはらと落ちる様子は、まさに散りゆく菊の花びらのように見えた。

最後のひとひらが消えるまで、二人で小さな炎をじっと見つめていた。

ひゅっと赤い花弁が散って、静かに闇が訪れた。

「……すごい」

心から、といったような声で恒は呟いた。花火用ではない、雑な配合の火薬で作ったあり合わせ品だ。心配だったがうまく火花が散ってくれてよかった。何より恒が喜んでくれたことが嬉しかった。

「これは、とっておこうかな」

恒は、もう一本の花火を手に取ってためらうように自分を見た。

「今しろよ。湿気《しけ》るから」

形見にでもしたいとでも思っているような恒を促して、六郎は燐寸を擦った。

名残惜しそうに手のひらの紙縒を見つめ、恒は丁寧な手つきで炎の中に先端を差し入れた。

紙が燃えるゆらゆらとした炎。しゅう、と音がして火薬に火がついた。

「玉を落とすなよ?」

「うん」

　恒はいかにも慣れた手つきだが、何しろ急造花火だ。厚手の紙の燃えかたも気にかかる。内地に帰ったら赤く染めた薄い和紙で、もっときれいな線香花火を縒ってやろう。

「――『牡丹』、……『松葉』、『柳』……『散り菊』？」

「そう」

　火花の質が変わるたびに恒が呟く。六郎は見守るように頷いた。

　そっと恒の表情を窺《うかが》うと火花を映す恒の目が潤んでいるのに気づいた。大きな目にいっぱい涙が溜《た》まっている表情は笑っている。

　炎のひとひらを落として花火は終わる、闇が訪れるその前に、六郎は囁いた。

「好きだ、恒」

　何度でも思い知る。失いそうになるたび、腕立て伏せに付き合わされるたび、強がりを聞くたび、笑顔を見るたび、どんどん恒が恋しくなる。

　恒は怒ったように顎を引いてぐっと眉根に皺を寄せてから、肘を曲げた腕を六郎に尽き出してきた。

「撃墜マークを描いていい」

「何だそれ」

　恒の腕に撃墜マークを描いてどうしろというのだろう。恒はなお一層怒ったように低く呻いた。

「――……撃ち墜とされた気がする」

こういうことを言うからたまらない。六郎は差し出された恒の腕を払い、襟を摑んでボタンを開けた。夜風に胸元を晒《さら》させ、首の付け根に口づけを押し込む。恒のにおいがする。舌で恒の肌を辿《たど》り、鎖骨の下や首筋をきつく吸う。自分のものにしたい。愛しくてたまらない今の気持ちを恒に刻みつけたい。

腕の中でもがいていた恒は、六郎の胸を突き押すようにして腕から逃れた。吸った場所を手のひらで押さえながら、顔を上げて六郎を睨んだ。

「クソ暑いのに襟開けられねえじゃねえかあああ！」

翌日の早朝、久しぶりの搭乗任務がかかった。

飛行服にハーネスをつけ、他の搭乗員六名とともに整列をする。

「どうした？　琴平、厚谷」

紺のマフラーで襟をしっかり埋めた二人を見て隊長が問う。

「気合であります」

恒は敬礼をしながら平然と答えた。頬に青痣《あおあざ》をつくった六郎もそれに倣う。

飛行服を開けば二人とも、身体中何かの病気のような赤い斑点まみれだった。

†　†　†

い。

椰子《やし》の木が燃え、穴ぼこだらけの路面になっても滑走路が見えるとホッとするのは変わらない。

撃墜を免れ、待ち伏せに遭わず、オイルも漏れず、突然の嵐にも巻き込まれない。そんな幸運を得ても空は一面の青や同じ雲の形を何度も見せて、容易に自分たちを迷わせ、太平洋のど真ん中に放り出す。今日は敵機に追いまくられて何度も雲の中に入ったが、幸い自分たちの位置を見失うことなく帰路につき、燃料切れも起こさず機体も良好だ。

あらゆる不運をくぐり抜けて、ニューブリテン島の島影が見えると、思わず「よし」と声にしてしまう。自分たちが出撃している間に敵機の空襲に遭わずにいた基地を見ると、背骨が緩むほど安堵《あんど》する。

「基地空襲の報告はない。滑走路は出撃したときのままだ。右は整備中だからなるべく左の海側に寄れ、恒《わたる》。視界良好、路面よし、周りに機影はなし。前方のみ注目して着陸だ。いいか？」

「……うん」

元気のない返事が返ってくる。朝から恒は口数が少なかった。昨夜も今朝も、頭が痛いと言っていたからそのせいだろうか。

「……っ……」

高度が下がると頭の芯からじわりと頭痛が滲《にじ》み出てきて、六郎《ろくろう》も軽く指先で額を押さえた。最近空襲が多いので、搭乗割などあってないような出撃回数だ。搭乗員は皆疲弊している。中でも出撃の昼夜を問わない月光は、睡眠が不規則になり、体調を維持するのに一苦労だ。航空の疲れは独特で、一日休んだくらいでは体調が回復しない。今帰還しても次の出撃命令まで何時間休めるのだろうか——。

小屋に帰ったらとりあえず眠ろう。いくらかでも風が吹いて地上が涼しければいいのだが。

高度を下げる月光《げっこう》の中から、自分たち《じぶんたち》を待っている粗末な小屋に想《おも》いを馳《は》せる。

「最終着陸態勢に入る。障害物に気をつけろ」

双眼鏡の中に、路面良好の布板を振っている兵士の姿が見えるので大丈夫そうだ。

偵察任務は無事終了だ。あとは恒の着陸の神業でも堪能しようと思いながら、膝の上の記録版に着陸時刻を記入しようとしたときだ。

「わ、あ！」

下からの衝撃でつんのめるように前に機体が傾き、とっさに六郎は前のメーターが塡《は》まった板に手をついて上半身を支えた。

「恒！」

「……悪い。躓《つまず》いた」

「おい……」

恒が基地でこんな着陸をすることなんて初めてだ。

誘導を受けて地上走行《タキシング》をしながら灌木《かんぼく》のほうへと向かう。止まるのを待ちきれず六郎は安全帯を外し、風防を押し上げた。

六郎が操縦席の風防を引き開けると、恒はのろのろと立ち上がった。俯《うつむ》いて右耳を押さえている。顔色が真っ青だ。眉間に皺《しわ》を寄せている。

「大丈夫か、恒」

「ああ……。何でもない」

自分で動けるようなので六郎は先に月光を降り、あとから降りてくる恒に「来い」と言って手を差し伸べた。航空機は足をかけられる場所が限られている。踏み棒に足をかけて降りてこようとするが、ふらふらしていて危なっかしい。

「いらねえよ」

ずっと恒に伸ばしっぱなしの六郎の手に恒は苦笑したが、結局手を取り、踏み台に降りた。手に体重がかけられる。そのまま恒の身体《からだ》がずるずる地面に崩れるのを六郎は慌てて抱きと

が浅い。

恒が呟《つぶや》く。ぎゅっと目を閉じたまま開けられないようだ。六郎の肩に額を預けてくる。呼吸

「悪い……」

「恒？」

めた。

マラリアが治ったとはいえ恒の身体は元の通りではないらしく、その後もたびたび体調不良

なかった。ちなみに六郎は二度、気を失った経験がある。

で一度もそうなったことがないのだから、恒はそういう体質なのか、稀《まれ》に見る幸運と思うしか

ところ自分たちは運よく生き延びている。「根性」と恒は笑うが、恒のような飛び方で、今ま

立てなくなる。重篤なものになると空で失神することもあった。そうなれば即墜落だが、今の

いわゆる航空病の症状だ。急上昇と降下の気圧や重力に身体が耐えられず、目眩《めまい》や吐き気で

背中をさすって「吐け」と囁《ささや》くが恒は首を振った。

ふと恒が立ち止まりかけて、ぐっと喉を鳴らす。

駆け寄ってきた整備員たちに月光を任せ、六郎は恒に肩を貸しながら歩いた。

「分かった。休もう」

「……耳鳴りがする。頭と、背中が痛い。吐き気、が……」

「どうした。気分が悪いのか」

を訴えた。健康な人間でも身体を壊す過密な出撃命令だ。空襲は日を追って激しくなっていて、迎撃と偵察が少しでも途切れれば、あっという間にこの基地は陥落するだろう。夜間は邀撃《ようげき》に出、昼間は偵察に出る。月光が偵察機の要《かなめ》なのは分かっていたが、体格の小さい恒にとってどれほどの負担なのか。

休ませてやりたいと思うが、そんな余裕はない。だがどれほど自分を奮い立たせても身体は限界だ。

「しばらく休め。報告には俺が行くから」

「ん……」

さすがの強情も折れた。瞳は朦朧《もうろう》としていて光はなく、いつ失神してもおかしくない。

「悪いときは言えよ」

「心配すんな。墜《お》ちねえよ」

「そうじゃない。調子が悪いときは一人で耐えるな。ペアだろう？」

頼りない視線で見上げてくる恒に、六郎は少し苛立《いらだ》たしく訴えた。

「俺にもできることがあるんだ」

冷や汗が流れる恒のこめかみの髪を、六郎はそっと後ろに撫《な》でつけた。

「もっと多く指示を出す。着陸の進入角度も測ってやるよ。お前が目をつぶってても飛べるくらいに」

恒に技量があるから任せていたが、次からは恒の負担を少しでも減らしてやりたい。恒の飛行の癖はとっくに覚えたし、恒の好みももう分かっている。いつもと同じようになるための数値を計って恒に知らせてやれば、少しは楽に飛べるはずだ。

恒は虚《うつ》ろな表情で少し笑った。

「信頼してるが……大丈夫だ」

目眩が酷《ひど》いのか、地面に手をつきたがる恒をその場にゆっくり座らせた。膝から崩れて地面に座り、そのまま横にばたん、と倒れるところを見ると本当に辛《つら》かったらしい。隣に六郎も腰を下ろした。飛行のあとは脱力がひどく、遠泳をしたあとのように身体が重い。身体中の肉が石綿のようにぼろぼろに崩れそうな感じがする。足元もふわふわしっぱなしだ。自然に頭が垂れる。恒の隣に倒れてしまいそうなのを、六郎は膝を抱えて堪《こら》えた。偵察結果の報告に行かなければならないが六郎も限界だ。

恒は、細めていると墨を溜《た》めたように見える黒い目で自分を見上げている。おとなしいのに安心し一方で消耗の酷さを心配しながら、冷や汗で湿った髪をもう一度撫でてやった。B-17《ばくげきき》はちょこちょこと途切れることなくやってくる。そのたび空襲警報が鳴り、基地は総動員だ。点滴のように、ぽつりぽつりと空襲が来て、神経が高ぶって眠れない。それが敵の作戦だと思う。昨夜は何時間眠れただろうか。絶え間なく自分たちをあおり、消耗を狙ってくる。

頭を抱えかけたとき、不意に頭上から声がした。誰かが覗《のぞ》き込む影が落ちる。

「恒はどうした。倒れたのか？」

「秋山《あきやま》」

潜水夫の重りのように、腰にレンチや工具をたくさんぶら下げた秋山だ。恒は視線だけを動かして秋山を見ている。笑う元気もなさそうだ。

「それでよく着陸できたな」

秋山は呆《あき》れまじりの困惑顔で腰に手を当て、ぐったりと倒れている恒を身体をかがめて覗き込んだ。

「おまえたちも出撃が続いているからな。無理すんなよ？　月光の整備に時間がかかりそうだって上に報告しておいてやる」

そうでもしなければ出撃命令を拒めない。敵機がくれば否応なしに飛べる機体はすべて飛ぶ。身体がつらいのは皆同じだが、これではみすみす墜ちにゆくようなものだ。疲労で飛行中に居眠りしてしまう者もいる。せっかく戦闘をくぐり抜けて帰路についたのに疲労と眠気を堪えきれず、海に墜ちてゆく航空機を六郎は何度も見た。

横向きに倒れていた恒が地面でごろりと秋山のほうに寝返りを打った。

「整備も寝てねえじゃねえか。でもお陰で今日も調子が良かった。発動機《エンジン》がいい日は手応えが違う」

操縦桿《そうじゅうかん》を引く仕草をする。それを見た秋山は苦笑いした。

「飛行を楽しむ余裕があるなら大丈夫だな」

確かに月光に組み込まれた二機の栄《さかえ》エンジンは一度ももたつくことがなく、空に快音を響かせてよく歌った。

恒は隈《くま》の目立つ目を細め、小さな、だがしっかりとした声で秋山に言った。

「空は任せろ。絶対本土へはやらねえし、これ以上戦線は北上させねえ。全機落とすまで、内地には戻らない覚悟だ」

六郎も秋山に頷《うなず》いた。つらいが南緯四度を耐えなければならない。日本の優勢が崩れた今、ここが正念場だと聞いていた。ラバウルとソロモン諸島で連合軍の反撃を食い止めなければ南の海は総崩れだ。前線のすべての将兵は内地を守るために死力を尽くしている。自分たちがここを死守しなければ、本土にB－29の爆撃が届くかもしれない。

秋山は、倒れたままの恒の横にしゃがみ込んだ。

跳ねた恒の癖毛を、子犬にするような手つきで掻《か》き回す。

「心意気はありがたいが、恒」

いつもひょうひょうと笑っている秋山は、不意に真面目な顔をした。

「月光を整備させてくれ。……何度でも帰ってきてくれ」

「秋山」

「おまえたちの月光はもちろん、どいつもコイツも俺にとっては愛機だ」

秋山は背中のむこうにある整備待ちの航空機を振り返らないまま俯いた。

「あんなに沢山いたのに」

押し合うほど並んでいた航空機の列線はもうどこにもない。本当に減ってしまった。航空機も人も、整備も基地の暮らしを守る人々も。

彼は気を取り直すようにいつもの摑《つか》みどころのない笑みを浮かべた。

「特に月光にはいろいろ手が入ってる。お高いしな」

秋山の言葉を聞いて、地面に転がった恒がおもしろそうに笑う。不意に秋山は悲しそうに目を伏せた。

「月光が駄目になるときは、お前たちだけでも帰ってきてよかったと俺に思わせてくれ。……おまえたちを乗せて、生きさせたって思わせてくれ」

乞うように囁かれて、六郎は恒とともに頷いた。整備員がどれほど必死で航空機を整備しているかを知っている。戦闘機が帰って来ない日は、自分たちの整備が拙《まず》かったのではないかと気に病む姿を知っていた。戦果が挙がると搭乗員ばかりに光が当たるが、整備員たちがどれほどの責任と負担を背負いながら日々作業に明け暮れているか六郎も知っている。

「おまえたちは、整備のしがいがある、いい搭乗員だ」

秋山は恒の頭をまたくしゃくしゃと撫でて立ち上がった。

「身体は大事にしろ。口実は上手《うま》く使えよ？　厚谷《あったに》」

恒にではなく六郎に、秋山は目くばせをした。秋山が月光のほうに歩いて行こうとすると、起き上がった恒がその背に声をかけた。

「何のために生きて死ぬのか。分かるなら俺はそれでいい」

凛《りん》とした声だった。

「俺は内地と、内地に残してきた家族やみんなを守るために、ここで最後まで戦う」

言い切る恒の冷たい指を、六郎はぎゅっと握りしめた。

「そして叶《かな》うなら、俺は空で死にたい」

負けが込みはじめ、日本軍はすでに消耗戦に突入していると思われる。物資も人も比べものにならない連合軍に圧倒的な利がある。飛び続けるということはほとんど死に等しい。今日明日ではないにせよ、いずれ必ず墜とされる。

秋山は離れた場所で振り返った。

「そうか。エンジン不調なんか、間違っても起こさせられないな」

最後まで戦って死にたいという恒の希望を秋山は受け止めてくれた。恒が満足そうな顔で笑う。六郎がそれを見守っていると、遠くのほうから声がする。

「おおい！　死んだのか、琴平《ことひら》！」

げらげら笑いながら通りすがりに聞いてくる声は、目を凝らすまでもない、斉藤《さいとう》だ。

恒に言い返す元気がない今日は、六郎も相手をするつもりはないし、秋山は端《はな》から無視だ。

恒は斉藤の悪態を聞き流し、穏やかな表情で秋山を見上げた。

「犬死にはしねえよ。せっかく産んでもらったんだ」

恒は倒れたまま、向こうで整備を受けている月光に手を伸ばした。

「なあ。月光」

子どもが星に手を伸ばすように、修繕跡の増えてきた愛機に開いた手を差し伸べた。


空襲警報が鳴り響いていた。昨日の空襲のきな臭さが消えないうちの空襲だ。

恒は、月光の足元にうずくまって吐き戻している。昨夜はよく眠れたはずだが朝になっても目眩が残っているようで、ふらふらとしていて、整列のときも何度もしゃがみ込んでは吐いていた。一晩くらいの睡眠など焼け石に水だ。

六郎も咳き込みながら吐いている恒の背中《せ》をさすってやった。こんなに吐き気が酷ければ飛行など到底できそうにない。

「琴平一飛曹《いっぴそう》。無理をしないほうがいい」

ベテランの整備員が恒の様子を見かねて声をかけてきた。飛行服を着た恒は吐きながら強情に首を振っている。恒はまたげほげほと咳き込んだ。背中をさすってやると再び嘔吐《おうと》の様子を見せたが、口から滴り落ちるのはわずかな水分だけだ。

「琴平は無理だ。休ませろ」

他の搭乗員が六郎に言った。六郎ももう諦めるつもりだった。これでは離陸すら危うい。ましてや空戦を耐えられるとは思えない。

「恒。今日は無理だ」

せめてもう一晩休めたらいいのにと思いながら、六郎は首を振る恒の背中をさすり続けた。

「大丈夫だ。水をくれ」

「そんな体調で飛べるわけがない、恒！　諦めろ！」

「何言ってんだ！　敵機が来るってのに、怖《お》じ気《け》づいたか！」

「恒！」

「俺たちがやらないと、内地が爆撃食らうんだぞ⁉」

「でも恒！　そんな体調で飛べるわけがないだろう！」

恒は、引き止めようとする六郎の手を振り払って立ち上がろうとした。恒をもう一度摑もうとしたとき、後ろから急に肩を摑まれ、六郎は仰《の》け反《ぞ》るようにして大きく後ろによろめく。さらにそれを突き押して、誰かが目の前に割り入ってくる。

「斉藤ッ――⁉」

止める間もなかった。斉藤はいきなり恒の横っ腹を吹き飛ぶくらい蹴りつけた。倒れた恒の脇腹にさらに蹴りを入れる。

「斉藤ッ！　やめろ、斉藤！　何をする！」

六郎は慌てて後ろから羽交締めにした。恒は三発の蹴りを食らい、土煙の中、地面に倒れている。斉藤は六郎に捕まえられたまま恒に向かって憎々しげに唾を吐いた。

「みすみす墜ちて、航空機を無駄遣いか。相変わらずだな、エース様はよ！」

恒は地面にうずくまって苦しそうに咳き込んでいる。斉藤は蔑んだような目を向けて唸《うな》った。

「琴平貴様、俺たち全員で戦ってるんだとか、デケえこと言ったな」

「斉藤！」

この期に及んでもまだそんなことを根に持っていたのか。腹が立って六郎は、斉藤の肩を摑みなおして殴りつけようとした。だが拳は予測していたような斉藤の手に振り払われた。斉藤は六郎を睨みつけたあと、恒を振り返った。

「チビはやっぱり頼りねえな」

「斉藤……ッ！」

とどめのような蹴りを一発、恒の腰のあたりに打ち込んで、斉藤は倒れた恒を蹴った勢いのまま跨《また》いだ。

「俺が全機墜としてきてやるから、チビは寝てろ。クソが」

いつもの意地の悪い笑みを浮かべながら、斉藤はひらひらと手を振って向こうのほうに去っていった。

斉藤なりの気遣いなのだろうか。あまりにも不器用で乱暴な斉藤らしい心意気だ。

「行か、せて……くれ、六郎」

恒が肩を起こしながら呻《うめ》く。怒りの表情ではなかった。恒も斉藤の気持ちに気づいている。

「駄目だ、恒」

六郎は恒の前に膝を落とし、彼を腿《もも》の上に抱き締めながら首を振った。そして零戦《れいせん》が埋もれた灌木の向こうに消えようとする斉藤の背中に叫んだ。

「トカゲの燻製《くんせい》を持ってるんだ！」

捕るのが異様に上手い恒が集めたトカゲを、廃材で燻製にして溜め込んでいた。補給が途絶えて、珍しいものといえばそれくらいしかなかったが、斉藤と話し合う口実なら何でもいい。斉藤と腹を割って話したい。いがみ合ったが、自分たちは生き残った数少ない同期として分かり合えるはずだ。

「――酒は持ってねえよ」

姿が灌木に紛れる寸前、斉藤の返事が聞こえた。それが最後に見た斉藤の姿だった。

斉藤の最期は僚機が目撃したそうだ。敵機と擦れ違いざま左胴体から爆煙を上げ、そのまま空中爆発したらしい。

仲間の戦死など日常だ。内地を出た頃こそ、顔見知りが死ぬたび悲しんで数日泣き暮らしたが、ラバウルに来たときには明日は我が身と、儚《はかな》く空に散ってゆく仲間を寂しく思うだけになっていた。恒も知り合いの戦死の報を受けると目を真っ赤にして涙を堪えているようだったが「立派に戦って死んだのを、悲しんだら失礼だ」と言って涙を落とすことはなかった。しかし今日は別だった。

恒がこんなに泣くのを初めて見た。どんなにまわりから悪戯《いたずら》を受けてもけっして泣かなかった恒が、大きな目から惜しげもなく涙を落とす。声を上げはしなかったが涙は止まらないようだった。何度も堪えようとしてできない様子だったから、報告の整列が済んだあと物陰に連れていった。

身体を震わせ、声を殺して泣く恒の手を握って六郎も泣いた。

反発し続けた指先がようやく触れると思ったその矢先に、戦争は自分たちから、いとも容易《たやす》く明日を奪ってゆく。

出撃の報告には六郎一人で行った。恒には先に戻れと荷物を持たせたから、おとなしく小屋に帰っているだろう。

邀撃戦の搭乗割は出撃後に行われる。敵機が来たらとにかく飛ばなければならないから、あらかじめ搭乗割など組んでいる暇はない。どの配置について、どの機を護衛しなければならないかを覚えるだけで一苦労だ。恒には飛行だけに集中させたいから、自分が全部把握しなければならない。

「厚谷一飛曹」

後ろから呼び止められて六郎は振り返った。

米田《よねだ》中尉だ。一人でいるときを見計らって声をかけられるときはたいがいいい話ではない。六郎は心の中で警戒しつつ、米田中尉に向き直って敬礼した。米田は六郎の隊の飛行長である。

剃髪《ていはつ》で鼻髭《はなひげ》を生やした米田は、六郎よりもちょうどひとまわり年上で、いちばん下の弟が六郎と同じ歳《とし》だと聞いたことがある。ラバウルは一時、所帯が大きくなりすぎて、隊などあるようなないような状態になった。今は米田の指揮下だ。米田は自分に縁のある隊員ばかりを贔屓《ひいき》しない懐の広い男だった。自分が一番機だと言い張ることもない、隊全体を見渡せる根のいい人間だ。

米田はあっさり用件を言った。

「内地へ帰るか」

「は」

面食らったのは六郎だ。

「引き揚げの命令が来ている。四名だ。厚木《あつぎ》がお前を欲しがっているんだが」

願ってもないことだった。だが返事をする前に訊《き》かなければならないことがある。

「あの――……」

六郎の声を遮るように米田が続けた。

「艦爆と夜戦、両方の偵察員を育てられる人員は貴重だ。貴様には後進の育成に当たってほしい」

六郎は用心深く米田を見た。

戦争が激しくなってラバウルは毎日空襲を受けている。連合軍の絶え間ない空爆に晒《さら》されて、あれだけの優勢を誇った航空隊は今や瀕死《ひんし》の状態だった。連合軍の非道は甚《はなは》だしく、恒が入院していた病院も赤十字の標識を掲げていたにもかかわらず爆撃され、多くの犠牲者を出した。今後、戦況はますます厳しくなる。引き揚げ船も狙われて撤退もできない事態になるかもしれない。

教官になるなら前線から下がれる。帰れば階級が上がる。斉藤が撃墜されたのをきっかけに、死の手のひらが自分の肌を直接撫でて行くような感覚が六郎から消えることはなく、常に曖昧な恐怖が去らなかった。

だが米田が何かを伏せているのを六郎は感じ取った。

「辞退します」

「厚谷」

「申し訳ありません。ここに置いてください」

確信があった。だから六郎が一人のときに声をかけてきたのだ。米田の目を六郎はじっと見つめる。米田は根負けしたように困った顔をした。

「貴様らはまったく……！」

呆れたように米田は言う。

「後悔はないか。あとで『帰りたい』と言っても叶えることはできないかもしれないぞ？」

「ありません。ここで戦線を止めてご覧に入れます」

念押しに六郎がはっきり答えると、米田は肩でため息をついた。

「わかった。行け」

六郎は敬礼を残し、逃げるように米田の前を早足で去った。

息が上がるくらい、ほとんど駆け足で、ほったて小屋というにも適当な椰子と板でできた小屋に戻る。中を覗くが恒の姿がない。耳を澄ますと小屋の裏手のほうから物音がしている。

裏に回ってみると、恒は半分に切ったドラム缶に腰かけ、椰子の殻を削って遊んでいた。

六郎は建物の角から足を踏み出した。肩からかけていた水筒を地面に置く。帽子を脱いで腰に挿した。恒はしらんふりで椰子を削っている。

六郎は突っ立ったまま、大して楽しくなさそうな恒の横顔を見据えながら言った。

「俺は帰らない」

その途端、恒は弾《はじ》かれたように顔を上げた。六郎を睨《にら》み、手にしていた椰子を投げつける。とっさに避《よ》けたが腰の辺りに当たって白い繊維を剝《む》き出しにした椰子が地面に転がった。

「馬鹿じゃねえのかおまえ！」

恒は怒鳴って立ち上がった。こちらに歩み寄り胸ぐらを摑もうとしたから手で払う。左手首を激しく摑まれた。そのまま左手で殴ってこようとしたが彼の攻撃パターンは知っている。恒の拳を手のひらで受け止めると彼はさらに怒った。

「六郎ッ！」

「お前も断ったんだろう？」

「関係ねえだろ⁉」

「ないわけあるか。ペアだろう？　自分のことを棚に上げるな！」

帰還の打診が真っ先に恒に行ったのは分かっている、零戦より鈍い大型双発機でありながら、零戦同等の撃墜数をたたき出す恒は、練達の搭乗員であり航空隊の宝だ。基地は最近、撃墜が重なる南方から、生き残りの熟練搭乗員たちを次々と凱旋《がいせん》させ始めている。引き上げの口実は後進の指導という名目だが、実際は航空隊の象徴である熟練の搭乗員たちをこれ以上失えば全体の士気に関わるという理由からだ。

恒は帰還の命令を拒むだろうと思っていた。そして拒んだことを六郎に言うなと口止めするのも分かっていた。恒が帰らないと知ったら六郎は帰ると言いにくいだろうと、恒らしくない浅知恵を巡らせたのなら自分も舐《な》められたものだ。米田も上手い。恒一人のときを狙って声をかけ、断られたら、六郎から了承を取って二人がかりで恒に帰還の説得をするつもりだったのだろう。だが恒が自分に相談もなく月光を捨てて内地に戻らないことは六郎は確信していたし、恒を説得しても無駄なことを知っていた。米田の誤算はそこだ。

恒が自分のことを思ってくれたのはわかる。一度帰還を断れば順番はなかなか回ってこないし、状況は刻一刻と悪化している。帰れる機会はこれきりかもしれない。だがここで恒と離れれば今生の別れになるのは目に見えていた。もしも恒が米田に帰還を望む返事をしていたらと、一瞬迷ったが、自分は賭けに勝ったらしい。

「お見通しだ。馬鹿。偵察員を舐めるなよ？」

六郎は威張って囁いた。恒は六郎を睨みつけたあと、ほんとうにやるせない笑みをさらに歪《ゆが》ませて、泣き顔と変わらないような表情で六郎を見た。そんな恒に六郎は手を伸ばし、胸に抱き寄せながら問いかける。

「ペアだろ？　月光を置いていったりしないだろう？」

恒が生きて本土へ戻らぬ決意をしていると言うなら自分も付き合う。覚悟なら沈みかけた月光の中か、あるいはもっと前かもうよく思い出せないが、ずっと前に済ませていた。迷わない。恒が一番を見つけたように、六郎の心の中にもひとつきらめく星のように、見誤らない光がいつでもはっきりと輝いている。

恒は黙って六郎の右腕に両手でしがみつき、何も言わずに頷いた。

「俺は内地を守ろうと思ってここに来た。今もそれは変わらない。この基地に飛べる航空機がある限り俺はここで戦う。だがお前は違うだろう？　六郎。内地に待ってる人がいるんじゃないのか」

「親くらいなもんだ。戦争だから、しかたがないよ」

恒の気遣いはありがたいが約束を交わした女などいない。出征先での戦死など、息子を送り出す親なら誰だって覚悟の上だ。だが恒は六郎の答えに満足しないように問いを重ねた。

「……それもあるが、花火はどうするんだ」

一人前の花火職人になるための修業中だったと言ったのを恒は覚えていてくれたのだろう。それともマラリアの熱に浮かされたときに話した『月光』の話を、彼自身の夢のように祈ってくれていたのだろうか。

――帰ったら教えてやる。

そう言った父親の背中を六郎は思い出した。父親のような花火職人になりたかった。秘伝の星の詰め方を習い、いつの日か自分が名前をつけた三尺玉を夜空に打ち上げるのが六郎の夢だった。確かに無念だ。花火屋の息子としてここまで鍛えてもらったのに、志半ばで懐かしいあの工場から自分が永久に消えてしまうのを申し訳なくも思う。

「俺は跡継ぎだから、オヤジは俺を待っているかもしれないが、でも当面、花火を上げられそうな日なんて来ないだろう？　それくらいなら花火や星を輝かせるための空を、自分たちの手で守っているほうがやり甲斐《がい》があるってもんだ」

不安そうな色が取れない恒にそっと笑いかけた。六郎の説得を目を潤ませながら聞いていた恒は、少し黙ったあと、眉根を寄せて首を振った。

「やっぱり、帰れよ。……お前は帰って花火作れ、六郎。内地は俺が守るから」

「恒」

「お前は生きろ。俺が守ってやる」

祈るように囁く恒に、苦笑いで六郎は訊《き》いた。

「俺一人でか？」

ペアだと言ったくせに、突き放す気だとしたら何とも甲斐のない話だ。自分の健気な決心を台なしにするつもりなのだろうか。だが恒は頑《かたく》なにかぶりを振った。

「もういい、俺はおまえに一番を貰《もら》った。それを形見にすれば、俺は何でもできる」

恒が本気で言っているのはわかったがそんなのは却下だ。

「一人で上げたってしかたがない」

囁いて、六郎はぎゅっと恒の手を握った。

「いちばん見せたいヤツはここにいる。約束したよな？　花火、見せるって」

涙ぐんだ切ない目をした恒の両方のこめかみを、六郎は後ろに撫でつけたあと恒を腕に抱きしめた。

「お前をラバウルに残して、一人で内地で花火を上げてどうしようっていうんだ?」

さすがに恒は何も言いかえせなかった。

恒は俯いて歯を食いしばり、泣き出しそうな顔で微《かす》かに首を振る。

何度か肩で息をしたあと、六郎の胸に手をつっぱってきた。

「……恒?」

食ってかかってこないところをみると、帰れと怒鳴り散らすのは止《や》めたらしい。

六郎に背を向けた恒は「ほんとうに物好きだ」「馬鹿だ」「犬死にだ」「ハズレクジだ」と罵倒か愚痴か分からない独り言を垂れ流したあと、力が抜けたように椰子の皮のクズに囲まれたドラム缶に腰を下ろしなおした。そして梢《こずえ》を見上げて目を細める。

「聞いたか。本土防衛だと」

「……そうなのか」

自分は帰るか帰らないかと端的に問われて、帰らないとだけ跳ね返して逃げ出した。恒はいくらか事情を聞いてきたようだ。

「本土防衛に備えるために主戦力をラバウルから北に引き揚げるそうだ。ラバウルは最前線のままだが後退も視野に入ってくるだろう。ソロモンを破られれば本土はすぐだ。防衛を考えなきゃならないことになる」

恒の説明を六郎は呆然《ぼうぜん》と聞いた。押されているといえども戦線は遥《はる》か南洋の外地にあり、ここさえ引かない限り日本は無事だと思っていた。本土空襲が具体的に案じられていると思うとゾッとした。何としてでもそれだけは防がなければならない。

恒は空を見上げながら、はっきりした声で言う。

「内地で叩《たた》くも南で叩くも数は同じだ。南で叩けば内地が攻撃を食らわずに済む。そう思って俺はここに残ることに決めた」

恒らしい明快な理論だ。恒の理由を聞くまで六郎には少々悲愴《ひそう》な決心があったのだが、そう言われてみれば大差はない。

「それに、内地には希《ゆき》がいる。もうそろそろ立派に飛べるようになっている頃だ。俺の弟だからな」

自分が墜ちたらと、恒は考えているらしい。ガダルカナルを撤退した今、ここは前衛の盾で、殿《しんがり》だ。最も厳しい戦場になることを覚悟しなければならない。あとはないのだ。

「十中八九、帰れなくなる。分かってるのか、六郎」

「今日の恒はしつこいな」

厳しい表情の恒に、六郎は穏やかに笑い返した。結論だけ伝わればいいと思っていたが、恒を納得させるためのことを六郎はもう少し喋《しゃべ》ることにした。

「打ち上げ花火な。打ち上げた場所——つまり花火の真下から見るとどんな風に見えるか知ってるか？」

「……？　下から見たような花火。横から見たって下から見たって破裂する瞬間は同じだろう？　下から見ても球みたいになるんじゃねえのか」

「残念、ハズレだ。正解は、大体横一文字。……って言っても職人なら、それを見れば大体どういう花火が上がったか分かるけどな」

「どういうことだ？」

「花火は四方に飛び散るんじゃなくて、縦に皿のように広がる。だから正面からしか丸い花火の形に見えないんだよ。たとえば金太郎飴《あめ》をな、横から見たら何の模様かお前は分かるか？」

「……わかんねえ」

「切り口を見て初めて模様が見える。横から見ても外側が見えるのがせいぜいだ。横切りにしたって不規則な横線が走るばかりだろう？」

「何の花火が上がったか、わからないって言うのか……？」

「そういうことだ。花火屋は上げる人と確認する人に別れて、今の花火はどうだったと確認しながら手探りで火薬や星を調整していく。どんなに自分の作った花火が見たくたって、自分の誇りをかけた玉を他人に上げさせることなどしないだろう？　俺たちは自分の上げた花火を、自分で観《み》ることはできないんだ」

「そんな……一生懸命作るのにあんまりじゃねえのか」

「それでいいんだ。……恒がきれいだと思ってくれたら。だから、お前がいなくちゃ始まらない」

これでいいか、と視線で恒に問いかけると、恒は今度こそ言いかえせないように押し黙った。

六郎は静かに誓った。

「最後まで、お前とペアだ」

空か、海か。

碧《あお》の中で散るそのときまで恒の側《そば》にいたい。

六郎が出した理由に、満足したような苦笑いを浮かべる恒の頬に触れようとしたとき、奥の茂みが音を立てた。人ではない。啌々《こうこう》と鳴き声がし、続けてわさわさと羽ばたく音がする。緑色の茂みの中に、ひときわ鮮やかな白い鳥が二羽垣間《かいま》見える。鷺《さぎ》の類のようだ。

嘴《くちばし》を摺《す》り合わせ、美しい冠をのせたほうがときおり羽を広げる。

目を凝らす恒を見てから、六郎はもう一度番《つがい》の白い鳥を見た。六郎は恒をあやすように囁いた。

「アイツらもペアかな」

「そうなのか」

「ああ。鷺の仲間は一生同じ番で過ごすそうだ。空を飛ぶときも、地で休むときも」

同じ枝で羽を休め、連れ立って空を飛ぶ。同じ寝床を巣と呼び、寄り添って眠る。

比翼連理と言うのだそうだと、恒に教えてやろうと思ったとき、恒が楽しそうな顔で六郎を見た。

「フォッカーG・I《双胴機》みたいな感じか」

オランダ製の、胴体がふたつ並んだ航空機のことだ。左右交替で操縦桿を握れるため、超長距離飛行を稼ぐ。羽は二枚、胴体同士は橋《ブリッジ》で繋《つな》がっている形で、いわゆる比翼の鳥と同じ形態だがあまりにも色気がない。しかし恒らしい喩《たと》えだった。本当に敵味方なく航空機が好きなのだ。

「そうだな」

六郎が笑いながら応えたとき、気配を悟ったように鳥が羽を広げた。

長い脚を優雅に撓めたあと、一羽が空へ羽ばたく。番のほうもすぐにそれを追って、深い緑の隙間から空へ飛び立っていった。

鳥たちを見送ったあと、どちらともなく指を絡めた。理由もなく楽しくなって視線を交わして笑い合う。

空に吸い込まれそうな晴れた日だった。

不確かな未来に、信頼だけが鮮やかに見えていた。

地面の呪縛から足の裏が切り離されたようだ。傷を負い、疲弊するばかりの身体の中で魂だけが満ち足りている。自分たちは今を境に、鳥のように、花火のように、星のように、航空機のように、あの空で生きる番になるのだろう。

「俺と一緒に、空で死ぬか？　六郎」

「いいよ」

今さら恒と離れて生きる人生は想像できない。

必ず内地へ帰還すると決意したばかりだが、現実を見失うほど六郎は浮かれていない。諦めてはいないが生きている間に戦争が終わる気がしない。日本軍の劣勢が簡単にひっくり返るとも思っていなかった。

戦って戦って、いつかあの空で散るのだろう。

ああ、と六郎は紺碧《こんぺき》に光る天に目を細めた。

戦争なのが不思議なくらい、青い空だ。

二人で住みはじめた小屋も三つ目になった。

今度の小屋はまあまあ運がよく「どうせがんばってもすぐ空襲に遭うしな」と言いながら椰子の葉で屋根を葺《ふ》き、編んだ葉で柱の回りを覆った。「どうせすぐ吹き飛ばされるに決まってる」と言いながら板きれを集め、高床にしてそれがベッド兼床だ。

端っこが焦げたくたびれた布団に恒を横たえさせた。

しばらく抱きあって、口づけを交わしたあと、六郎は恒の貝のような耳を手のひらで撫でてみた。日焼けをして銅のように焼けた美しい渦。ほどよい弾力の軟骨の襞《ひだ》を指で開いてみると中にゆくほど色が薄れて桃色になる。

恒の額の生え際に唇を押しつけながら、恒のここの美しさは特別だと六郎は思った。富士額ほど急な隆起ではなく、直線でもない。緩やかな半円で恒の額を縁取り、うぶ毛は少なく、黒髪がくっきりとした境を作っていた。

床の上に横になって自分を見ていた恒は、胸元を撫でる六郎に委ねるように目を伏せた。震える心臓の上を撫でると、目を伏せてうっとりと瞬きをする。恒の濃い睫毛《まつげ》が動くと黒い揚羽《あげは》蝶《ちょう》が息をしているようだ。

恒の服のボタンを外した。恒が六郎のボタンを外してくれたからそのまま上着を後ろの床に脱ぎ捨てた。脅かさないよう、心臓に手のひらを押し当てたまま、瞼《まぶた》に唇を押し当てる。恒はそれを受けながら六郎の髪に指を差し込み、愛撫《あいぶ》のように何度も緩く握り直した。

六郎、と唇の動きだけで恒が呟く。恒の睫毛に自分のそれで触れることで応え、首筋に手のひらを当てて高まる脈を感じた。

額を合わせ、唇の間で呼吸を混ぜ合わせた。恒の手が六郎の肩甲骨をしきりに探る。まるで羽のなごりを探しているかのような熱心さだった。

つがうというのは、こういうことなのだろう。言葉で確かめなくても、恒の微細な感情の揺れまでが自分のことのように感じられる。どんな苦しい生活も悪意を含んだ嘘《うそ》も、自分たちの間には割り込めない。

ときおり口づけをしてまた肌を撫でる行為に熱中する。上がってゆく吐息を慈しむように吸う。唇で触れない場所は、くまなく手のひらで撫でた。

生きている証《あかし》を探し合うように互いのすべてを知ろうとした。

恒の濃く、密集した睫毛を舐め、首を傾《かし》げて口づけを深め、一番深い体温を探す。頬を擦りつけて肌の弾力を味わい、恒を象《かたど》る肌の輪郭をくまなく手で辿《たど》る。

指と指を絡め、視線を交わす。激しい鼓動を打つ素肌の胸を重ねて、万感の想いで抱きしめ合った。

互いを欲しがる気持ちだけで形を変える身体をいとおしく手で撫で、確かめる。繋がることに何の迷いもない。

世界のすべてが恒の中に詰まっているようだった。その中に自分の健気に実る器官を収めて、熱しきる瞬間を探すのは一点の打算もいやらしさもない純潔な営みのようだった。

喘《あえ》ぐ恒の頬を手のひらで包む。恒は目を開けて切なそうに自分を見た。

抱きあいながら、本当に身体が溶け合ってしまわないだろうかと願う。

捨てるものも惜しむものもない。

生きていると思った。明日、空で散る運命だとしても、今生きている。空で恒と生きて死のう。

絶頂から墜ちるとき、恒を抱いて墜落するような錯覚があった。多分こうして死ぬのだろうと思っても、少しの恐怖も後悔も六郎は覚えなかった。

恒が眠っている間に、六郎は小屋の裏に干しておいた手ぬぐいを取りにいった。一枚を湿らせて絞り、水筒の苔《こけ》と鉄の味がする煮沸水を飲んでから、恒の水筒を持って、のれんのように椰子の葉を一枚吊《つ》り下げた小屋の中へと戻る。

恒は目を覚まして床の上に座っていた。自分の脇腹を睨んで肩を震わせている。ようやく鬱血が消えて真っ白に戻った肌に、六郎は新しく油性塗料で星のマークを三つ描いてやった。恒が射精した数だ。

「撃墜マークを書いていいって、お前が言ったんだろう?」

いつかの恒の言葉を六郎は聞かせてやった。溺れて溺れて、三度も気をやった。最後は目を覚まさなかった。

「テメエエエエエ!」

拳を握りしめて殴りかかろうとした恒が前のめりに崩れる。六郎は笑いながら、恒の裸の上半身を支えてそのまま胸に抱き寄せた。

「隙を見せるな。軍人だろう」

「俺の隙を守るのが、ペアたる貴様の役目だろう！」

憎まれ口ごと笑っていると、腕の中でぐずるように恒が言った。

「……ほかの奴《やつ》に守られるのは嫌だ」

さすが未来の撃墜王、男を墜とす言葉もいとも容易く吐くんだな、とため息をつきながら、六郎はまだ赤く腫れぼったい恒の唇に唇を重ねた。

「ほんとうに。俺だけにしてほしい」

「どういう意味だ」

訝《いぶか》しく恒が訊いた。他の男にかわいい言葉を吐いたり、無防備な姿を見せないでほしいと言葉にするのも癪《しゃく》なくらい、どうしようもなく恒に惚《ほ》れている。

「参った、ってことだ」

譲れるところまで譲った言葉を六郎が吐くと、恒は愉快そうに笑った。得意げな顔で六郎を見上げてくる。

「降参するか？」

「ああ。好きにしてくれ」

ため息をついて腕に恒を抱き直す。恒は六郎を見つめながら利発そうな声で言った。

「そういうときは、アイ　サレンダーって言うんだ」

「サレンダー？」

「そう。投降って意味だ。両手を上げて褌《ふんどし》を振りながら、I surrender」

大学進学を考えたこともあるらしい恒は意外にも英語が堪能で、辞書なしで英文の手紙が書けると言っていた。六郎も予科練で簡単な英文は習ったが、実生活では飛行の専門用語に必要な範囲くらいしか使わないので忘れてしまった。そもそも『降参』という単語など初めから教えてもらっていないはずだ。『生きて虜囚の辱めを受けず』。敵に降参するくらいなら死ねと、戦陣訓で厳しく教えられている。

「……Surrender？」

六郎が恒が発した音をまねておずおずと言うと、恒は「まあまあいいな」と、生意気そうな笑いを浮かべて首筋に腕を絡めてきた。

「Surrender《投降する》。明け渡す、とか耽溺《たんでき》するって意味もある」

「I surrender」

六郎はその通りだと思いながら、操られたように習ったばかりの言葉を繰り返した。心も身体も恒に明け渡している。その甘い身体と快楽の声に耽《ふけ》って、ここが戦場であることを忘れてしまうくらい溺れている。

ほんとうに何処《どこ》まで自分を跪《ひざまず》かせれば気が済むのだろう。

恒は六郎に唇を吸われながら喉で笑った。

「そうだ。すごくいい」

恒は密《ひそ》やかに六郎に言い聞かせた。

「俺たちはペアだから、投降するときは、We surrender。でも……」

唇で恒の首筋をなぞりながら説明を聞いていると、恒は六郎の髪を緩く掴んで囁いた。

「今はお前一人で投降してこい。六郎」

「褌は振らなくていいか？」

訊くと恒は面白そうに笑い声を立てた。恒を床に深く押さえ込み脚を開かせながら、六郎は祈るような声で囁いた。

「――I surrender」


戦況が荒れ、上官の目が届かなくなってきたのをいいことに、まわりの隊員が自機の清掃を整備員任せにする中、恒は相変わらず月光の手入れに余念がない。整備員も遠慮するのだが、恒はそれこそが不本意なようで、しかも六郎が清掃に付き合わないと怒るのも変わらなかった。愛機に対する恒の世話は、親鳥以上に甲斐甲斐しい。

あのあと夕方まで休んで、陽射《ひざ》しが少し緩んでから、月光の清掃に向かった。

恒は鼻歌を歌いながら、機体を挟んだ六郎の向かい側で、塗料が剝げた部分を小筆で塗っている。ラバウルに来た頃は輝く新品だった月光も、今やパッチだらけの歴戦の機体となった。本当は全体の塗り替えをしたいが塗料が足りないので当面は剝げたところだけだ。その塗料も現地で調合するものだから塗るたびに微妙に色が違う。六郎は色がまだらになってみっともない気がしていたが、恒は「迷彩のようで格好いい」といって気に入っているらしい。親馬鹿もいいところだ。

機体の陰で六郎の姿が見えないせいか、今日の恒の歌は、鼻歌と言うには少し大きな声だった。

子犬の目玉が青いとかどうとか歌っている。

変な歌詞だな、と六郎は思ったが大体子どもは変な歌を歌うのが好きだ。何となく曲調は軍歌のようでもある。サソリとかオオワシとか、強そうな言葉が交じっている。恒自作の適当な歌かと思っていたが歌うのはいつも同じ歌だし、よどみなく歌っているところを見ると元の歌がちゃんとあるのかもしれない。

いかにも単純な、恒好みの歌だった。

オリオンがどうの、と歌ったとき、ふと六郎は思い当たった。

宮沢賢治《みやざわけんじ》だ。

あまりに軽やかに調子よく歌うので分からなかった。

たしか『星めぐりの歌』という歌だ。六郎が知る限り、優しく撫でるような旋律の、穏やかな星座を歌った童謡だった。空を見上げてゆったりした気持ちになる歌の気がしていたが、恒の星空はこんな風にキラキラと楽しかったのだろう。

以前、浜辺で星の話をしたときのことを思い出す。恒は作詞者を知らないのではないか。小さい頃に覚えたに違いない。

小さな恒が歌っていたのを想像するとものすごくかわいかっただろうなと六郎は思う。考えるだけでも微笑《ほほえ》ましくてたまらない。

大熊とか蛇のとぐろがどうとか、アンドロメダが魚の口の形だとか、楽しい歌だ。

六郎は装甲の小さなささくれにヤスリを当てつつ、声を殺して笑いながら聞いていた。

童謡だから短い歌だ。しかも恒のようにぴょこぴょこ歌うとあっという間に終わる。

もう一回歌ってくれと頼もう。尾翼を回って反対側を覗くと、恒が相変わらずきらきらした目をして、月光の胴体を撫でているのが見えて、六郎は思わず動きを止めた。

恒が触れていると、航空機はどれも生きもののようだ。恒自身が、人の形をした航空機という生きもののようにも見える。

恒は根っから航空機が好きなのだ。

そんな恒のことを好きなのだから自分も同じかもしれない。六郎が苦笑いをしていると、また恒は気持ちよさそうに二回目の鼻歌を歌い始めた。

着任の日――空母『大鷹《たいよう》』から大勢の仲間とともにラバウル基地に注ぎ込まれたあの日から、ずいぶん遠くまで来てしまった気がする。相変わらず緑濃い、白い火山灰が吹きすさぶ常夏《とこなつ》の地で、空は青く、海は遠く、時折スコールがやってきて何もかもを鮮やかに洗い流してゆく。だがあの頃の活気はなく、今やどこか空白すら感じるほどだ。

恒も飛行時間が三〇〇〇時間を超え、これ以上はない円熟期に差しかかっていた。偵察回数はもとより、撃墜数もずば抜けている。

ちょっかいをかけてくるのは昔なじみばかりになったが、それも戦死や病死でほとんどいなくなった。

今ではみんなが恒を慕うし、嫌がらせを警戒する必要がなくなって、のびのびとしている。まわりがちょっかいをかけなければこれほどおとなしいのかと思うくらいだ。

恒は自分を慕って寄ってきた後輩に、模型を手にして操縦のコツを伝授している。恒は懐が広い。他の搭乗員のように自分の技を惜しむことなく、快く教えてやっていた。新米にはちゃんと新米にできそうなことから教えてやるのが、いかにも学者の子どもらしかった。恒の青空教室はいつも大盛況だ。

純粋に航空機が好きな恒は、講義中、少年のようなキラキラした笑顔を振りまいている。年下から見てもかわいいだろう。最近は、新人の中でも選ばれた者しか質問に行けないという変な掟《おきて》ができているらしい。ずいぶん株が上がったものだ。

護衛のようについて回って、喧嘩《けんか》を止めてまわる生活から解放されたのはいいのだが……と六郎は零戦の陰から、停《と》めてある月光の側にいる恒を眺めた。緩く着たシャツ、胸元がはだけて二の腕が見えている。月光を見上げながら満足そうに短い髪を掻《か》き上げる。月光に接吻《せっぷん》でもしそうな満ち足りた横顔だ。

「最近、琴平飛曹長《ひそうちょう》の色気スゲエな」

ちょうど後ろを通りかかった、別部隊から転入してきた新人が、恒を眺めてため息を漏らした。恒は昇進していた。六郎もだった。

「俺も、飛曹長ならいいかな、って。男ばっかりで毒されたかな」

一緒に歩いている男も笑いながら、わりと真顔でそんなことを言っている。女がいないから珍しい話題ではないのだが、恒の色気というのは最近ほぼ公認で不可侵になっている。

今もそうだが、脱いで肌を見せびらかすわけではない。

落ち着きと、精神的に穏やかな生活が余計に恒を強くする。それが魅力となってまた輝くのだ。伸びやかな肢体、大きな瞳をふと伏せる仕草は、ぞくぞくするくらい物憂げで、本人がまったく無自覚なのだから、男の本能に近い、汚したい衝動と嗜虐《しぎゃく》心を煽《あお》るのかもしれない。そして劣情に任せて突撃すれば、恒の鉄拳の餌食だ。

恒が搭乗する月光の存在感はとても大きいらしい。六郎でさえ、集中しきった日の恒には畏怖を覚える。清冽《せいれつ》な水のような空気で満たされた月光は、偵察員席に入ることが怖いくらいだ。そんな月光の活躍を見て感動した人間が実際近寄って恒を見ると、大男ではないことと、子どものように無邪気に月光を大切にしているあどけなさにまた驚くのだ。惚れない人間はいなかった。

同じ会話を聞いていたらしい秋山が六郎に耳打ちをする。

「恒が手込めにされないように、用心しておけよ？　厚谷」

「あれがそんなタマか」と苦く六郎はため息をついた。

相変わらず恒は喧嘩が強かった。腕立て伏せの賜物《たまもの》ではないかと思っていた。

「……何アイツ、無差別に撃ち墜としてるんだ」

恒の魅力に撃墜されるのは自分だけでいいと思いながら、秋山の隣を離れ、恒のほうへ歩いていく。

青い空の下、ガラスの破片のような木漏れ日を撒《ま》く椰子の木陰で、通りかかる男を無差別に墜としまくるのだからほんとうに困る。

彼が六郎に気づいた。手を振るわけでもなく、大きな目に六郎を映したまま、何とも言えない輝きを凝縮させるように黒く細めて少し笑う。……手に負えない。

十連星の渾名《あだな》は伊達《だて》じゃないな、と六郎はため息をついた。

「零戦の新人、どうだって？　機銃撃てるのか？」

六郎が近寄ると、零戦の模型と物指し棒を手にした恒が訊いてきた。青空教室は終わりらしい。

「まあなんとか」

「そうか。お前もよく教えてやれよ？　六郎。近くまで引き寄せるまで撃つな。このくらいまで来たら、バババ！　そして、その様子を見てからまたバババ！　と短く」

少し斜め後ろから見る俯き加減の横顔が好きだ。耳の形が最高に好きだと思う。

最近の恒は尖《とが》ったところがなくなって、まろやかな水のように、いっそう澄んだ気がした。


――喧嘩の回数は減ったが、人を殴る回数は増えたかもしれない。

「あまり新人を殴り飛ばすのはやめろ、恒」

小屋で荷物整理をしている恒の背中に、一応声をかけてみた。恒が悪いわけではないが、結局恒も罰を喰《く》らうのだから、やはりやめたほうがいいと思う。

素知らぬ背中を向けたまま、恒は言い返す。

「おまえは、俺が他のヤツに突っ込まれてもいいって言うのかよ。大切なペアを何だと思っているんだ貴様《べきら》は！」

小柄な恒を犯そうとする事件が多発した。だいたいが昔の恒の喧嘩癖を知らない新人か、よそからの転任者だった。

情交を申し込まれても恒は頷かない。そこで諦めれば恒からの罵倒を聞くだけで終わりなのだが、恒の体格を侮って無理やり犯そうとすると返り討ちに遭う。歯を四本折った男は元柔道部ということらしく喧嘩相手というには格上で、致し方なく恒も必死に反撃したらしい。

恒も気の毒だがまわりも気の毒だ。噂《うわさ》を聞きつけた陸軍兵にまで狙われる日もあった。恒を草むらに引きずり込もうとして失敗し、逆上した恒から半殺しの目に遭わされた。陸海両軍の上官の怒声を聞きながら腕立て伏せだ。六郎が巻き込まれたのも一度や二度ではない。いっそ恒の背中に「此ノ漢《おとこ》犯ス可《べ》カラズ」とでも書きつけてやろうかと思うくらい、互いに不幸だった。

華奢《きゃしゃ》な体格をものともせず、冷静沈着に撃墜数を積み上げて行く月光の鬼、十連星・琴平。

恒は見慣れた手帳を鞄《かばん》から取りだし、その間から抜き出した写真を眺めている。物々しいくらいの評判を持つ男の口許《くちもと》は菓子を目の前にしたときのように締まりがない。

覗くまでもなく、弟の写真だ。恒はほんとうに弟が好きだった。六郎にも平八《へいはち》という弟がいるが、ただ家族として一緒に育ったというくらいで夢に見るほどかわいいと思ったことはない。

「兄ちゃんがんばるからなー。希ー」

恒は上半身を前後に揺らしながら、嬉《うれ》しそうに写真に話しかけている。二週間ほど前、内地から手紙が届いた。新しい写真だ。弟が予科練を繰り上げ卒業したとかで、初々しい軍装姿で写った写真が同封されていた。海軍特有の白い第二種軍装を着ているのも恒を喜ばせていた。あどけなさが残る物静かな容貌は、昔の写真と比べても軍人にするのがかわいそうなくらい優しげな印象だ。

確かに恒がかわいがるのはわかる。わかるのだが。

「隊の象徴としての威厳と自覚を忘れるな、恒」

「そんなのしらねえよ」

「わかんなくていいから、皆の前ではそれをやるな」

今や恒は航空隊の憧れの的で圧倒的な人気と実力がある。恒に憧れ、男惚れする人間が後を絶たないのに、その恒がこれほど弟にでれでれなのを知られたら、隊の士気に関わるかもしれない。

「弟、航空隊配備になるのか」

予科練卒だから飛行機乗りになるのは間違いないのだろうが、陸上勤務や通信員として軍艦に乗る者もいる。弟の成績がいいならば『琴平兄弟』として恒に面倒を見させるために、ラバウルに寄越されることもあるかもしれない。だが今やラバウルは新人には辛すぎる前線になっている。初出撃の帰還率は二割以下に落ちていた。もしも弟が配備されるようなことになったら恒はどれほどの負担を負うだろう。

「さあ、まだ何も聞いてない」

この手の情報は、昔はよく手に入ったものだが、最近は嘘か真《まこと》かどころではなく、ラバウルを切り捨てたかのように情報自体が少なくなっていた。

「霞ヶ浦《かすみがうら》、終わったってよ。とうとう実機だ」

深刻に恒が言う。恒と同じく霞ヶ浦の予科練を出て、今はどこかで中練か、すでにどこかに配属されたのか――。

――赤トンボに乗っている間に俺が全部墜とす。

弟を戦場に出したくないとがんばっていた恒だが、間に合わなかったようだ。

「無理すんなよ？　恒」

「ああ」

言って聞く男ではないと知っている。それに弟がどこにいるかにかかわらず、死力を尽くさずにいられるほど最前線は甘くなかった。

六郎と恒が乗った二機目の月光が撃墜されたのはそれから三日後のことだ。

「うちの機体はなんですぐ燃えんだよ、どうなってんだ！」

喚《わめ》きながら安全帯を外した恒が風防を開け、空を飛び交う機銃も気にせずに海に浮かんだ月光の上に出た。波の向こうに短艇を見つけたらしい。頭上で外したマフラーをやけくそのように振りはじめたが、この海の惨状ではこちらに気づいてくれるかどうかまったく心許ない。

空技廠《くうぎしよう》の怠慢ではないかと思うくらい、日本軍の航空機はよく燃えた。装甲が薄いのは分かっているが、燃料タンクを撃ち抜かれると一発で炎上するのだ。それまで日本の航空隊が強すぎたから目立たなかったが、連合軍が数で勝り始めた頃、その弱点が急に際立った。以降、集中的に燃料タンクを狙われる羽目になった。一式陸攻など「一発着火《ワンショット》ライター」と揶揄《やゆ》されるほどだ。対する米軍航空機は少々機銃を撃ち込んだところでなかなか炎上しない。噂では敵機のタンクの内側にゴムの袋が仕込まれているらしい。気化しにくいし漏れにくい。そもそも燃料自体がガソリンではないとの噂もある。

米軍は明らかに燃料タンクを狙っていた。内地は総力を挙げて改善するべきところをしないのだから怠慢なのだと恒は憤慨していたが、今回の撃墜を見るかぎり六郎も同感だった。そもそも航空機の数自体比べものにならないのに、たった一発当たっただけで墜とされるのでは勝負にならない。

「なんか慣れっこになってきたな」

自分たちは運がいいのだと割り切ることにした。いくら恒の土壇場の着水技術が優れていると言っても、恒は三度も落とされたのに無事だ。とりあえず爆発もない。鱶《ふか》の背びれも見えない。

だが運がよかったと喜ぶには、すぐ目の前の未来はものすごくぼやけているのだった。

「……もう多分、替えの航空機はないけどな」

滲んだ水平線を眺め、六郎は呟いた。

総司令部をここに呼びつけて、現実《これ》を見ろと言いたかった。

消耗戦とは名ばかりだ。連合国の圧倒的な資源と工業力は敵機の数を爆発的に増やしてゆく。墜としても墜としても切りがなかった。そこにこんな風に『一発撃墜』されるのだから、消耗戦以前の問題だ。現在、航空戦力二十対一と言われているが、機体の脆《もろ》さをつけ加えれば、差は軽くそれを上回るだろう。もはや一方的と言っていい。航空戦において、緒戦から日本が優勢を誇っていたのは搭乗員の練度の高さによるところが大きかった。今やベテランの多くが墜とされて、少しの有利にもならない。ラバウルにもまだ兵はいる。だが離陸を怖がるような新人ばかりだ。今日の戦闘で、航空機は何機帰ってくるのか――。

ここ数日、司令部や通信班の様子がおかしかった。新しい命令が下りてこないし具体的な目標もない。内地や艦隊司令部との連絡が途絶えているようだ。補充はもう期待できない。

「ごめん、六郎」

海に沈んでゆく月光の風防枠を撫でて別れを告げていた六郎に、手からだらりとマフラーを下げながら、しょげた声で恒がそんなことを言った。

「おまえの操縦のせいじゃない。前回よりはずっとマシだ」

恒が水底に沈む恐怖も味わわず、すぐに脱出できた。何よりこのまま助けが来なくても、墜ちた場所もよかった。島影が見える、泳げば助かる。

恒が島のほうを見てため息をついた。島影はかなり遠いが恒の視線はさらに遥かに据えられているようだった。

頭上で響く航空機の爆音と機銃の音の、一瞬の隙間の呟きが聞こえる。

「内地は無事かな」

戦闘はいつも通りの激しさだが、今までとはどこか様子が違うのを恒も感じていたらしい。敵軍の目標が見えてこない。相変わらず絶え間なく攻撃はしてくるが、どこかなおざりなのだ。もはや戦力切れとなりそうなラバウルは迂回されているのではないだろうか。

空襲が中心になった最近の敵機来襲を見ていると六郎は嫌な予感がした。

自分たちを飛び越えて、銀色に輝く巨大爆撃機・B－29は内地に向かったのではないかと――。


恒と六郎は、泳いでいるところを短艇に拾われた。島に帰って夜が明けると、司令部に出向いた二人はラバウルで有名なカメラマンに新聞用の写真を撮られ、恒と六郎には一本ずつ一升瓶の日本酒が渡された。

海の藻屑《もくず》と消えた二機目の月光が挙げた功績についてだった。

恒と六郎は自分たちの分をついでから、みんなでコップに一杯ずつ回せと言って側にいた男に酒瓶を渡した。ラバウルでは独り占めをしないのが決まりごとだ。しばらくすると空の酒瓶が二本とも戻ってきた。六郎の手元に帰ってきた空瓶に恒は手を伸ばした。

「なあ、ラベルくれ。ラベル」

「どうするんだ?」

内地で宝物のように仕舞われていたに違いない酒瓶の懐かしい和紙のラベル。美しい墨書きの文字。確かに取っておきたいのはわかるが、恒も同じものを持っているのにと不思議に思いながらも、ほら、と瓶ごと差し出すと、嬉しそうに恒は酒瓶を二本膝にのせて笑った。

「希《ゆき》に送ってやるんだ。俺はがんばってるって」

「おまえ、ほんっといい兄ちゃんだな」

† † †

月光を墜とされてよかったと思うことがひとつだけある。出撃がかからなくなったことだ。

搭乗員も少ないが、残った航空機も少なすぎる。月光が墜とされるまでは、恒は日に五度以上、空に飛び立たなければならないことがあった。

斉藤の死の前後、最悪だった恒の体調はその後少々回復したが、それも束《つか》の間《ま》のことだ。無理をしすぎたあとは辛そうに寝込んでいた。補給が途絶えがちになり食糧が基地全体に行き渡らなくなった。搭乗員には最優先で与えられるが、全体的に栄養状態もよくなく、ぽつぽつと切れ間なくやってくる空襲で神経も限界だ。

現在恒に与える新しい搭乗機を探してもらっているところだが、機体を選ぶどころか、飛べる航空機が残っているかどうかすら分からない状況だ。零戦も今や搭乗員のほうが多い。だいぶん前、自分たちが本土帰還の打診を受けた直後、可動機をともなってラバウルの主力航空部隊は北へ引き上げとなった。多くがそこで再配備されたらしい。ラバウルにはわずかな水上機と故障機だけが残された。

周囲の島はすでに連合軍が占領したらしい。夜闇を縫って細々と物資が届けられていたが、それも最近は音沙汰がない。完全に内地からの補給を絶たれたラバウルはこのまま孤立してしまうかもしれず、少なくとも今のところ新しい航空機が補給される見込みはない。

六郎が仮眠から覚めてみると、側に恒の姿がなかったので探しにゆくことにした。爆撃で開いた小径《こみち》の大穴を避けながら、恒を探して六郎は夕方の基地を一人で歩いていた。

地面に白く積もる火山灰は相変わらずだが、景色はずいぶん変わってしまった。

一面鏡のように光るアスファルトの滑走路、その脇に整列した椰子、銀色に照り返す見渡す限りの戦闘機の列線、停泊する輸送艦。——恒と出会った頃の、美しく整備されたラバウルは遠い昔のようだ。

今や航空機の影もなく、空爆で地面は穴だらけだ。昼間の空襲を耐えるために全員、基地にしている洞窟《トンネル》に住むようになり、煮炊きの湯気すら立てられない日々を送っている。広すぎると文句を言っていた芋畑もだいぶん減った。涼しい椰子の木陰も焼けて、その下で読書をする航空隊員もいない。

昨日の昼過ぎ、主の屍《しかばね》を送り届けるようにして不時着してきた零戦を、修理すれば飛べるのではないかと整備班がずいぶん格闘していたようだが駄目だったらしい。

多分その側にいるのだろう。六郎は焼夷弾《しょういだん》で焼き払われてずいぶん山際まで追い詰められてきた、航空機を隠す灌木林のほうへと歩いた。

夕暮れの空が藍色がかってくる。そろそろ洞窟に引き上げさせないと夜襲が始まるかもしれない。

爆風に捲《めく》れ上がった砂山の横を、とぼとぼと歩きながらあてどなく六郎は考える。

花火を作りたい——。

空襲が激しくなるほど遠ざかってゆく自分の夢を見失わないよう目を細めながら、六郎は疲れた足取りで灌木の間を歩いた。

目標を忘れるつもりはなかったが、今はなるべく将来のことは考えないようにしていた。戦争が終わるまでは何を考えたって無駄だ。戦争さえ終わればいくらでも努力する。

枝を掻き分けると、プロペラが曲がった零戦の影が見えた。薄暗くなってきて、あたりがあまりよく見えない。

恒はどこにいるのだろう。

呼びかけるより先に歌声が聞こえてきて、六郎は立ち止まった。

六郎の耳元を、闇の中に目立ち始めた蛍がふっと横切ってゆく。オイルの甘いにおいが呼ぶのだろうか、壊れた零戦の周りには数匹の蛍が飛び交っていた。リクボタルだ。故郷の蛍に比べて大きなこの蛍は、水辺ではなく山中に生息する。

明滅する薄黄色の光が、恒の耳のあたりをすっと照らしていく。

薄闇の中から聞こえる少し虚ろで掠《かす》れた恒の歌声は、生き返らない零戦への子守歌のようでもあった。震える声は恒自身を励ますようでも——怖さを紛らわせているようにも聞こえた。

恒は戦闘機の先端に積まれた発動機の横に立っていた。零戦は整備のためにプロペラの付け根のエンジンカバーが外され、剝き出しになった星形の発動機を露《あら》わにしている。

発動機は黒く煤《すす》け、足元に使い物にならない曲がった部品がまとめられている。羽は破れ、風防の上の部分はない。

恒はボロボロに焼けた発動機を撫でていた。生きものの屍を撫でるように、月光をいとおしんでいた頃の無邪気さのままなのが、恒自身のようでかわいそうになった。

ふと、理不尽が込みあげた。

恒は航空機が好きなだけだ。それをなぜ好きなように航空機に乗せてやれないのか、自分もどうしてこんなに貴重な火薬を、花火ではなく敵を攻撃するために切り詰めなければならないのか。

今、戦争をやめて、きれいな航空機に恒を乗せてやりたかった。火薬庫にあるなけなしの火薬で、『星』を丸めて花火を打ち上げたい。健康な恒と空を飛びたい。人を殺すためではなく、恒から星の話を聞き、花火を打ち上げる場所を探しながら、月に照らされた銀色の雲の上を飛びたい。

連合軍が悪いのだろうか、いつ終わるのだろうか。航空機が戦闘機と呼ばれなくなる日が来るのだろうか。火薬が爆弾でなくなる日は本当に来るのだろうか。

考えたって分からない。自分たちはただ戦うだけだ。全部が終わったと言われる日まで。今日を、今を、生きるために足掻《あが》くしかない。

どれほど現実が厳しく夢が遠くとも、絶望には負けたくない。そう思っても心のどこに力をいれればいいのかもう分からない――。

歯を食いしばると胸のところで呼吸が詰まった。そのまま吸うことも吐くこともできない。

顔を歪めて苦しさを堪えていた六郎の目の前を、ふと蛍が過ぎる。滑るように飛ぶ蛍の儚い光を見ると、誰彼となく人の死に際を思い出した。

　青空の中で爆散する機体、片翼を砕かれて傾きながら海に墜落する零戦、風防の内側を赤く染めた機体と擦れ違った瞬間のこと、赤黒い炎を引きながら、白い飛沫を上げて海に落ちる機体。空戦から離脱して、もうじき基地が見える頃になって急に墜ちてゆく僚機の中で眠る横顔、昼すぎには笑って話をしたのに空襲で負傷し、布にまみれて洞窟の中で消えていった命――。目で追っていた光が目の前で消える瞬間に悲鳴を上げそうになる。

　たまらない衝動が込みあげて六郎が自分の耳を塞ごうとしたとき、切れ切れだった歌声が途切れた。

　顔を上げると、恒は静かな表情で動かない零戦を見つめていた。

　こちらを向かず、小さな声で恒が言う。

「降りるか？　六郎」

　そんな残酷なことを、優しい声で恒は問う。恒への誓いをなかったことにしてやると言われても、自分の望みはそうではない。上手い言葉が探せずに、涙ばかりが溢《あふ》れてくる。

「届を出せ。まだ間に合うかもしれない」

　上官に泣きつけば、もし万が一、この状況下でも内地へ帰る便が出たら、自分は本土防衛に向けていちばん先に送り返される人間に選ばれるだろう。

　六郎は地面に涙を落としながら何度も首を振った。航空機を失ってしまった今、恒と自分を

縛りつけてくれるものはない。それを不安に思う自分を、不覚悟な自分を恒は許すのだった。

恒に命を預けて、死ぬときは一緒に死のうと思った気持ちは変わらない。互いを一生の番と決めた覚悟も変わらない。ただ、かわいそうなだけなのだ。恒が、航空機が、自分が、火薬が。罪のない、美しいものとして生まれたはずのそれらが、夢を滅ぼし合うための道具として、消費されてゆくのがつらい。

「泣くな、弱虫」

恒は笑ってそう言うけれど、やるせない悲しみが胸に噴き出して止まらなかった。

南方が傾き始めてから、ふつふつと音も無く切れ続けてきた希望の糸束の最後の一本が、六郎の中で切れるのが分かった。

後悔はない。ただ悲しかった。

――南方はもう駄目だ。

† † †

残存航空機は数えるほどで、兵も衰弱している。もはやラバウル基地自体の防衛もままならず、反撃の力はない。辛うじてまだ自給自足の体は保っているが到底十分とは言えず、航空機も燃料も銃弾も圧倒的に不足していた。

この夕日は、今夜沈んでしまえば二度と上らないのではないか。

ここ数日、六郎の胸にそんな思いが押し寄せてならない。

できるだけ夜の散歩は欠かさないようにしていた。空腹をごまかすためだった。ずっと空襲に備えて防空壕《ぼうくうごう》の狭い中に詰め込まれているとおかしくなりそうだ。

「――……」

恒がふと星を見上げ、そのまま目を伏せる。歌おうとして力が足りなかったようだったが、恒の胸の中にあの歌が流れているのが分かった。六郎はそれを聴いていた。

恒は相変わらず明るかったが、口数が減った。

内地に帰りたい。帰って花火を作りたい。そうは思うが戦争が終わってから先の未来を、六郎は具体的に考えたことがない。撃墜されたらどうなるかとはよく考える。目が覚めたらあの世にいるとか、魂だけ矢のように靖国《やすくに》へ飛ぶとか、白くなってそこで終わりだとか、いろいろな噂があった。ただ答えは誰も語ってくれないから、真実は自分たちで体験するしかない。

「戦争が終わったら、花火が見たい。六郎」

夕焼けの砂浜で隣を歩いている恒が、ぽつりと言った。

「事情が許せばすぐにでも」

火薬があって、花火は兵器や爆弾ではないと認められて、打ち上げるのを許されて、もしも観客が残っていたら——。

考えて六郎は苦笑いをした。

具体的なことは分からないが、自分の中で戦争はすでに、日本の敗戦として終わっているらしい。

「どうなるか分からないけど、できるだけすぐに、花火を作るよ、恒」

火薬がいつ、どこで手に入るか、どこで打ち上げられるか分からないが、条件が揃《そろ》えばすぐに。

恒は静かに隣で笑って頷いている。

今、この瞬間から花火を打ち上げられる夜までは、想像もつかない距離があった。星より遠い別世界、来世でと言ったほうが近い気がするのだから笑えてくる。

恒と内地に帰る日が思い描けない。明日の朝。その先が、磨りガラスの向こうのように朦朧と明るく白いだけで、何も浮かばないのだ。

「……そういやさっぱり想像できねえな」

恒は側にあった岩に腰かけた。六郎も隣に座った。

明日、船が迎えに来て、戦争に勝ったのだと言われ、恒と内地に帰って、家を借りて、男二人の所帯が決まりが悪いならもっと田舎へ、それでもダメなら人里知れない場所へ――？

考えてみてもまったく現実感がない。

「どうした。六郎？」

それより岩の上で重ねた指の温《ぬく》もりが遥かに鮮烈な現実だった。

「――……」

恒の瞳の中の星を見る。額を触れさせてももう何も言葉が見つからない。花のつぼみが綻ぶように笑う恒を見ると、切なさと悲しさが入り混じった、涙の成分のような笑いが浮かんだ。

「六郎。あのな……」

唇が動くのが見えるのに、恒の囁きがどうしても聞き取れない。

六郎は懸命に微笑み返した。

どうしてだろう。怖くなるくらい明日が想像できないのは初めてだった。

「好きだ。六郎」

潮騒の中から、そんな言葉だけを拾い上げたとき、六郎の頬に涙が落ちた。

必死で生きた。最後まで粘った。だが今の自分たちは海原で溺れ、空で迷うようなものだ。誰を恨むこともできず、果てのない青い景色の中で死んでゆくしかない。

抗《あらが》いがたい現実に、悲しみや悔しさや理不尽までもが他愛なく呑《の》み込まれてゆく。

恒は、今六郎が翻弄されているすべての感情を一人で超えてしまったように、ただただ静かなばかりだ。

夕日が海に溶けてゆく。

いつか二人で見たきれいな浜は、今ではギラギラと七色に光る重油の波が打ち寄せ、浅瀬に折れたプロペラが打ち上げられている。

それでも、見慣れた濃い桃色で暮れてゆく夕焼けと、南十字星だけは、変わらず空にあった。

口づけも交わさず、ただ二人で夕暮れを見つめて星を待った。

時間が流れているような、止まっているような、自分たちもこのまま夜に溶けてしまいそうな空間だった。

きっとこういう瞬間を、永遠というのだろう。六郎は不意に、自分の中の苦しい感情が剝がれ落ちてゆくのを感じた。終わりとはきっとこの瞬間のことを言うのだろう。

その日、廃機の残骸や錆《さ》びた部品が散らばった椰子の木陰は、久しぶりの活気に満ちていた。

海から拾い上げた墜落航空機や大破した零戦の残骸から、整備員たちが完全な戦闘機を二機、組み上げた。スゴイというか馬鹿というか、思ったより上手くいったと言って見せられたのは、九七艦攻と零戦のニコイチだ。『複座の零戦』など昔見た特別機以外、見たこともないし聞いたこともなかった。

貴重な航空機は恭《うやうや》しく黄金ペア――恒と六郎に差し出された。

秋山たちが腹を抱えて笑っていた。恒も、そして六郎も、他の人間も皆、苦笑いだ。

残存航空機、九。窮乏の戦力だ。

「あり得ねえ」と恒は笑っていた。

「いかにも俺たち用、というところだな」と六郎も笑いながら、感動するしかなかった。

『集合零戦』と名付けられた戦闘機が完成したことで、整備員たちの意気は高かった。やってくる見込みのない補給艦隊より、海から引き上げる残骸のほうがよほど助けになる。すぐに引き上げ班が組まれた。艇《カッター》で沈んだ航空機を探し、近くから潜水担当が潜る。小さな部品は引き揚げ、大きな部品は綱をかけてきてみんなで浜に引き揚げる。下見をした様子では、少なくともあと五機は組める材料が沈んでいるということだった。逞《たくま》しすぎるとまた笑った。久しぶりに明るい話題だったが燃料はなかった。編隊を組める数の航空機も残っていない。

それでも恒は飛びたいと言うだろう。みすぼらしい集合零戦を見る瞳と、新しい月光を見るときの瞳の高揚に少しも差がないのがまったく恒らしかった。

集合零戦は、寄せ集めと言うにはよくできた機体だった。胴体が艦攻、機首は零戦だ。プロペラはひとつ《単ペラ》で複座の風防は艦爆のものがそのままの後部からのスライド式だった。座席は前が零戦、後ろは艦爆、これにも爆笑したのだった。メーター類は色んな機種のものがそれらしき場所に填まっている。機体は全部塗り直してくれた。餞《はなむけ》と言うにも豪勢だった。恒も大喜びだ。

ひとときの笑顔を残し、それぞれが持ち場に戻ってゆく。零戦を見に集まった人々が、航空機のまわりから去ったあと、恒の姿が見えないのに気づいた。

零戦の周りを回ってみると、反対がわに恒がいる。

恒は零戦を見上げていた。声をかけようとして六郎はそっと息を呑んだ。

頰に涙を伝わらせていた。涙が地面に落ちても微動だにしなかった。

しばらく様子を見ていたが、佇《たたず》んだまま動きそうになかったので、六郎は静かに近づいた。

「どうしたんだ」

「さあ……。なんだろうな、嬉しいのかな、悲しいのかな」

継ぎ接ぎの零戦を見上げたまま、恒は少し困った微笑を浮かべた。

おそらく最後の機体となると分かっているからだろうと六郎は思っていたが、今思えば、このとき恒には、予感のようなものが去来していたのかもしれない。

二日後、恒と六郎の零戦は飛び立った。

自分たちの、最後の出撃となった。

どこまで飛べるか分からないと秋山に言われた。寄せ集めの航空機だ。機体の重さとエンジンが釣り合っていない。バランスも若干後ろ寄りで油断すると機首が上がる。主翼の調整も出たとこ勝負でスラットの具合などまさに『乗ってみた具合』だ。

だが恒にはまったく関係がないようだった。新しい機体を珍しがって楽しげに空を飛び、見る間にてなずけてゆく。

非力な単発機でここまで飛ぶのかと思うくらい、寄せ集めの零戦は滑らかだった。空を滑る鳥のようだ。流れ星のようでもあった。軋《きし》みながら飛ぶパッチだらけの零戦は、新品の月光と変わらないくらい澄んだ飛行をしていた。

主翼が風を切る。ぎしぎし軋む機体はあまりにも自由に空を舞った。

この航空機自体が恒のようだ。これが本来の恒なのだと六郎は感心する気持ちだった。

偵察員席に乗ったが、計器はまるでデタラメだ。謎の数値を指す針を、経験で得た数値と体感に置き換えようとするが、そんなことをしてもどこまで意味があるのかわからないほどの酷さだった。慌ただしく計算をしている六郎に、恒が問いかけてくる。

「痩せたか、六郎」

この期に及んでそんなことを言って笑う。

「どうかな」

六郎の身体が大きくて気に入らないと言った日が、もう何十年も前のことのようだ。最後かもしれない。その日、搭乗した七機の誰もがそう思っていたはずだろう。

圧倒的な航空力差を誇る連合軍は、昼間も堂々と空襲してくるようになった。

察知からわずか五分で、離陸できる航空機はすべて飛び立って応戦したが、いざ彼方《かなた》に敵機が見えはじめると笑えるくらいの戦力差だ。雨雲のような大編隊だった。近づくと蜂の群れのように、空一面に黒ごまを撒いたようになり、羽音のような低い唸音《ねんおん》で蒼穹《そうきゅう》を埋め尽くす。

真正面から放たれる機銃を避けながら、擦れ違ったときはため息しか出なかった。スズメバチの大群に、蠅《はえ》数匹で飛び込むようなものだ。撃滅は無理だと分かっていた。一機でも多く墜とすことを目標とすると出撃前に作戦で決めた。それでも「意味があるのか」と首を捻《ひね》りたくなる数の差だ。一瞬で蹴散らかされそうだった。

「……いくぞ、恒」

「おう」

機銃の準備ができたと声をかけた。航空戦は擦れ違い、反転してからが勝負だ。

空をB－17が埋め尽くす。曳光弾《えいこうだん》が縦横無尽に飛び交い、機銃と爆撃の音が鳴り止まない。

ニューブリテン島ごと吹き飛ばせそうな勢力だった。

守るべき空母も爆撃機もなく、勝ち目も目的すらない航空戦だ。内地に届く敵機を一機でも減らしたい、本土への空襲を少しでも遅らせたい。その一心で力を振り絞った戦いだった。

そんな中、恒はよく戦ったと思う。

相手の機体が太陽に煌《きら》めく。遠くで爆煙をあげたのは味方機だろうか。

敵機に埋め尽くされた、寂しい空だった。

無線を繋げても誰も応答しない。聞こえるのは近づき遠ざかる発動機の音。機銃の音。爆音。黒煙と雲の間をすり抜け、今にも吹き飛びそうな頼りない翼で、空を切り裂いてゆく。

機銃が風防を掠って火花を上げる。

敵機の横腹を見つけては恒に指示を出し続けた。恒は敵機の機銃を回避しながら果敢に敵機に弾を打ち込もうとする。

どこを見ても、敵の航空機だ。墜とされないのが不思議だった。恒が機体を捻るのに合わせて、機銃のスイッチを握り続けていた六郎は、手のひらに返ってきていた振動が突然途絶えるのに、あっ、と手元を見た。

そろそろだとは思っていた。機銃の弾が切れたのだ。

不思議と怖ろしい気持ちはなかった。ただ何か長い仕事をやり終えたような、充足感と寂しさがあった。

「恒。終わりだ」

六郎は告げた。撃ち尽くして、あとは回避するしかない。操縦席の機銃はとっくに尽きていた。燃料ももうないはずだ。僚機は一機も見えない。

「そうか」

恒から帰ってきた返事も静かなものだった。

不時着するか。不時着したところで助けは来ない。

水平線に雲を溜めた空が果てしなく広がっていた。ところどころに、爆発のなごりの黒い煙が残っている。

恒は軽く機首を上げた。微《かす》かに見えていた水面が消え、風防が碧一色になる。

「空が見える」

ホッとしたように呟く恒に、まだ空を飛びたいのかと呆れた笑いが浮かんだ。

ああ、俺たちはここに行くのか。

不意に、六郎はそんなことを思った。

紺碧の空。人の争いごとに汚れもせずに、ただひたすら碧く広がる空が目の前にある。

この機体ならそこまで飛べる。恒となら――。

「！」

突然衝撃と共に大きく機体が傾《かし》いだ。振り返ると背後に見えたのは火の手だった。風防のすぐ後ろから黒煙と炎が噴き出している。

炎は赤く、昼間でもはっきりと紙に火をつけたようにめらめらと炎上していた。不時着の指示を出したくとも、目下は敵機が埋め尽くし高度を下げられない。

「六郎。六郎。突っ込んでいいか」

堪えきれなくなったように恒が言った。回避行動を続けていた恒だ。だが、もう飛べる燃料も果たすべき役割すらない。ただ墜ちるしかない。それが恒には耐えられないらしかった。

「どうしても守りたいんだ」

帰れない故郷の、自分たちの想像できない未来を守りたいと恒は言う。もはや欲のない願いだった。守り抜いても自分たちの姿はそこにはない。

六郎は安全帯をはずし、恒の席の背後から腕を回した。

「一機じゃ許さないからな？　恒」

六郎は大きな声で言った。

自分たちが撃墜するこの一機が、祖国に爆弾を落とすはずの一機であったならいい。自分たちのいない内地で、自分たちが知らない誰かが生きてくれればそれでいい。もう十分生きた。この世に何も思い残すことはない。

「お前とならいい。俺たちはペアだ」

自棄を起こしての自爆攻撃ではない。もうすべてを尽くした。自分たちに出せるものは何もない。計器類はめちゃめちゃに震えながら、見る見るうちに下方に落ちていった。炎は尾翼まで燃え広がっている。

「景気よく五、六機、道連れにしてやれ」

そう言って席ごと抱きしめてやると、恒が震えた息をつくのが分かった。

ガタガタと制御が利かない操縦桿を引き上げながら、恒が青く光る空を仰ぐ。

花火も星もない、寒々しいほど広い空には、希望も救いも映っていなかった。こんな空で光ろうとしてもすべて吸い込まれてしまうだろう。

終わるのだ、と、六郎は思った。覚悟はしていた。恒と一緒だった。それが今ある最上だと思った。

不思議と心は静かだった。諦めと言うにも気持ちはほのかに穏やかだった。

密集した敵機の中を、機体のあちこちを掠《かす》らせながら飛ぶ航空機の中で、最後の瞬間を待って六郎は目を伏せる。

「なあ、六郎」

装甲が全部吹き飛びそうな振動の中で、前を見つめて恒が笑った。

「おまえの花火、見に行きたかったなあ」

爆音を聞いたあと、自分たちがどうなったかわからない。

六郎はそれが激突の衝撃だと信じて疑わなかった。

外は静かだった。空に敵機の轟音《ごうおん》と機銃の音は鳴り響いているが、上空に遠い。

ギイ、ギイ、と、機体が軋んでいる。外から波音もする。

「……う――……」

六郎は、右の風防に倒れかかっていた身体を、のろのろと起こした。頭が風防のガラスにめり込んでいて、頭を剝がすと、白く濁った有機ガラスがめしめしと軋み、大きな塊になって膝の上に落ちてきた。

「――……」

波打つように曲がった風防枠の隙間から、見えにくい目で外を窺《うかが》う。上向きに折れた主翼に日の丸が見え、その向こうには波打ち際が――浜がある。

風防はカーテンを閉めたように濁り、部分的に割れて空を映している。

そういえば、と、六郎は最後の記憶を引き寄せた。

敵機が固まっているところに突っ込もうとした自分たちの零戦に、真横から敵機が急に突っ込んできた。プロペラに接触し、絡めあうようにして目の前で爆発した。敵機とともにこの零戦も爆発したのだと思っていたが、下に吹き飛ばされて海に墜ちたらしい。

零戦は沈む様子がなかった。左の車輪が海底に着いているようだ。陸が目の前にあった。水上を滑って浅瀬に突っ込んだのだろうか。あんな角度で、と六郎は思い出すが、恒は最後まで操縦桿を握っていたようだ。

そうだ恒は、と六郎は我に返り、頭の上からばらばらと白いガラスの粉を落としながら身体を前に起こした。

操縦席は静かだ。恒の肩の辺りが見えている。

「わた……る……」

見ると正面のガラスもばらばらに割れ落ちていた。座席の左側にはみ出て見えた恒の航空帽が赤く染まっている。

「わたる……！」

操縦席に身を乗り出そうとした。右目の視界が赤いのが邪魔で、手の甲で拭うとぬるりとした。それきり右目は鋭く痛んで、開かなくなった。

「恒。……恒……！」

背当ての隙間から六郎が前を覗くと、全身にガラスの破片を浴びた恒が、座席に凭《もた》れているのが見えた。

「……っ、……う……」

左頬から血を流し、苦しそうに目を閉じている。胸から下が、血まみれだったが息はまだあった。

「恒！　恒……！」

六郎は偵察員席の風防の留め具《ラッチ》を外して後ろに押しやった。頭がぐらりと回って零戦から転落しそうになったが、風防の縁にしがみついて堪える。目が痛い。

「恒」

必死で目を開けながら、操縦席の風防を後ろに押しやって開けようとした。機首が捲れ上がったように、操縦席の目前まで迫っている。風防の枠は歪んで内側にめり込んでいた。体重をかけ、ぎっぎっと勢いをつけて無理やり引っ張ると、なんとか風防は後ろへ滑る。

「恒！」

操縦席の中は、ガラスが散乱し、計器の部品などが散らばっていた。恒は苦しそうに目を閉じて、座席の左にもたれかかるようにして目を閉じている。急いで肩から斜めがけになってい る恒の安全帯をはずしてやった。機体の外に身体を引きずり出そうと恒の脇に手を突っ込む。急がなければならない。炎は尾翼まで燃え広がっていた。燃料はほとんど残っていないはずだが、機体から離れなければ爆発する。

「恒、しっかりしろ。わた――――……」

恒の身体を引き上げようとしたとき、赤黒いような桃色のような何かが、恒の腹の辺りの服の間から溢れそうになって、六郎はまったく動けなくなった。

よく見ると、曲がった操縦桿が腹にめり込んでいた。

絶望とは、何もできない自分を哀《あわ》れむことなのだと六郎は思った。見ていることしかできない。何もできない自分を悲しむことだ。

動かせない。力が抜けて涙が溢れた。自分が泣けば恒を不安がらせると思う余裕もない。衝撃で苦痛がまだよくわからないのか、恒はぼんやりと目を開けていた。六郎の叫び声が届いたのだろう。視線がゆっくりとこっちに向けられる。

「ろ……、ろ……」

恒がゆっくりと手を上げて、六郎の右のこめかみに指を伸ばしてくる。

「動くな、頼む、恒」

泣きながら恒に囁いた。

助からない。理性より本能が判断した。腹をやられている。ここから助け出しても治療ができない。基地にはもう何の薬剤も機材も残っていない。

足元に、てんてんと血が落ちる音がする。残りの時間を数える余裕もなく、ただ恒を抱きしめて泣いた。

「……」

恒が脇腹から血まみれの鉄の塊を取り出し、自分に手渡そうとした。小銃だ。最後の一人になっても戦えと携行を命じられるが実質は自決用だ。

恒が横に目を動かすのに、六郎も背後の気配を窺った。

何かのエンジン音が迫っている。ざぶざぶと波打ち際を歩く水の音がする。ディーゼル音が近くで止まる。

人の気配が機体を取り囲むのが分かった。割れた風防の隙間からライフルをかまえた米兵が中を窺っているのが見える。

「はや……く、六郎……」

辱められる前に、自分を殺せと恒は言う。

「恒……」

自決が怖いわけではなかった。さんざん敵機を墜としてきた身だ。殺される理不尽も感じない。これは戦争だ。自分たちは負けた。資源に、生産力に、技術に。運も使い果たした。ここが自分たちの終わりだと分かっている。

六郎は渡された銃を握りしめる。

「――――お前を撃てない。……撃てない、恒……」

消える灯火なら、最後まで見守りたかった。恒の命の火を、この手で消すことなどできない。

恒は、ぜいぜいと水音の絡んだ呼吸をしながら、震える手で六郎の頬に触れ、やっとという様子で口を開いた。

「俺を……墜とせるのは、……おまえだけだ……」

「恒」

「頼……む、ろ、くろう……」

苦しそうに笑う恒は、言い聞かせるように囁く。いつも恒を叱ってきたのは自分なのにこんなときだけ卑怯《ひきょう》だった。

恒は自分の手を、ゆっくりと銃を握った六郎の手に重ねた。

「早……く」

血の溢れる唇で恒が呟く。六郎はこめかみが痛むほど奥歯を嚙《か》みしめて、ガタガタと震えて力の入らない手に小銃を握り続けた。悲鳴を上げそうなのを必死で堪える。涙がたくさん溢れ落ちた。

恒は六郎を励ますように、うん、と笑って頷き、静かに目を閉じた。それを見届け、六郎は引き攣《つ》りそうに速くなっていた呼吸を一度大きく吸って止め、——振り返って外を睨んだ。

自分の脇から小銃を抜き出した。そして恒の分と一緒に外に投げ捨てる。

「——Help!」

六郎は絶叫した。

「……ろく、ろ……?」

委ねるように目を閉じていた恒が、信じられないといった表情で目を開けた。

六郎は拙い発音で、大声で続けた。

「I have the intention to surrender!（投降する意志がある！）」

「ろく……ッ、テメぇ……！」

「……おまえに花火を見せると言った」

なけなしの命を使って怒る恒に、六郎は背中を向けたままはっきり言った。

「絶対に見せてやるから！」

「ろく、ろ、う……」

止めようとする恒を無視して六郎は外に向かって叫ぶ。

「We're the pilot of GEKKO――【Irving 102】！」

アーヴィングというのは連合軍が月光を呼ぶときのコードネームで数字は尾翼の機体番号だった。

自分たちの機は有名なはずだ。月光自体、数が少なく、恒は並外れて腕が良かった。一か八かだ。捕虜にされるか渾身《こんしん》の恨みを込めて蜂の巣にされるかのどちらかだったが、このまま無視されて見捨てられることだけはないと確信していた。

あれだけ敵を苦しめた月光だ。憎しみか興味か、敵兵なら必ずどちらかの感情を抱くだろう。

「やめ……、ろ。六郎！」

「We surrender!（投降する！）」

六郎は腹の底から叫んだ。

死ぬのは少しも怖くなかった。全弾打ち込まれて、恒と死ぬならそれでもよかった。

「うらぎ、る、気か……！」

身じろぎさえできない、虫の息の恒は、恨めしそうに言い残して、力尽きたようにそのまま気を失った。

恒を庇《かば》う位置で、連合軍兵士の銃口に向かい合う。

「一番って言っただろう」

両手を頭の横に上げ、もう聞こえていないだろう恒に、六郎は背中で言った。

「おまえがいれば、俺はどこでもよかった。一生南方にいても、内地に帰れなくても、たとえ地獄だって——！」

ライフルを構えて、じりじりと寄ってくる米兵を見ながら、恒に告白した。

けっして一人では死なせない。そう誓いながら、目の前まで寄ってきた迷彩のヘルメットを被《かぶ》った米兵を、六郎は機体の上から見下ろした。

一人の若い青い目の兵士と視線が合う。

米兵は、しばらく六郎を眺めたあと下手くそな日本語で言った。

「……オマエたちは、あのにくらしい【ＧＥＫＫＯ】の搭乗員か」

簡単な言葉は喋れるが、英語は上手くない。

六郎は頷いた。恒が見ていたら間違いなく殴られると思うくらい、情けなく。

「恒を助けてください。大切なペアです」

背後に庇った恒を一度振り返って、六郎は自分に銃口を向けたままの男に乞うた。

「怪我《けが》を、しています。俺は、どうなってもいいから、コイツを、助けてください！」

自分は動けるからここで射殺されるかもしれないが恒は重傷だ。放置しておけば死ぬ男をわざわざ殺す理由はない。

恒一人を残して死んだら、恒は怒るかもしれない。でもさんざん腕立て伏せに付き合ってきたのだ、一度くらいの我《わ》が儘《まま》は許してほしい。

米兵は厳しい視線で黙ったまま六郎を見ていたが、しばらくして背後の兵士に、ちらりと視線を送った。

「……Take. Both（連れていけ。二人ともだ）」

自分は撃ち殺されるのだと思っていた。六郎は目を見開いて自分を見据える青い瞳を見た。

男は苦々しく六郎を睨みかえし、吐き捨てるように一言残して、背を向ける。

「GEKKOは、二人乗りだった」

呆然と男の背中を見送ると、英語を喋る数名の兵士にまわりを囲まれ、組んだ手を頭の後ろに上げさせられる。零戦から降りるよう命じられ、六郎は従った。

白っぽい珊瑚が浮かぶ波打ち際に小さな艇が停まっている。それに乗れと言われているらしい。

「……恒」

砂浜に降りたところから操縦席を振り返ると、布が持ち込まれ、数人がかりで恒を救助しようとしていた。座席との間に挟み込み、掬《すく》うようにして恒は操縦席から運び出されていた。心配で何度も恒を振り返りながら、六郎は拳銃を構えた兵士に脇腹に銃口を突きつけられたまま、白く広がる浜を歩く。

急に航空帽をはぎ取られて、六郎は声を上げた。

「あ」

思わず頭を手で押さえようとすると、米兵は触るなというように六郎の手を乱暴に払った。熱湯をかけられたような痛みを右側頭部に感じた。頬から顎に生暖かいものがだらだらと流れ落ちてくる。

「You're injured too.（おまえも怪我をしている）」

呆れたため息をつきながら米兵は言って、六郎からはぎ取った航空帽を浜辺に捨てた。白いはずの兎《うさぎ》の毛は血に染まって真っ赤だった。

「Is showing skull in fashion in Japan?（日本じゃ、骨を見せるのがイカしてるのか？）」

恒は腹を裂く大怪我を負っていた。六郎も、火傷《やけど》と割れた風防などで右側頭部から目許にかけての皮膚がごっそり削《そ》がれ、頭蓋骨にひびが入っていたうえに、右耳の上部も失い重傷だった。

六郎たちを発見した救助艇がたまたま病気の将校を乗せていたため、捕虜収容所や野戦病院に連れていかれず病院船に移され、恒はそこで手術を受けた。そしてこのままアメリカの病院に連れてゆかれるのだと、日本語が喋れるアメリカ兵に告げられた。

捕虜の扱いを覚悟していたが、艦内では丁重に扱われた。監視下ではあったが、食事も水もベッドも与えられ、二人とも米兵と同等の治療が施された。

恒が命を取り留められたのは、豊富な薬剤と技術、そして輸血、艦内の救急医療のお陰だ。麻酔も消毒薬もなしで手術するのが日常の日本軍の治療では、絶対に助からなかっただろう。術後も丁寧な看護を受け、六郎は付き添うことを許された。

敬意を払われた。恒に――月光に、救われたのだった。

「どうして敵国である日本人にこんなことをする」と、病院船の中で、六郎は見張りの兵士に訊いたことがある。

彼は簡単に答えた。

『ここは戦場ではないからだ』

†　†　†

恒が生死の淵《ふち》を彷徨《さまよ》う半年の間に、戦争が終わっていた。

新型爆弾を内地に二発も落とされ、日本の全面降伏という形で、四年にわたる大東亜戦争は幕を閉じた。

瀕死の怪我をした恒が、普通の生活に戻るのに二年かかった。進軍先や捕虜収容所ではなく、アメリカ内部の病院にいたため解員が容易ではなく、アメリカを出るまで六年かかった。

帰国した六郎が家に帰ってみると、六郎の母親は頓死するのではないかと思うくらい仰天した。六郎は最後の出撃で戦死したことになっていて、戦死通知と遺品が届き、仏壇に位牌《いはい》と出征前に撮った黒枠の写真が飾られていた。

九州《きゅうしゅう》に帰る前の恒を一緒に連れていて、六郎の家から恒の実家に連絡を取ってみたが、琴平の家はすでになくなっていた。

東京《とうきょう》の恒の父とはすぐに連絡がついた。恒は東京で父親と再会し、自分の遺品を見せられて苦笑いしていた。手帳に挟んだ数枚の写真と、半分燃えた紙縒《こより》が二本だ。

恒があれほど再会を楽しみにしていた弟の『希』は、終戦直前の四月、勤務中の事故で大怪我をし、免役になった。そのまま終戦を迎えたらしい。

戦後も故郷で職を得て働いていたのだが、残念なことに、先月、誰にも行き先を告げずにいなくなったそうだ。

恒は、弟はそんなことをするような人間ではないと言い、かなりショックを受けていたようだが、希がそうしたからには何かそれなりの事情があったのだろうと言って、生きているならそれでいい、と涙ぐんだ。


六郎の知る日本の汽車というのは、出征する男を溢れるほど満杯に乗せた、窓を開ければ顔が黒くなる蒸気機関車だったのだが、久しぶりに乗ったこの汽車は、夕方の下り列車ということもあって適度な具合に空《す》いていた。

赤子と子どもを連れた母親が乗っている。鍔広帽《つばひろぼう》を被った背広の紳士はずいぶん洒落者《しゃれもの》めいた格好をしていた。

車両の隅に詰め襟の学生を見つけ、予科練に行ったのはあのくらいだったなと六郎が何となく懐かしく思っていると、向かいの座席で眠たそうにしていた恒が言った。

「蜜柑《みかん》、食う？　六郎」

「いや、もう少しかかるからとっておけよ」

「うん」

東京から横須賀《よこすか》へ向かう汽車の車窓から、久しぶりの日本を眺めた。

山は青く、水田は空を映して美しかった。山から見下ろす海のほう、遠くにビルディングがちらほらと見えていた。

向かいの座席に座っている恒も、窓枠に頬杖《ほおづえ》で窓の向こうを見ていた。

戦争が終わったのだと、六郎は今頃不意に実感した。

優しく海を染める、茜《あかね》色の夕焼けを見たときだった。

雨のあと

希《ゆき》の父は、ひょろりと背が高く痩せた人で、希が小さな頃から眼鏡をかけていた。喘息《ぜんそく》持ちでよく咳《せき》をしていてそのくせ煙草《たばこ》をたくさん吸うから「いい加減にしてください」と母に小言を言われている姿が今でも記憶に焼きついている。

希は小雨の十字路を小走りで渡った。

焼け野原の上に新しく組み直された、レンガで整備された美しい通りだ。

角を曲がり、一本細い道路に入ってまた角を曲がる。

数軒先の店のガラス戸を希は開けた。店の奥に「ごめんください」と声をかける。ちょうど柱時計が鳴っていた。薄暗い奥から、のれんをくぐってラクダシャツの老人が出てきた。

「いつもすみません。電話をお願いしたいんですが」

希が言うと、普段から無口な老人は黙って店先に腰を下ろし、「はいよ」とだみ声で言った。

この煙草屋は委託公衆電話を扱う店だ。希はいつもの通り百円紙幣を老人に渡し、黒く磨かれた店の台の上に黒電話を出してもらった。

本来ならば後払いでいいのだが、かける先は東京《とうきょう》だ。話し逃げをしないかと見張られたり、店の人にあれやこれやと事情を訊《き》かれないためにも少し上乗せした金額を先に払っておけというのが資紀《もとのり》の知恵だった。

希は受話器を台に置き、左手でダイヤルを回した。白手袋をした右手を軽く外套《がいとう》の下に抱えながら、左手で黒い受話器を持ち上げる。

交換手が出た。東京の大学へ繋《つな》いでほしいというと次は女性が出た。希は内線の番号を言う。

「もしもし」

「久しぶり、父さん」

小倉《こくら》に来てから、半年に一度、一方的な電話をする。

東京の大学で、まだ研究を続けている父のそばには電話機があった。

『希か』

予想がついていたような穏やかな声音で、父は尋ねた。

「うん」

希は大分《おおいた》を離れてから住所を誰にも明かしていない。

死んだと思っていた資紀が生きていた。見つけ出したのは終戦から八年経《た》ったあとだった。消息をつかめたのは偶然で、資紀には実家に帰れない理由がある。資紀の側《そば》で生きることを決めた希もまた小倉にいる。父に居場所を知らせることはできなかった。

優しい家族だ。希が右手を失ったことでずいぶん心配をしてくれた。この上行方知れずとなったらきっと泣かせると考えていたとき資紀が提案してくれた。

——せめて、電話をかけてみてはどうだ。

父が勤める大学の電話番号は覚えていた。電話なら、父のほうから自分がどこにいるか捜し出せない。

——無事とだけ、伝えてみてはどうだろうか。

資紀の決めた生き方に添う希に、どうかそうしてほしいと頼み込むような声音で資紀は言った。

それ以来、半年に一度、無事を知らせる電話を父にかける。住んでいるところを悟られないように、貧しくはしていないこと、健康であること、仕事に精を尽くしていることを伝える。

『まだ、どこにいるか、教えてくれないのか』

初めは、どんなことになっていてもかまわないから迎えに行くと言ってくれた父は、諦めぎみにそんなことを訊く。

『父さんは、希を叱らないよ。希には事情があるんだろう?』

「うん。ごめん」

父親が、資紀が生きていて希が側にいることを誰にも内緒にしてくれるなら、父親に話してもいいと資紀は言ってくれたが、自分が勝手に資紀を探し出して一緒にいると決めたのだ。資紀に迷惑はかけられないし、父に隠しごとをさせるのも嫌だった。資紀のせいではない、希の決心だ。資紀の側に来たことも、ここで生きてゆくと決めたのも。

「ほんとうに、悪いことをしているわけじゃないんだ。話せないことが、少しあるだけで」

人を殺したり罪を犯したわけではないといちばん初めに説明している。

「ちゃんと暮らしてる。仕事もしてる」

だったらどうして？　と初めの何回か父は訊いたが、ある日『父さんは希を信じるよ』と言ってくれたきり何も訊かなくなった。

「風邪も引いてない。元気だよ。父さんは大丈夫？　もう喘息は出てない？　母さんは少しはいいの？」

母は大学近くの病院に入院しているが、最近は一番悪い頃よりもずいぶんよくて、動き回れるようになったと聞いている。そうなると今度は東京の空気が良くないようだから、もう少し田舎の病院に転院しようかと考えていると前回の電話では言っていた。

『ああ。こっちはみんな変わりない。母さんは鎌倉《かまくら》の療養所に移った。調子がいいようだよ。そうだ、それから』

慌てた声で父が言った。

『恒《わたる》が帰ってきたんだ』

「恒兄ちゃんが!?」

恒というのは希のすぐ上の兄で、終戦間際に南方で戦死したと聞いていた。

『ああ。先月急に』

「戦死だって聞いていたのに……」

希の療養中に、恒の戦死通知が届いた。一番ひどく打ちのめされていた頃に届いた悲報は、希と家族を悲しみのどん底に突き落とした。

『大怪我《おおけが》をして、ずっとアメリカにいたそうだ』

「ほんとうに？」

『ああ、顔を見るまで父さんも信じられなかったが、確かに恒だ』

「そう。……よかった。事情はよくわからないけど、よかった——……！」

ずっと胸につかえていた悲しさが不意に取れたような気がして涙が零《こぼ》れそうになる。南方の窮乏は終戦まで内地の一般人に知らされることはなかった。食糧もなくマラリアと風土病に苦しみ、燃料も航空機も尽きて戦う術《すべ》もなかったと聞いた。そんな中、恒は邀撃《ようげき》に出撃してそれきりだったと伝え聞いていて、遺骨の欠片《かけら》も戻ってこなかった。紙切れ一枚の帰還に涙に暮れたのを昨日のことのように覚えている。父の話では、家族写真と燃えた紙縒《こより》、酒瓶のラベルが挟まった手帳が、遺品として戻ってきていると聞いていたのに。

『アメリカから、何通か手紙を送ったそうだが届かなかったらしい。ずいぶん中のほうだったから』

父はアメリカの地名を告げた。予科練時代にアメリカの地理は学習したはずだが、聞いた覚えのない場所だった。アメリカの田舎か日本人が少ないところだったのかもしれない。検閲はなくなったはずだ。日本に封筒が届いたとしても宛名が英語では、大分に届く前にどこかに紛れてしまった可能性もある。

終戦間際の航空戦で大怪我をして、アメリカで長い間治療していたらしいと父は言った。

「恒兄ちゃん、元気なの?」

『昔とあまり変わっていないよ。杖《つえ》はついていたが、普通に暮らせているようだった』

「そう。よかった……」

懐かしさと安堵《あんど》で、堪《こら》えていた涙が落ちた。

『大怪我だったから、冬になると身体《からだ》が痛むと言っていたが、元気そうだったよ』

「うん。お大事にって伝えて」

昔から思い切りのいい人だった。意地っ張りでもあった。そんな恒がまだ痛むというのだから、どれほどの大怪我だったのだろうか。

「できれば何かお見舞いを送る。恒兄ちゃんに、母さんにも」

小倉から送れば消印がつく。だが関西などから来る取引先に頼んで、持ち帰ってもらった先から小包を発送すればわからないだろうと思っていたし、父は会えないことを理解してくれている。無理やり探し出すこともないだろうと思っていた。

『父さんはいい。だが、恒には会ってやれ』

「父さん」

『父さんや母さんには居場所を知らせないままでも、おまえが元気で、こうして電話をかけてくれるならそれでいい。だが恒には会ってやれ。本当にお前を心配していた』

「恒兄ちゃんが？」

『おまえが怪我をしたことを怒っていたよ』

「また殴られるよ。恒兄ちゃん、心配すると本気で殴るから」

苦笑いの気配を含んで言う父に希も笑った。

『《どうして俺に連絡をしてこないんだ》と腹を立てていたな』

「だって、恒兄ちゃんだって戦死だって言ったじゃないか――……！」

戦死の報《しら》せを聞いて、自分がどれだけ泣いたか恒は知らない。父や母も言わずもがなだ。

恒のことだ、無理をして、がんばって、力を使い果たして死んだのだろうことは容易に想像ができた。戦死通知を受け取ったあと、母は悲しがって、病気でなくとも泣きすぎて死んでしまいそうだと姉の素子《もとこ》から聞いていた。

『ほんとうになあ……』

電話の向こうで笑っている父親も泣いているのが分かった。昔から変わり者で繊細で優しい父親は、家族が傷つくとすぐに泣く人だった。父親が泣くのがかわいそうで、怪我をしても泣くのを堪えて、父親に懸命に『大丈夫だ』と言い聞かせたものだった。

そんな父を、今も自分は泣かせている。

「ごめん。……ごめんなさい、父さん」

申し訳ないと思っていた。叶《かな》うことなら今の穏やかな暮らしを見せてやりたい。小倉はいいところで、毎日が忙しく、仕事はやり甲斐《がい》があって、資紀は自分を愛してくれていて、その側で一生懸命働く自分はこんなに幸せだと、ひと目でいい、父母に見せて安心させてやりたかった。

でもできない。

資紀は、希の命と引き替えに、生まれ故郷も資産も当然得られる立場や未来も捨てた。希もただ資紀と生きたい一心で、資紀の消息を得て、汽車に飛び乗ったあの瞬間からの過去をすべて故郷に置いてきた。

母が泣くのは分かっていた。父が心配することも。

でも、どうしても資紀を愛したかった。二度と失いたくもない。

息を震わせ、微《かす》かに鼻をすする音を聞き止められてしまったのか、父親が宥《なだ》めるような声で言った。

『おまえのせいじゃない。恒も、おまえも――』

自分に言いきかせ、絞り出すような声で呟《つぶや》いた。

『――雨に濡《ぬ》れない人はいない』

戦争という雨。

すべての人の上に、悲しく冷たく降り注いだ雨は、今も多くの人の身体を濡らし、愛《いと》しい人を引き裂き、体温を奪いつづけている。

電話を切り、終わりましたと奥に声をかけた。

「釣りはいりません」と希が言うと、無愛想な店主は「そうかい」とだけ言って札を懐に収めた。

店先でもう一度礼を言って、希は引き戸に手をかけた。ぱらつく小雨はひどくなり、さあさあと単調な雨音を響かせている。

こんなに雨が酷《ひど》くなるとは思わなかったから傘をささずに来てしまった。左手だけでは傘をさしにくい。無意識のうちに苦手のように思ってしまっているだろうか。

こういうとき、ひやりと胸の内を湿らせてゆく鈍い冷たさがある。これも雨なのだろうと希は納得した。静かに、ときには嵐のようにそそぐ強さに違いはあっても、ずっと降り止《や》まない雨だ。

だが資紀が自分以上の寒さを堪えて生きるなら、自分はけっして弱音を上げまいと思いながら、希は引き戸を丁寧に閉めた。振り返ると、目の前に人影がある。

店に入りあぐねるように、少し離れた場所で立ち尽くす背の高い男だ。

「……資紀さん……」

希は呆然《ぼうぜん》と呟いたあと、ふらつくように前へと踏み出した。

「どうなさったのですか？　何か急用が？」

「いや」

急いで訊く希に資紀は答えた。何をしに来たのだろう。こんな雨の中、希を送り出したときのままの姿で、傘もささずに。

「あの……こちらへ。濡れてしまいます」

急いで軒下へ誘うが資紀は応じる気配がない。

黙り込む資紀に、希は思い当たる節があった。

この人は心配を人に打ち明けない。きっと希を心配して迎えに来てくれたのだろう。それが雨か、父に電話をかけなければならないことか、あるいは父に居場所を言えない希への罪悪感かは分からなかったが。

「思いがけず、降ったな」

髪も背広の肩も雨に黒く濡らした資紀が苦い声で言う。今雨に気づいたような、濡れた姿にそぐわない言葉だった。

軒下に立つ希に、資紀は小さな声で「下がれ」と言った。

「資紀さん」

「お前は少しここにいてから帰れ」

そう命じて立ち去ろうとする資紀を引き止めても無駄だ。希は雨の下に駆け出した。資紀は歩くのが早い。あっと言う間に煙るような霧雨に見失ってしまいそうな背中を追い、走る勢いのまま、希は手先のない右手を伸ばした。叱られると思い至る余裕もなく、彼の背後から左手に縋《すが》る。

「希」

「俺も行きます」

どんな雨が降っても、今度は側を離れまいと希は誓った。

「連れていってください」

この人と雨の中を歩こう。

「お願いです、資紀さん」

心底乞うと、返事の代わりのように資紀の長い指が希の濡れた髪をそっと撫《な》でてくれた。世界を埋め尽くす雨の中、資紀はまた静かに歩き出した。希も濡れながら資紀の隣を歩いた。

どこまでも側に添おう。

そしていつか、雨上がりの空をともに眺めるのだ。

約束の月

あれは引先菊《ひきさきぎく》、銀波先《ぎんばさき》、あれは牡丹《ぼたん》、錦冠《にしきかむろ》、千輪《せんりん》――。

色んな名前を覚えたものだと、夜空に咲く火の花々を観《み》ながら恒は思う。

今日のために特別に用意された、座敷のように畳を敷いた船は、二十名ほどの客で賑《にぎ》わっている。芸者を連れた紳士、裕福そうな家族連れ。いかにも職人といったふぜいの老人もいる。

低い衝立《ついたて》で区切られた仕切りの中には、それぞれ小さい卓があって仕出しが出されていた。

花火を観るための屋根のない屋形船のようなものだ。年に一度、六郎《ろくろう》の工場が貸し切る船だった。上得意や金持ちに特等席で花火を見せるためのものらしい。

空で、どおん、と音がして木の葉がはらはらと落ちるような赤い花火が咲いている。

――あれは「葉落《ようらく》」。

次の花火は、太い火花が開いて分かれた。

――あれが「黄金椰子」。どうだ？　椰子に似ているか？

見飽きるほど眺めた椰子の葉に似ているかと六郎は訊いた。

昔から、六郎は自分に花火の名を教える。帰国してからは六郎が造った花火を数えるように一つずつ教えてくれた。

今度は「割り芯」。

——円が二重になってるんだ。二重と三重じゃ気が遠くなるほど労力が違う。

次は赤と黄色の円だ。

——それで、あれが「八重芯」。

あの花火を上げられた年に六郎は花火職人を名乗ることを許された。職人たちの会議に交じり、一人前の職人として工場の威信を賭けた大玉を造る。

帰国して六年だ。修業途中で出征した六郎は工場に戻り、花火の修業を再開した。戦前のような二尺玉を上げるまでに一年、三尺玉までには四年かかった。

六郎には六郎の生き方がある。自分はただ見守るばかりだったが職人の仕事というのは辛抱に次ぐ辛抱だ。叱られ、失敗し、すぐに立ち上がるが成功することなど稀《まれ》だ。そこで叱られ、また苦心と修練をする。

辛抱強いと、六郎の修業の様子を見て、恒は改めて感心した。

六郎の父親は、息子だからといって六郎を甘やかすことなく、他の職人よりも厳しく六郎を叱り、怒鳴りつけた。恒の父に比べるとずいぶん横暴で優しいところのない男だ。航空隊にいたころの舎監でさえあんな不条理なことは言わなかったと、恒のほうが腹を立てそうになったことがあったほどだ。

六郎は反抗もせず、荒れず、諦めず、何度でも気を取り直し、ただ黙々と修業に励んだ。その結果、前の修業があるとしても六郎が教えてくれた、『玉貼り三年、星掛け五年』という年月より遥かに短く三尺玉を上げられるようになった。

初めの年は、橋の上から一人で眺めた。三年目に打ち上げる場所に連れていってもらい、打ち上げ現場の真下から、六郎が言う『丸く見えない花火』を観て驚いた。

花火は球体だった。それこそ、正面から見たものと見え方は違っても、六郎が言っていたような皿形ではなかった。問い詰めると六郎は、垂れてくる火の花びらを背負いながら、悪びれずに答えた。

――昔はそうだったんだ。今はこうだけどな。

六郎の言う昔が、いつ頃のことかは分からないが、あの頃の六郎なら、あらゆる方便を使って自分のそばに――自分を生きさせようとしたに違いなかったから、それ以上問い詰めることはしなかった。

ただ腹に響くような破裂の音は凄《すさ》まじく、空いっぱいに響く、勇猛で美しい花火の爆音は、今でも夢に見る、戦場で聞いた恐ろしい爆撃音をゆるやかに塗りつぶしてゆくようだった。

花火が上がるたび船の上でも拍手が起こり、六郎の工場の屋号を叫ぶ声が上がっていた。

これまでも船には何度も誘ってもらったが、六郎の家族の前では少し居心地が悪く、陸でいいと言って乗ったことがなかった。

――今年は、お願いだ、恒。

特別に乞われて恒は理由を訊いた。

——青い花火ができたんだ。

一発が自動車ほどの値段がする三尺玉を試験的に上げることはできない。ぶっつけ本番だということだ。

だから一番よく見える場所でその花火を見届けてほしいと六郎は言った。

恒に用意されたのは、前から二番目の仕切りで一人きりだった。

食事が終わったあとに、六郎の心遣いでサイダーが届けられたが、なかなか手をつける気になれない。花火の音で気がつかなかったが、胸が高鳴っているのが分かった。ふと手を見ると指が震えている。自分のほうが緊張しているのだ。恒は手を握りしめ、空を仰いだ。

ガスのない絶好の夜空だった。風も適度で、前の花火の煙をさっと押し流してゆく。

どん、と音がして、遅れてパラパラと小さな花が咲く。続けて赤い牡丹がいくつも散っている。その赤さにラバウルの浜辺で六郎とした線香花火の色を思い出しながら、空を見上げていると、ひときわ大きな音がした。

夜空に咲く大輪の花だ。わっと歓声が上がる。続けてもう一つ。

花火大会は佳境で、このあと次々と二尺や三尺の大玉ばかりが上がってゆく。

空に突き抜ける爆音は重く美しい音で響き、続けて開いた火花から色の雫《しずく》が滴ってくる。隙間を埋めるように細かい花火がきらきらとした花を咲かせる。揺れる川面《かわも》に花火が映って美しかった。炸裂音《さくれつおん》のあとに全世界が花火の色に染まる。

地面から、すっと細い糸のような光が空に上る。一呼吸置いたあと、どん、と音がして花が光る。

あの下に六郎がいるのだ。

誇らしさと嬉《うれ》しさで胸をいっぱいにしながら、花火が上がる方向を見たとき、また大きな音が空いっぱいに響いて、恒は目を見張った。

青い花火だ。

大輪の青い花火だった。

花火は均等な放射線を描いて、空いっぱいに広がっている。筆で伸ばすように広がる青い花びら。飛沫《しぶき》のような火の粉がきらきらと広がって星のようだ。青い花びらは空が溶け落ちてくるように青く、震えるほど美しかった。

「六郎……」

嗚咽《おえつ》を堪えきれなくなりそうで、手で口許《てもと》を覆ったが駄目だった。

岸から聞こえる大歓声を掻《か》き消すように、また炸裂音がした。

もう一発、大きな青い花が咲く。

蕩《とろ》け落ちそうな優雅な動きで滴ってくる青い雫が水面を染める。

花火は近く、頭上から六郎の思いが降ってくるようだった。

——《月光《げっこう》》——。

約束の名だ。

恒はうずくまって泣いた。もしもこのあと三発目の月光が上がったら、六郎に申し訳が立たないと思いながらも、堪えきれずに畳の上に手を握りしめ、涙が落ちるままうずくまって動けなくなってしまった。

頭上で、大詰めとばかりに三尺玉が次々と破裂している。

光の雨を浴びながら、恒は嗚咽した。

鳥が還る日

「本当ですか！　本当に恒なんですか⁉」

黒くて重い電話の受話器を握り締めて、琴平星《ことひらせい》は叫んだ。乗りだした勢いでセルロイドの筆入れが机の下にガシャンと落ち、ペンが散らばる。高く積んだ書類がなだれ落ちた。

勤務する大学に、厚生省から電話が掛かってきて、アメリカ大使館から連絡だと言う。てっきり先日申し込んでいたニューヨークでの航空航法の講義の件で何かあっただろうかと思っていたら、電話は意外なことを告げてきた。

——琴平恒《わたる》さんとは、あなたのご子息でしょうか。戦時中、アメリカの捕虜になっていたそうなんですが手違いで帰国できなくなっていたようです。このたび帰国したいと申し出があって、身元を確かめているところです。

恒は十五になるのを待ちきれないようにして予科練に入り、飛行機に乗ると言い残して、見送る暇もなく空に飛び立った自分の三男だった。恒はなかなか手紙を寄越さなかったが、戦地で優秀だったらしく、ときどき新聞に活躍が報じられて無事を知るしかなかった。そして戦死の通知が届いたのは、終戦の年の四月だ。ラバウル基地では矢のように航空隊員の戦死が続いていることを星も知っていた。その中の戦死だ。空に散ったから遺骨も帰って来ないと言われ、ただ悲しむしかなかった。

終戦の翌々年に、秋山《あきやま》という人物から手紙が来た。同じ基地の整備員をしていたという男で、恒の遺品を届けたいということだった。

ラバウル航空隊は、終戦まで存続していて――といっても、戦線から隔離され補給も航空機もない戦力ゼロの状態で、自給自足で食いつないでいたにすぎないのだが――遺品だけは、他の南方に比べて、きれいに確保できていたらしい。

恒の遺品は使っていたリュックだ。中味はほとんど何も記されていない手帳と数枚の家族写真、大切そうに挟まれた半分燃えた紙縒が二本と酒瓶のラベルだけだった。

手帳には自分たち家族を思いやる走り書きがあったが、遺書独特の悲惨さはなく、普通の手紙のようだった。

秋山からラバウルでの恒の様子を聞いた。秋山は恒は優秀で勇敢な搭乗員だったと言ってくれ、喧嘩《けんか》ばかりしていてだがとても飛行機を愛していたと言った。信頼する友人がいて、彼とともに最期まで立派な活躍をしたことを教えてもらった。

よくわかったと星は秋山に礼を言った。恒も目の前の秋山も、遠く厳しい南方の地で故国のためによく戦ってくれたと礼を言った。

肺を患い上京してきていた妻の陽子《ようこ》に遺品を見せ、二人で一緒にずいぶん泣いた。末っ子の希を不幸が襲ったのと続いていたから本当に打ちのめされた。

その恒が生きているという知らせだ。

終戦前に捕虜になり、どういう経緯かモンタナというアメリカの奥地にいたため連絡が不十分で、今まで連絡が取れなかったという。それが外交筋を通じてようやく生存と身元確認の段階まで来たというのだ。動転するしかなかった。嬉しさはまだ心に届かない。

「ええ。琴平恒は私の息子です。確かに海軍に所属していて南方におりました。妻に似て目が大きくて、走るのが速いんです。頭は癖っ毛で声が大きくて、背はこのくらいで、ああ、少しは大きくなっているかもしれませんが――」

――落ち着いてください、琴平教授?

空中で手のひらを上下している星に、局員を名乗る男はこまった声を出した。

呆然と自分の呼吸の音を聞いたあと、星はもう一度訊いた。

「本当に……恒なんですか」

――ええ。先ほど確認した年齢や住所に間違いないなら多分。ご子息様には、長い間お疲れさまでした。ご本人である可能性が高いということで、このまま手続きを取ります。面会していただくことになると思いますが、かまいませんね?

「もちろんです！　お願いします！」

叫ぶと微笑《ほほえ》ましそうな声で、局員は恒がそろそろアメリカを発つらしいことを教えてくれた。各地で給油をしながら戻ってくるから、面会できるのは五日後になるだろうということだった。

通話が切れ、受話器を置こうとしたら、フックにかけ損ねてごとん、と机の上に落ちた。それを拾おうとして手が当たり、受話器が机の向こうに落ちて、コードで繋がっている黒い本体ごと床へと転落する。箱にベルが入っているせいでとんでもなく大きな音がした。

書類の整理をしていた助手が、本棚の間から顔を出した。

「どうなさったんですか？　琴平先生。何か受賞のご連絡でも？」

「いや、そうじゃない。でも大変なんだ。恒が生きていたと言うんだよ。校長に……いや妻に連絡を……いや、昼から講義は入っていただろうか」

「恒さんって確か息子さんのお名前でしたかね。南方へ行かれたかたですか？　それとも……」

と言い掛けて、助手は気まずそうに口を噤《つぐ》んだ。

戦中戦後にかけて自分は二人の息子を失った。

「南方へ行った方なんだ。今頃になって……生きていると言うんだよ」

言葉にすると今頃涙が溢《あふ》れてきた。床にしゃがみ込んでおいおいと泣いた。子どものように助手に背中を撫でられながら一時間も涙は止まらず、妻に電話をしたら喜んで泣いたあと、「しっかりして下さいな」と妻は呆《あき》れた声を出しながら泣いていた。

†　†　†

十年ぶりだろうか。

最後に面会したのは厚木《あつぎ》にいる頃だったから、やはりそのくらいは経っているだろう。

昨夜また厚生省から電話が掛かってきた。今度は電話口に恒が出て喋《しゃべ》った。確認するまでもなく恒だった。大分弁はすっかり抜けていたが、声が恒だ。

飛行機の到着がいつになるか分からなかったから、着いたらすぐに電話をくれと頼んでいた。日中だったから、大学の研究室に来て貰《もら》った。

恒は局員に付き添われて大学を訪れた。

まず局員が星の研究室に入ってきたあと、杖を突きながら恒が入ってきた。部屋に入る前に気まずそうに立ち止まり、他人行儀に深く礼をしてから中に入ってくる恒を見て、もしかして別人ではないかという不安が過《よ》ぎったが、顔を見るとやはり恒だった。恒は四人いる男兄弟の中でも一番天真爛漫《らんまん》な息子だった。喧嘩が多くはっきりしていて、照れ屋だがやさしい。

緊張した面持ちを崩さないまま、室内に入ってきた恒の後ろから、背の高い男が入ってくる。右の目許からこめかみにかけて大きな傷跡がある。

「恒……。恒か」

俯《うつむ》いたままの恒に声を掛けると、恒はぐっと奥歯を嚙《か》み締め、敬礼をした。

「はい。遅くなりましたが、ただいま戻りました。最後は敵の手に落ち、こんな――」

と言って絶句する。肩が震えている。

「恒」

捕虜になったと聞いていた。恒たちを捕虜にした部隊は善良で、暴力的な扱いは受けなかったと電話で聞いていた。星は学者だから想像するしかないが、どんなに大事に扱われたって航空隊員にとってそれがどれほどの屈辱なのか想像できる。だが戦争は終わった。命の尊さを誰もが分かる世の中になった。捕虜が恥ずかしいというのは本人たちだけだ。

星は、急いで敬礼をしたままの手に手を伸ばし、下ろさせて握りしめた。

「よく生きてくれた。よく戦ってくれたね」

反対に恒を抱きしめると、恒は緊張の糸が切れたように顔を歪《ゆが》め、いっぱい涙を床に落としながら、声を殺して泣いた。

「いいんだ。よく生きていてくれた。父さんもみんなも分かっている。お前が一番つらい思いをしたんだ」

恒が背負う罪悪感は不要なのだと、背中を撫《な》でながら言い聞かせると恒は頷《うなず》き、まだ涙の落ちる目で少し笑った。

「分かってるけど、どうしても気持ちが受け入れられなかった。父さんの顔を見たら、安心した」

「ああ。本当によく帰って来てくれた」

今度は星が泣く番だった。連絡を受けてから、毎晩陽子とうれし泣きをして過ごしたのだが、どれほど涙を流しても今日も尽きることはない。

星は顔を上げて、恒の後ろに立っている男を見た。

「……君は。厚谷《あつたに》くんか」

一緒に敬礼をしていた男だ。星が声を掛けると、はいと言って頷いた。恒と同じ飛行機に乗り、ペアを組んでいたという。捕虜になったときからこれまでもずっと一緒に居たそうで、ずいぶん世話になったと恒から聞いていた。

厚谷六郎という名の男は、潔い声で恒の肩越しに言った。

「捕虜になったのは自分のせいです。琴平君は少しも恥ずかしくない。自害させろと言ったのに、自分が女々しく命乞いをしました。琴平君は最後まで軍人らしくありました。本当です」

その考えも間違ってると星は言ってやりたかった。当時の世間がどういうかは知らないが、息子が生きて帰って喜ばない親はいない。

「父さん、これが、厚谷六郎だ」

目許に涙をいっぱいためたまま、恒は苦笑いで星に言った。

「捕虜になったのはほんとうにコイツのせいだ。米国兵に取り囲まれて、投降するって叫びやがった。俺には無理だ。何をされるかわかんないから死んだ方が楽だ。こいつの肝の太さには、うんざりする」

恒が他人を褒める言葉をよく知っていたから、星は素直に頷いた。競争心の強い恒がこんなに手放しに勇敢さを褒めることは稀だ。

「ライフルを構えた鬼みたいな米兵が何人も俺たちに死ねって言ってんのにさ。生きたい、なんて叫ぶんだ」

「それはずいぶん男らしいな」

大変な状況だったのだろうと、想像するしかない。恒が今こうしてここにいるのは間違いなく六郎のお陰だというのはよくわかった。

「そうか。ありがとう厚谷君。心から恩に着る」

星が呼びかけると、六郎は戸惑うような顔をしていたが、敬礼で答えた。

恒は幼い頃と変わらない仕草で、手の甲でごしごしと頬の涙を拭い、笑いながら視線でちらりと六郎を振り返る。

「さあ、中へどうぞ」

星は局員と恒、六郎を室内のソファへと案内した。杖をついてゆっくり歩く恒の背を労《いたわ》るように抱きながら、歩く途中で星は訊いた。

「厚谷くんは、恒の親友か」

「ううん。ペアだ」

てっきりそうだと思ったが、恒は首を振った。

「親友とは違うのか」

「うん。親友は増やせるけど、ペアは六郎だけだ」

唯一無二の関係だと恒は言うけれど、にわかには理解が及ばない。恒にソファを勧め、星は向かいに座る。局員は星の横に腰を下ろした。

先ほどの言葉を少し考えて、星は恒に問いかけた。

「もしかして……父さんと母さんのようなものだろうか」

愛しあっているのだろうか、と思いついて尋ねてみるが、恒の表情は不可解そうだ。六郎は恒の隣に腰を下ろし、静かに目を伏せている。恒が何を言ってもそれが正解だというように口を出す気配はまったく見えない。

「いや女は守るものだろう？」

声音も見当違いという様子だった。そして誇らしく穏やかに恒は言う。

「ペアだから、一緒に生きるんだ。命を半分預けてる」

「そうか、父さんには分からないかな」

「分からない。航空機に乗った奴《やつ》だけの決まりごとだ」

「そうなのか」

自分たちには想像もつかない絆《きずな》があるのだろうと思うと、触れがたく尊いものに思える。

「航空機を降りても、一生の誓いだ」

恒自身尊く思っているような声で星に答えた。南方で恒が見つけてきた光だ。

多分星の光のようなものだろう、と、思いながら星は六郎を見た。傷のある目許ではっきりとこちらを見詰め返してくる。ひどくやさしい澄んだ目だ。自分たちに見えない場所で、この眼差《まなざ》しが恒をずっと見つめてくれていたのだろう。

「これからもどうか恒を宜《よろ》しくお願いします。身体がずいぶん大変だと聞きました」

連絡が遅れたのは大怪我をしていて入院していたせいだと聞いていた。傷は深く、八年経った今も恒を悩ませているのだとも。

「はい」

と言って六郎は座ったまま丁寧に頭を下げた。

「宜しくするのは俺の方」

不満そうに言う恒を無視して、星は六郎を見つめた。

「苦労するだろう」

九州《きゆうしゆう》にいるころ、明るく気丈な陽子の悩みの九割以上は恒のことだったと記憶している。

「ペアですから」

困ったように笑い返すところを見ると、小さい頃から性格も変わっていないようだった。

これから六郎の実家へゆくのだと、局員は言っていた。彼は煙草を吸いに外へ出かけ、六郎は「今から帰ると電報を打たなければならない」というから、大学の事務室で打ってもらうといい、と星が勧めて今手続きに行っている。助手も気を利かせて、席を外してくれた。親子水入らず。何年ぶりだろう。

希のことを話した。未《いま》だに自分たちですら信じられないことだ。恒も呆然としていたが「アイツのことだ。なにか事情があったんだろう」と希のことを責める言葉はそれ以上吐かなかった。

「これから恒はどうするつもりなんだ？　大分にもう家はないが、東京の家に帰ってきてくれるなら部屋はある」

「いや、六郎と住もうと思っている。場所はまだ決めてないけど」

あの六郎という青年にはずいぶん世話になったようだ。だが男二人で住むと聞かされるとさすがに戸惑わざるを得ない。

自由にしていい。だが理由が知りたかった。

「彼は、……恋人のようなものか」

誰も聞いていないから、先ほどより具体的に尋ねた。

「いいや、ペアだ」

う。

「恋人じゃないのか」

友人より特別で、唯一無二だというと恋人という単語しか浮かんでこないが、恒は違うと言う。

「違うな。恋人のためなら死ぬが、俺と六郎は一緒に死ぬんだ」

妙に潔く恒は言う。

「ペアだから、六郎だけ死んで、俺が生きてるのもありえない。俺の命は六郎のものだし、六郎の命は俺が握ってる」

そう説明されても妻とどこが違うのかと腑《ふ》に落ちずにいる星に、恒はどうしても理解を得たいと言いたそうに説明を続けた。

「母さんは、たぶん父さんが死んだら、俺たちを生かそうとするけど、それもありえない。金は借りるけど返す。だいたい俺が六郎を好きなのと、六郎が俺を好きなのが釣り合ってる。こういうのがペアだ」

対等でありながら、慈しみ合う命のことだと恒は言いたいのかもしれない。

やはり自分には理解の及ばないことかもしれないと、特別な絆で結ばれた息子たちのことを羨ましく思っているとき、ふと思いだしたことがある。

「……番のようだな」

広い広い海を連れ立って渡る鳥のことだ。どちらが羽ばたきをやめても海に落ちる。彼らは個であり、溶け合ったふたつの魂だ。

「多分それで合ってる」

ようやく得心がいったように恒が頷いた。

青のかたみ

「先生、すみませんが、電話を貸していただけませんか？」

福森《ふくもり》物理学研究室で帰り支度をしていた琴平星《ことひらせい》は、窓際の大きな机に座っている、白髪頭の福森教授に声をかけた。

「おお……おお、いいですよ。そこの電話を使ってください」

部屋の隅にある秘書机の黒電話を指す。

「急用ですかな、琴平先生。学内ですし、発表が近いとはいえ、日曜日などにお呼び立てしてしまって申し訳なかった」

「いいえ、息子に電話をかけるのを忘れていたことを思い出したんです。引っ越すんですよ」

「え？　もう引っ越されたんではなかったんですか？　引っ越しの話は大分前にされていましたよね」

「はい。引っ越しは途中ですが、もう近々《きんきん》に家移りしてしまいますので。息子に電話するのを忘れていて」

二年前、長い間戦死とされていたはずの息子が帰ってきた。怪我の後遺症があり、まったくの健康とは言えないが、戦中同じ隊だった厚谷六郎《あつたにろくろう》氏に面倒を見てもらいながら、今は彼らはともに東京と埼玉《さいたま》の境目あたりで、一軒家を建てて暮らしている。

九州から移ってきた琴平家は、今は大学に斡旋《あっせん》してもらった東京の——この大学近辺に暮らしているのだが、四ヶ月前に横浜《よこはま》に広くて安い物件を見つけたので、そこに引っ越すことにした——ことを、息子に伝えるのを忘れていた。

「今頃……ですか」

不安そうに問われて、琴平星は照れくさそうに頭をかいた。学問のこととなると病的に繰り返し確かめる癖があるのだが、日常のことはこんな風にぽっかりと穴が開いたように見落とすことがある。この後も発表や研究旅行でしばらく慌ただしい。今電話をかけ損ねたら、本当に忘れてしまうかもしれない。

「さすがに黙って引っ越しをしたら、恒《わたる》も——ああ、私の息子なのですが、恒も驚くと思いましてね。すみません、こんなところで厚かましく」

「い……いいえ。どうぞ、ご遠慮なく」

「ありがとうございます。失礼します」

琴平星は、部屋の隅に行き、黒電話の受話器を上げて、ダイヤルを回した。息子の家の電話番号は暗記している。

電話をすると大体厚谷氏が出てくれる。今日も、明るい声で応対してくれた彼は、すぐに恒に代わってくれた。

まず、引っ越しが決まったことを告げ、妻の陽子《ようこ》に言い含められていた恒の持ち物をどうするかの確認をする。

恒が小さい頃から遊んでいたおもちゃや駒、賞状類や帽子などだ。そして遺品として渡された背嚢《はいのう》も琴平家で保管してある。

——捨ててくれ。必要なものはない。

ぶっきらぼうな声で、恒は即答した。

「だけど、背嚢とか、僕に送ってくれた手紙とか、万年筆や鉛筆もある」

南方から届けられた手紙や写真だ。恒の同僚の手で、南方から直接届けられた背嚢には中身も入っている。恒と再会したとき、中身は確かめさせたが恒は何も持ち帰らなかった。しかし持ち主は誰かと言われれば恒だ。

——手紙は大体適当だ。ペンはまだうつるのか？

「うつらない。錆《さ》びていて」

——じゃあいらない。新しい万年筆を持っている。手紙は焼いてくれ。

「いや、それは勘弁してくれ。父さんが恒からもらったものだし、文面は適当だったかもしれないが、恒が書いてくれた南方の星のメモは僕の研究にとても役に立った。僕らが実際南方に行くわけにはいかないし、恒の観察は下手な研究者よりもとてもうまく——」

——そうか。それならそれで。切る。母さんによろしく。

そう言って、本当に恒は電話を切った。

「……息子さんは怒らなかったかね」

遠慮がちに福森教授が声をかけてくる。

「ああ、はい。いつもあんな感じなので……。それでは失礼します。発表の前に、いろいろ片付けなければ妻が頑張りすぎるので」

「君も、大概愛妻家だね」

「いや、それほどでも」

琴平星は、照れくさい表情で、中折れ帽を手に取って深々と頭を下げ、紙の積み上がった福森研究室を出て行った。

† † †

「お父さん、何だって？」

電話を切って部屋に戻ってきた恒に六郎は尋ねた。

花火屋などをしていると、近所から駄菓子をよくもらう。醬油《しょうゆ》のせんべいとお茶だ。日曜日のラジオがおしゃべり番組を流している。

室内では杖は使わない恒は、柱を掴《つか》みながら部屋に入って、ちゃぶ台の前にゆっくりと腰を下ろした。

「引っ越すらしい」

「それは手伝いに行ったほうがいいな。日にちを調整してもらえれば、うちからトラックが出せると思うが」

「いいや。人手は足りるはずだ。大兄《だい》ちゃんもいる。足りなかったら素子《もとこ》姉ちゃんから電話がかかってくるだろう」

恒の姉は、東京の実家の近くに住んでいるらしく、いよいよになると彼女から電話がかかってくるようだった。

六郎が茶を入れると、恒がせんべい袋からせんべいを二枚ずつ、広告の裏紙の上に出してくれる。

「でも電話がかかってきたってことは、手伝いに来てほしいということじゃないのか？　恒のお父さんは控えめなご様子だから、言い出せなかったんじゃないのか？」

恒の父とは、何度か面会し、恒と一緒に会食をしたこともある。大学教授で、おっとりと気さくで、優しそうな父親だった。恒の苦労と怪我をいたわり、六郎に『恒をお願いします』と言って、泣きながら手を握ってくれた人だった。

「いいや、移動のために箱に詰めるから、しばらく取り出せなくなる物が出てくる。俺の持ち物の一部は、琴平の家の物と一緒になっているから必要な物はないかと訊いてきたんだ」

「ないのか」

「ないな。全部始末してくれといった」

「大事な本とか？」

「頭の中に入ってる。大体大学にもある。必要なときは本屋か父さんのところに行く」

恒は今、戦時の記録のために、恒の父とは別の大学の研究室に、協力者として通っている。

「靴とか、模型とか」

「頭の中の零戦《れいせん》と、月光で十分だ」

「なんかこう、家族の写真とか、思い出の品とか」

「みんなに会えたからいい。思い出の品は、俺が覚えているから思い出と言う」

「……そっか」

記憶のよすがを物に求める者が多いが、恒は逆だということだろう。恒は記憶優位だ。記憶があって、物はその証明というくらいの存在でしかないらしい。

恒は、台の上に手を握って真面目な顔で六郎を見た。

「俺はおまえと出会ってからの俺が全部でいい」

「そうか。光栄だ」

「おまえは？　六郎」

「言われてみればないな」

六郎も実家があるから、幼い頃の思い出の品は存在するが、今となってはどれも色褪《あ》せて見える。南国の極彩色を知り、目の前に恒がいるせいだ。

「これから、全部二人で作ろう、恒」

「ああ」

「いくら一生懸命作っても、昨年の花火は上げられないしな」

懐かしんでも立ち止まることなく時間は流れてゆく。今年の花火は、今年上げなければ来年は使えない。この一瞬一瞬が今で、未来だ。恒は容赦なく忘れられてゆく記憶を書きとどめることに、そして自分は、熾烈《しれつ》を極める花火の技術競争の中であがき続けるのに必死だ。

茶の入った湯飲みを恒に差し出したとき、はっ、と音がしそうな顔をして、恒が目を見開いた。

「どうした？」

「――大変だ。手帳」

「手帳？」

「俺の遺品」

「生きているから遺品じゃないだろう。それに、お父さんが中身を見たはずだ」

大事なことが書かれていたなら知らせてくれるはずだ。六郎も、何人かの連絡先を書いたページだけ破りとって、他は捨てた。

「あれはだめだ。中に花火が入っている」

「入らないだろう。花火だぞ？」

一尺玉でも直径三十センチだ。

「入っている、俺の花火だ」

「何のことだ」

「電話。父さん」

そう呟いて、恒はばたばたと立ち上がった。

どういうことだと六郎も後を追った。

恒は父親の研究室に電話をかけていた。

——琴平先生は今日、おいでになっておりませんが。

院生が答えたが、確かに六郎が電話を受けたとき、研究室からだと言っていたのに——。


電話の内容を、もう少し詳しく恒に聞いた。

もうすぐ引っ越すので荷物の仕分けをしている。恒の品物はどうするか、と打診が来たそうだ。恒は何もいらないと答え、実家に預けっぱなしになっていた背嚢のことも確かめられたが、それも全部いらないと言って電話を切った。しかし、そこに恒の手帳が入っていることを思い出したと恒は言った。

「そんな、昨日の今日で捨てたりしないよ。引っ越しはまだ決まったばかりで、これから荷物を整理すると言ってるんだろう？」

琴平家にも電話をかけてみたが、誰も出なかった。

来週にも東京に行く用事はあるし、週明けにも恒は大学に行くだろう。大荷物ならともかく手帳だ。そのときに琴平教授に会う段取りをして、受け渡しをすればいい。

だが恒の表情は深刻だった。

「わからない。俺の父さんは、予測がつかないんだ」

「そんなこと言ったって、引っ越しなんか、今日明日でできることじゃないだろう？」

「いいや、明日の朝、窓を自動で開け閉めするために、夜中に屋根を大改造するような男だぞ？」

「どういう意味だ？」

「屋根にワイヤーの糸巻きを設置して、窓に繋ぐ。そして一階からハンドルを巻いて梁《はり》から屋根に繋がるワイヤーを巻き上げると二階の窓がガタガタと鳴るんだ。そうすると二階で寝ている大兄ちゃんが不思議に思って窓を開ける。つまり二階に上がらずに窓が開けられるんだ。ただし、閉められないから希が閉める」

「桶屋《おけや》が儲《もう》かるのか」

「それだ。それを秒速でやる」

「わかった」

具体的にどうだか知らないが、恒の父親だ。おっとりしているように見えても、独断上等電光石火に違いない。

六郎は、工場に行ってトラックを借りてきた。去年買ったばかりの最新鋭の一トントラックだ。隣に恒を乗せて、恒の実家へ向かった。

「よかった、家はまだあった」

恒が真顔でそう呟く。かなり深刻らしい。

琴平家の玄関前に乗り付けると、乗用車が停《と》まっていた。

「素子姉ちゃんだ」

病がちな母を助けに、時折琴平家にやってくると聞いていた。

琴平家の玄関に入り、「ただいま」と「ごめんください」を同時に言った。奥から出てきたのは幼児を連れた若い女性だ。小柄でりりしい目つきが恒とよく似ている。これが多分『韋駄《いだ》天《てん》・素子姉ちゃん』――。

彼女は玄関先で挨拶もそこそこに、恒に言った。

「こっちにもたまに顔を見せなさい？」

「わかった。父さんは？」

「恒の大切な荷物を、寺に頼んで焚《た》き上げてもらうって出て行った」

「俺はまだ死んでない」

「一応、そう言ってはみたわ」

「聞かないだろう」

「そのとおりよ。上がってちょうだい。お茶を入れるわ」

短い言葉を高速でやりとりすると、恒はこちらを振り返った。

「寺だ、六郎」

「寺？」

「供養されてる」

「誰が？」

「俺だ」

「なあ、お父さんとは何度も会ったよな？」

帰国したとき二人で挨拶に行った。その後、大学の研究室にも招かれ、会食も何度も重ねた。

「俺の父はそういう人だ」

どういう人なんだ、と問い返したかったが、どんな説明をされたって、理解するには長い時間がかかりそうだ。

「その手帳に、何を書いていたんだ？」

ラバウルにいる頃、恒の手帳は何度も見たことがある。天候のメモ、出撃時の燃料、集合時間、地形、暗号、その他、航空に必要な短い単語ばかりで、日記や手紙めいたものが書かれていた記憶はない。

「花火と言った」

「じゃなくて、取り返したいものは何だ？」

「もう耄碌《もうろく》したのか？　花火だ。お前が、作ってくれた線香花火」

思い当たるものは一つしかない。

困窮のラバウルで、粗末な紙をこすって薄くして、耳かきに掬《すく》うような火薬でたった二本きり、線香花火を作った。その紙縒を恒が手帳に挟んでいたのも知っていた。

「燃えかすだろう？　また作るよ。もっといいやつ。この間、和紙屋がいい紙を持ってきて——」

「それはそれ、これはこれだ。それはこの世にそれしかないんだ」

恒は迷わず言い切る。

「言っただろう。おまえと出会ってからの俺が全部で、そいつはそこに含まれる——。本当の、俺の形見だ」

本当に大切そうに言うから、六郎も腹をくくった。

「わかった。行ってみよう。でも、あの花火が、そんなによかったか？　今のほうがもっときれいで、長く火が出るのを作れる」

「あれしかだめだ。明日は新しいのにしてくれ」

確かにそれは世界で一つきりだった。あのときの自分のすべてを込めて、和紙を縒《よ》った。譲れない、手放せない思い出だ。あれこそ思い出ではなく、思い出そのものだった。

少し妬《や》ける、と六郎は胸のわだかまりを自覚する。職人としてこんなに努力しても、あのときよりずいぶん精度のいい火薬が手に入ったというのに、過去の自分に勝てないのだろうか。

それとも、あの窮乏が、自分を輝かせて見せたのではないだろうか。そうだとしたら、この先どれほど頑張っても勝てないかもしれない。自分の思い出に、幻影に――。

恒が難しい顔で呻《うめ》いた。

「何もかも南方に置いてきたが、パインの空き缶も拾いに行けるものなら拾いに行きたい」

「何でもいいのか」

「ああ。六郎なら」

恒が執着する花火も、それが自分だからなのだと、恒は言う。

そうなると、いよいよ恒の手帳を救出しなければならない。

「寺はどこだ」

「わからない。俺の葬式があげられたところ」

「まあ、そうなるな」

それは知っておくべきか、知らなくて当然か分からずに顔を歪めたとき、恒が、おもむろに家の奥に向かって叫んだ。

「姉ちゃん。寺に行ってくる。寺はどこだ」

「知らない。あんたの葬式に行ったっきりよ」

この家で、恒の扱いはどうなっているのだと思っていると、恒が靴を脱いで玄関に上がり込んだ。

六郎も「お邪魔します」と言って恒に続いた。恒は居間のほうに向かわずに、和室の応接間に向かう。

障子を開けると、奥の左手に小ぶりで新しい仏壇があった。

仏壇はあるが、位牌《いはい》が一つもない。恒の位牌があったのを取り除いたためだ。手前の小机の引き出しには過去帳が入っており、開いてみると恒の名前が書かれて線で消されている。

過去帳の裏には寺の名前があった。

恒はまた玄関に戻る。

「後でまた来ます！」

無言で家を出る恒の代わりに、奥の素子に向かって六郎は声を張り上げた。

「その寺はどの辺だ？」

車の鍵を取り出しながら恒に訊くと、恒は「知らん」というから、その辺の人を呼び止めて寺の名前で尋ねた。大体どこに引っ越しても、その付近の同じ宗派の寺の門徒となるはずだ。犬を散歩させていた老人の男性が、簡単に道を教えてくれた。

「行くぞ、恒」

横腹に『株式会社厚谷煙火工業』と書かれたトラックに乗り、民家が多い道を走る。

寺はすぐに見つかった。山寺だったら恒を背負って石段を登る覚悟をしていたところだ。道沿いにあって助かった。

門をくぐると広い庭がある。その向こうは本堂だ。

戸が開いて、中の仏像が見えている本堂から声をかけた。座布団が見えるが誰もいない。

裏庭のほうへ回ろうとしたとき、空に昇る煙が見えた。まさか、と思って裏庭に急ぐと、袈《け》裟《さ》を着た僧侶と、背広を着た男——琴平教授が見える。

彼は合わせた手に数珠をかけて泣いていた。石で組んだ深い臼のようなものの中で何かが燃えている。僧侶が経を上げているのが聞こえていた。

「父さん！」

声をかけると、僧侶が振り向いた。

「ああ、お身内のかたですか。どうぞ一緒にご供養を」

「本人だ！」

「いや、しかし、南方に行かれた方のご遺品だと——」

「それは正しい。詳しく話している暇はないが、そこまでだ！」

建物の側に水栓を見つけて六郎は駆け寄った。『防火』と書かれたバケツも下に置いてある。

「恒、水！」

「——もうだめかもしれない」

勢いよくバケツに水をためながら六郎は叫んだが、恒は振り返らなかった。

火勢は大分弱まり、炎の中のものも真っ黒に焦げてくたくたしている。琴平教授が慌てた様子で恒に訊いた。

「どうしたんだ、恒。もしかして、この背嚢、必要だったのか⁉」

「……いや、もういい」

やはり背嚢が燃やされたのか。だが恒は怒ることもなく、黙って首を振った。

「もういいんだ。本体がいるから」

六郎は水を止めて、恒たちのほうへ歩み寄った。心配そうな琴平教授に恒が説明している。

「背嚢の中の、俺の遺品が必要なことを思い出した。父さんのせいじゃない」

「それは出してあるよ。大切な恒の遺品を、燃やすわけないじゃないか」

なんだ、と明るい顔をして琴平教授は言った。恒の目がぱっと輝く。

「この背嚢ばかりは虫食いだらけになってね、保管が難しかったから、泣く泣く手放すことにしたよ」

「その下のものは？」

「それは父さんの論文。差し戻しに遭ったから、供養してもらったんだ」

照れくさそうに琴平教授は頭をかいている。

「恒の手帳も手紙も、文箱《ふばこ》に入れて全部とってある。恒がいらないというなら、父さんの宝物にしようと思って」

要領を得ない顔で僧侶が尋ねた。

「あ……あの、琴平さん。この方は……？」

「ああ、これがこのリュックの持ち主。お話しした私の息子です」

「ええ……？　生きてらっしゃる？」

「はい、おかげさまで無事」

明るい顔で、琴平教授は僧侶に答えた。

寺としては、供養をした持ち主が生きているか死んでいるかはとても重要ではないかと、素人ながら六郎も思う。

恒も威張って付け加えた。

「過去帳を消してもらった本人だ」

本人が言うので間違いはない。僧侶は目を白黒させながらも、納得するしかないのだろう。

† † †

後日、大学の研究室で、恒の手帳を受け取った。六郎も同行した。

恒は受け取った手帳を無造作に開け、中から黄ばんだ燃えかすを抜き取った。

「これだけでいい。そっちは燃やしてくれ」

黒い手帳を父親の机に差し返す。

「そんなわけにはいかないよ」

「好きにしてくれ。俺の用事はこれで終わりだ」

恒は抜き取った紙縒を、今使っている手帳に挟み直してそう言った。

「じゃあ」

「恒、今夜はこっちで食べていかないか？」

「いかない。帰る」

「牛鍋だぞ?」

琴平教授は恒ではなく、六郎を見ながらそう言った。恒はなぜか、六郎が常軌を逸した無類の牛肉好きと話しているらしく、琴平教授はことあるごとに牛肉料理を食べに行かないかと誘ってくる。

恒は六郎をチラリと見たが「今日は帰る」と言った。とりつく島がなく、自分が気の毒な気持ちになるばかりだ。

そんな恒の態度に、以前、たまには親孝行してはどうだと言ったが、「あの人らは俺に飯を食わせたいだけだ」と言った。恒と父親の関係は未《いま》だによく分からない。

それはそうと、恒の願いは達せられた。六郎が作ったものだが、今の六郎はもう作れない、それはまさしく六郎たちの『過去』だ。

大学の広い階段を降りながら、さっきから時々手帳の入った胸ポケットに触れる恒に問いかけた。

「そんなにその花火が好きだったか?」

「いいや、記念品だ。花火自体は去年のがよかった。毎年、それが一番いい」

「そうだろう」

去年の花火も恒はたいそう喜んでくれて、市販品ではできない、火薬が多めの火花を絶賛してくれた。

恒は手すりにつかまって、慎重に階段を降りながら、もう一度胸ポケットに触れる。

「これで六郎が少し増えた」

満足そうに言うからそれでいいと思った。


その数日後、ちょうど今年の線香花火ができた。毎年作る試作品で、製品より一ヶ月半ほど早い。

「今年も俺が一番だ」

恒は喜んで、先ほどから線香花火に興じている。

竹の長椅子に腰掛けて、今年の手持ち花火の試作会だ。

自宅の裏庭に蚊取り線香を焚き、水の入ったバケツを用意する。

どんな小さな火や花火でも軽んじてはならないと言い聞かせると、恒は几帳面《きちょうめん》に守った。

「今年も合格か？」

「もちろんだ。今年はいい。一番いい。やっぱり新聞に載っても恥ずかしくない出来だ」

「まあ、あれは大げさすぎるが。今年はすごく注文が入っている」

笑顔とため息が同時にこぼれるような出来事だった。

六郎の工場に新聞記者が来た。ラバウルの頃同様、ろくに取材もしない新聞記者は、工場と六郎と彼の父と、数名の職人の写真を勝手に、そして遠慮なく撮り、『今年の調子はどうですか』とか『毎年いくらくらいかかるんですか』とか、適当なことを訊いて帰っていった。そして忘れた頃に出た新聞記事はこうだ。

『海軍戦艦お墨付きの打ち上げ花火』だそうだ。これにはさすがの恒も戸惑って、二人で朝から新聞を広げて呻吟《しんぎん》した。

「俺が乗っていたのは空母で、機銃しか撃ったことがないとは言ったんだがな」

新聞記者は見出しが派手なら何でもいいらしい。しかもまだ六郎は三尺玉には手が出せず、実際作っているのは父と熟練職人たちだけだ。気まずいが、父は『うちの自慢の花火は大砲に負けねえ』といい、職人たちは『広告ってえのはそういうもんだ』と慰めてくれた。実際新聞記事が出た後は、問い合わせの電話や手紙がたくさん来たらしい。

やや座り心地が悪い気がしながらも、もう世に出たからにはこれから精々評判に負けないいい花火を作ろうと、六郎は決心し直した。そこで作った線香花火だ。我ながらいい花火ができたと思う。和紙に大改良が加えられたのも運がよかった。

「今年の和紙は美しかったんだ。薄いのにしっかりしていて、まるで火薬が浮いているようだ。調合も上手《うま》くいった」

「うん。すごいな」

手元を卵色に光らせながら、『松葉』の長い火の花びらをうっとりと眺めている。

六郎にとって、恒が楽しんでくれるところまでが花火のできあがりだ。それを堪能すべく、恒の隣に腰を下ろした。

「すごいな」

「ああ」

黒い瞳にゆらゆらと炎を映す恒に頬を寄せようとしたとき、背後から「厚谷さん」と呼ぶ、女性の声がした。

あっ、と顔を上げるとまた、垣根のほうから「厚谷さん、ごめんください」と声がする。女の子の手を引き、背中にも一人背負った近所の婦人だ。

長椅子を立って六郎が応対する。

「あの、うちにも線香花火を分けていただけませんか」

煙のにおいを嗅ぎつけたか光が見えたか分からないが、子供にねだられた風情で彼女は言う。

「ああ、すみません、今終わったところなんです。これは今年の試作品で」

「はい、もちろんそのうちでかまいません。去年分けていただいた花火がとてもきれいで、今年もお願いしたいんです」

基本的に小売りはしないのだが、近所の人には特別に少し分けるのを常としていた。

「わかりました。今年の分ができるのは来月初めになりますが――」

言いかけると、側まで来ていた恒が言った。

「わかった。すごいのを分けてもらうといい」

「すごいのって……」

「子どもが喜ぶすごいのだ。六郎なら作る」

黄色のワンピースを着た女の子に恒が言い聞かせると、彼女は丸い頰をさらに丸くしてはにかみ、母親に両手ですがりついた。六郎も困り笑いだ。

「まあ、何か見繕ってきます」

隣で恒も「それがいい」と言って頷《うなず》いている。

月夜の中、その親子の背中を見送っていたとき、恒が呟いた。

「――……それがいいな」

近所の親子が、金魚のような和紙に包まれた線香花火を楽しんでくれる夜がこれからずっと訪れればいい。

火薬が子供が笑うものになったのなら、それが一番いいと、恒に寄り添い、月光に包まれながら六郎も願っている。

再び手にした古い線香花火の燃えかすは、恒の万年筆のケースの中に、ナフタリンとともに静かにしまわれている。

空が大好きな恒兄ちゃん
最後の絵は月光と3人でいるところを
描きたいなあと思いました。
牧.

この本を読んでのご意見、ご感想を編集部までお寄せください。

《あて先》〒141-8202　東京都品川区上大崎3-1-1　徳間書店　キャラ編集部気付
「碧のかたみ」係

【読者アンケートフォーム】
QRコードより作品の感想・アンケートをお送り頂けます。
Chara公式サイト http://www.chara-info.net/

■初出一覧
碧のかたみ……蒼竜社刊（2013年）
※本書は蒼竜社刊行Holly Novelsを底本とし、
番外編「青のかたみ」を書き下ろしました。

Chara

碧のかたみ

【キャラ文庫】

2024年6月30日 初刷

著者 尾上与一
発行者 松下俊也
発行所 株式会社徳間書店
〒141-8202 東京都品川区上大崎3-1-1
電話 049-293-5521（販売部）
03-5403-4348（編集部）
振替 00140-0-44392

印刷・製本 図書印刷株式会社
カバー・口絵 近代美術株式会社
デザイン 川谷康久（川谷デザイン）

ISBN978-4-19-901134-4

尾上与一の本

好評発売中

「蒼穹のローレライ」

イラスト✦牧

時は太平洋戦争中期——。空路ラバウルの基地に向かっていた整備員の三上《みかみ》は、敵襲の危機を一機の零戦に助けられる。不思議な音を響かせて戦うその零戦のパイロットこそ、≪ローレライ≫の二つ名を持つ浅群昱《あさぬまるい》一飛曹だった——!!「俺は一機でも多く墜として名誉を取り戻す」と、命知らずな戦いを続ける昱。三上は昱の機専属の整備員に任命されて…!? 尾上与一《おがみよいち》の初期最高傑作≪1945シリーズ≫待望の復刊!!

尾上与一の本

好評発売中

【天球儀の海】

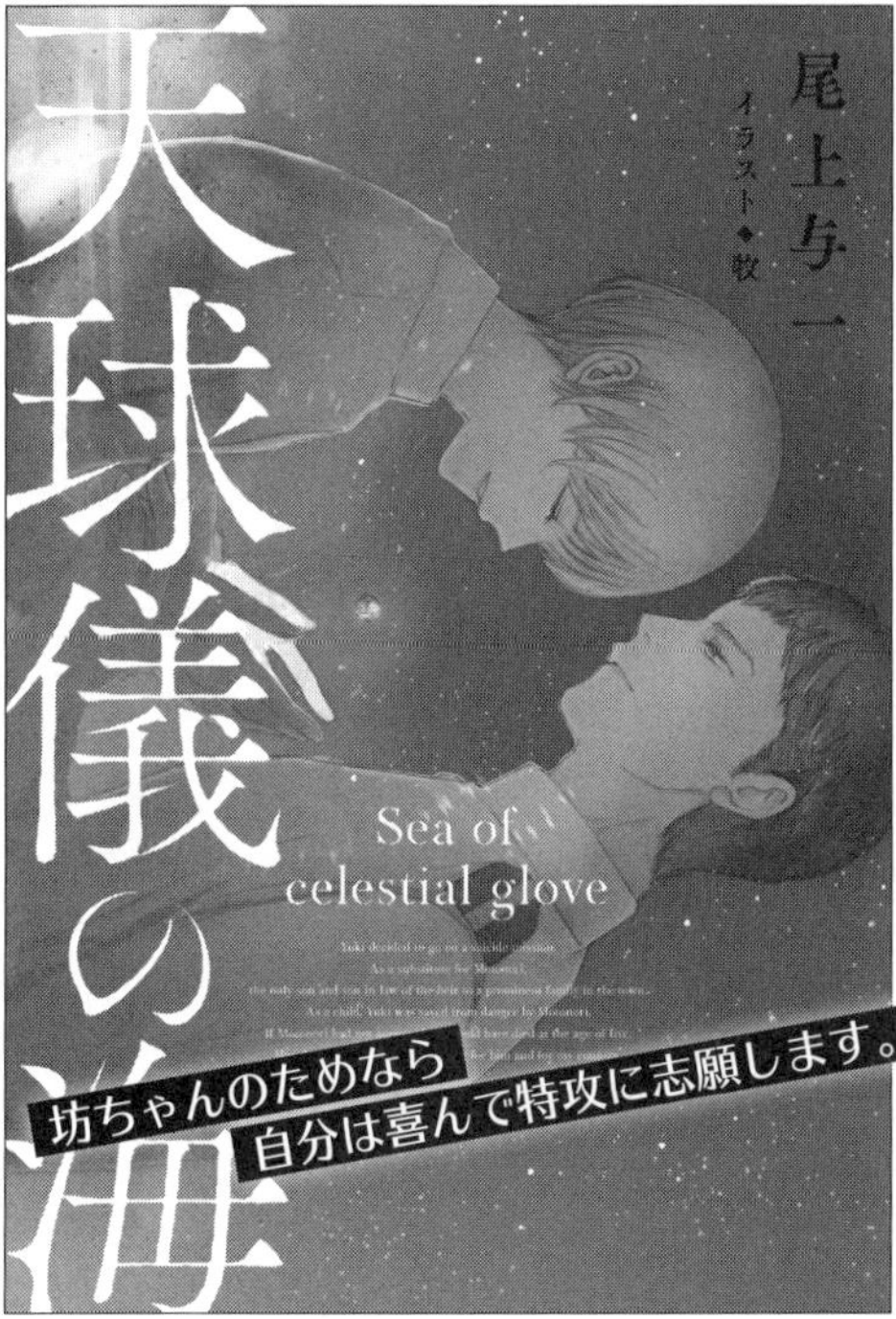

イラスト◆牧

「助けてくれた坊ちゃんのためなら、喜んで自分の命を差し出します」。故郷の航空隊に配属になると同時に、地元の名家・成重《なりしげ》家の養子となった希《ゆき》。その目的は、ただ一人の跡継ぎ息子・資紀《もとのり》の身代わりとなり、特攻隊として出撃すること——!!　13年前、命を救われたお礼が言いたくて、ずっと資紀に憧れていた希。ところが再会した資紀に冷たく拒絶され!?　戦時BLの傑作≪1945シリーズ≫復刊第2弾!!

尾上与一の本

好評発売中

［花降る王子の婚礼］

イラスト✦yoco

武力を持たない代わりに、強大な魔力で大国と渡り合う魔法国——。身体の弱い姉王女の代わりに、隣国のグシオン王に嫁ぐことになった王子リディル。男だとバレて、しかも強い魔力も持たないと知られたらきっと殺される——!! 悲愴な覚悟で婚礼の夜を迎えるけれど、王はリディルが男と知ってもなぜか驚かず…!? 忌まわしい呪いを受けた王と癒しの魔力を持つ王子の、花咲く異世界婚姻譚!!

尾上与一の本

好評発売中

[氷雪の王子と神の心臓]

イラスト✦yoco

大魔法使いとして生まれ、政治の道具として隣国に嫁ぐ重い定め——強大な魔力のため塔に幽閉されていた王子ロシェレディア。そこにある夜、現れたのは帝国アイデースの第五皇子イスハン。野心もないのに兄皇帝から命を狙われる身だ。「俺が皇太子ならそなたを攫えるのに」互いに運命に抗えず、あり得ない夢を語り逢瀬を重ねていたが!?　選んだ未来は茨の道——比類なき苦難と愛の奇跡!!

キャラ文庫最新刊

碧のかたみ

尾上与一
イラスト✦牧

ラバウル航空隊に着任した六郎《ろくろう》は、問題児だが優秀な戦闘機乗りの恒《わたる》と出会う。ペアを組むうちに、彼の思いと純粋さに惹かれていき!?

おれが殺す愛しい半魔へ

かわい恋
イラスト✦みずかねりょう

魔物に家族を殺され、復讐のため神官見習いとなったリヒト。禁忌とされる黒魔術を求めて、半人半魔のマレディクスに弟子入りして!?

3月22日、花束を捧げよ㊤

小中大豆
イラスト✦笠井あゆみ

同級生の死を回避するため、クラスメイトの蓮《れん》と何度も時を遡る海路《かいろ》。片想いの相手を助けようと必死な蓮に、巻き込まれていき…!?

錬金術師の最愛の悪魔

宮緒 葵
イラスト✦麻々原絵里依

母を殺され、失意の中ホムンクルスを錬成した不遇の王子・フレイ。強い魔力を持って生まれたルベドと、幸せなひと時を過ごすが!?

7月新刊のお知らせ

稲月しん イラスト✦夏乃あゆみ ［騎士団長のお抱え料理人］
小中大豆 イラスト✦笠井あゆみ ［3月22日、花束を捧げよ㊦］
宮緒 葵 イラスト✦ミドリノエバ ［白百合の供物］

7/26（金）発売予定